주석으로 쉽게 읽는
고정욱 삼국지 3

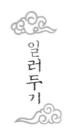

일러두기

1. 《고정욱 삼국지》는 기존의 여러 《삼국지》 번역본들을 비교, 대조하여 작가의 시각에서 현대적인 문장으로 재해석해 평역한 새로운 《삼국지》입니다.

2. 《삼국지》 원본의 장황하고 불필요한 사건이나 서술, 시, 관직, 인물명 등은 과감히 생략하여 쉽고 빠르게 읽을 수 있도록 구성하였습니다.

3. 주석과 고 박사의 '여기서 잠깐' 코너를 통해 역사와 문학, 그리고 사상과 철학 및 지식을 쉽게 배울 수 있도록 하였습니다.

4. 지리적 배경에 대한 이해를 돕기 위해 간략한 지도를 주석에 삽입하였습니다.

주석으로 쉽게 읽는

고정욱
삼국지

③

원소의 참담한 몰락

고정욱 평역

애플북스

차례

1
관우, 조조 곁을 떠나다

유비는 외돌토리 신세가 되어 원소 밑에서 간신히 연명하고 있었다. 물론 원소가 대접을 잘해 주어서 몸은 편했고, 전쟁의 위협과도 당분간 거리가 멀었다. 하지만 남의 신세나 지는 식객 처지가 결코 만족스러울 리 없었다. 게다가 자신의 가족은 어디에 가 있는지, 또 관우와 장비는 어디로 흩어졌는지 알 길이 없어 늘 마음이 편치 않고 얼굴에는 웃음기가 사라졌다.

하루는 원소가 그런 유비에게 물었다.

"현덕 공은 어찌하여 얼굴에 그리 수심이 가득 차 있소?"

"영민하신 명공(듣는 이를 높여 부르는 말)께는 숨길 수가 없군요."

"말해 보시오."

"아우들은 어디로 갔는지 모르고 가족은 모두 조조에게 잡혀 있으니 살아 있는지 죽었는지조차 알 수가 없습니다. 큰 뜻을 품고 세상에 나왔는데 이 모양으로 나라를 지키지도 못하고 집안까지 거덜이 났으니 죄인이라는 생각밖에 없습니다."

슬퍼 보이는 유비가 원하는 것이 무엇인지 원소는 잘 알고 있었다.

"안 그래도 조조를 치려고 했소. 봄도 되고 했으니 조조를 칠 계책을 함께 논의하는 게 어떻겠소?"

이야말로 학수고대하던 일이었다. 원소가 조조와 싸워서 이기면 자신에게도 기회가 오고 가족도 만날 수 있기 때문이다. 설령 진다 해도 크게 봐서 나쁠 것은 없었다. 결국 원소와 조조도 유비와 겨루어야 할 경쟁 상대였기 때문이다. 그때 책사인 전풍†이 말했다.

"주공, 조조가 서주를 칠 때 저희가 나섰어야 했습니다. 그때 머뭇거리면서 주공께서 나서지 않는 바람에 좋은 기회를 놓친 것 같습니다. 그 사이에 조조는 벌써 서주 땅까지 차지하여 기세가 하늘을 찌를 듯합니다. 이왕 이렇게 된 거 차라리 다음 기회를 노리며 힘을 기르는 것이 좋겠습니다."

듣고 있던 유비는 가만있을 수 없었다. 우유부단한 원소가 또 몸을 사리면 곤란했기 때문이다.

"조조는 역적입니다. 명공께서 치지 않고 보고만 계시면 사람들이 명공을 정의로운 사람이라 하겠습니까?"

원소는 원래 간사하고 줏대 없는 자였다. 게다가 세상의 평판에 늘 신경을 쓰는 터라 이 말을 듣자 또다시 마음이 흔들렸다.

"그렇다면 조조를 치러 가야 할 것 같소."

전풍이 다시 말렸다.

"아니 되옵니다. 때를 기다리십시오. 저의 말을 듣지 않고 군사를 일으키신다면 이롭지 않을 것입니다."

원소는 전풍이 자신을 깔보는 것 같아 유비 앞에서 부끄러웠다. 못된 영웅 심리가 발동하며 오히려 더한 반발심으로 소리쳤다.

"군사를 일으켜서 큰일을 도모하겠다는데 웬 놈이 나서서 함부로 주둥아리를 놀리는 게냐? 저자의 목을 베라!"

군사들이 달려들어 끌어내려 하자 정작 당황한 건 유비였다. 전풍이 죽으면 원소 휘하의 모든 막료들과 적이 되어 버티기 힘들어지므로 황급히 나서서 말렸다.

"아닙니다! 아닙니다! 전풍도 명공과 나라를 생각해서 드린 말씀이 아니겠습니까? 굳이 죽일 것까진 없습니다."

"현덕 공이 그토록 말리니 하옥시키겠소."

전풍은 원소의 책사야. 거록 또는 발해 사람이라는 설이 있어. 지혜와 꾀가 많기로 유명해. 원소가 지혜가 있어 전풍의 말을 들었다면 조조는 크게 위태로워졌을 것이 분명해. 이처럼 역사는 순간의 선택으로 큰 흐름이 바뀔 수 있단다.

유비의 만류 덕에 전풍이 옥에 갇히자 이를 지켜보던 저수†는 원소가 어리석은 길로 들어섰음을 느꼈다. 그는 집으로 돌아가 가족과 일가친지에게 모든 재산을 나눠 주었다. 자신의 최후를 예감한 것이다. 가족에게는 이렇게 말했다.

"이 싸움에서 이긴다면 주공의 위세가 커지겠지만, 진다면 나는 어디에서 죽을지 알 수 없다. 어느 쪽이든 재물은 소용이 없다."

저수처럼 뜻이 있는 자들은 이번 싸움이 쉽지 않으리라는 사실을 잘 알고 있었던 것이다. 가족들은 길 떠나는 저수를 보며 눈물을 쏟았다.

원소는 자신의 오른팔이라 할 수 있는 안량에게 군사를 나눠 주어 백마성으로 치고 들어가게 했다.

그러자 저수가 말했다.

"안량은 무예는 뛰어나지만 도량이 작으므로 단독으로 군사를 맡기면 안 됩니다. 절대 혼자 보내지 마십시오."

그러나 원소는 호기롭게 말했다.

"안량은 최고의 장수다. 너희가 감히 따라갈 수 없으니 그에게 모든 걸 믿고 맡겨라."

원소의 대군이 쳐들어온다는 소문을 듣자 허도가 뒤숭숭해졌다. 조조는 사람들을 모아 막을 궁리를 했다. 관우는 드디어 자신이 공을 세워 조조에게서 떠날 수 있는 기회가 왔다고 보고 조조에게 달려가 말했다.

"드디어 승상의 은혜를 갚을 기회가 왔으니 제가 앞장서겠습니다."

그러나 조조는 전에 순욱이 조언한 것처럼 관우에게 공을 세울 기회를 주고 싶지 않았다.

"장군까지 나설 필요는 없소. 만일 도움이 필요하다면 그때 부르겠소."

관우는 힘없이 승상부에서 나왔다. 공을 세우고 싶어도 조조가 기회를 주지 않으니 어쩔 수 없었다.

조조는 십오만 명의 군사를 이끌고 원소를 맞아 싸우러 떠났다. 백마의 낮은 언덕에 진을 치고 조조는 원소 군을 바라보았다. 십만 명의 선봉이 만든 진용을 보니 위용이 대단했다. 조조가 보아도 오금이 저렸다.

"누가 나가 싸울 것인가?"

공을 세우고 싶어 안달이 났던 송헌이라는 장수가 나섰다.

"제가 가겠습니다."

그는 여포 밑에 있던 장수였다. 전에 여포를 밧줄로 묶어 조조에게 바치고 투항했지만 아직까지 변변한 공을 세우지 못하고 있었다.

"그래, 그대는 여포 밑에서 용맹한 장수로 소문났으니 이번에 실력을 발휘하여 한번 싸워 보아라."

드디어 공을 세워 인정받을 기회라 생각하고 송헌이 창을 휘두르며 달려 나갔다. 송헌이

저수는 사세를 잘 판단한 신하로 나오지. 정사에 기록된 것을 보면 오래전부터 기주목인 한복을 섬기다가 원소가 기주를 차지하자 그를 섬겼다고 해. 원소에게 먼저 헌제를 맞이할 것을 권했지만 그 기회를 놓치는 바람에 조조가 기회를 잡은 거야. 비록 원소가 조조에 비해 부족한 주인이었지만 그에게 끝까지 의리를 지키지.

달려오는 걸 보자 안량도 말 옆구리에 박차를 가해 맞으러 나갔다. 송헌이 기세 좋게 창을 휘둘렀지만 애초에 무예로는 안량의 상대가 되지 않았다.

"피라미 같은 놈!"

안량의 고함과 함께 한칼에 송헌의 목이 떨어지고 말았다. 지켜보던 조조의 군사들은 모두 당황했다. 전투에서 가장 중요한 기선을 제압당했기 때문이다.

"오, 안량은 참으로 대단한 장수로구나!"

조조가 두려워하면서도 감탄했다. 그때 송헌과 함께 여포를 묶어 왔던 위속이라는 장수가 나섰다.

"안량이 제 친구를 죽였습니다. 저를 보내 주십시오! 가서 안량의 목을 치겠습니다."

조조는 별로 미덥지 않았지만 위속을 내보냈다. 위속도 창을 휘두르며 달려갔다.

"네 이놈! 내 친구를 죽인 놈! 내 창을 받아라!"

안량은 웬 동네 개가 짖느냐는 표정으로 나와서 두어 차례 붙다가 곧바로 빈틈을 노려 창을 휘두르며 외쳤다.

"너는 쥐새끼로구나!"

안량의 창이 단숨에 위속의 몸을 둘로 갈라 버렸다. 여포를 배신했던 두 졸장이 한번에 황천길로 간 것이다.

"안량을 상대할 장수가 이렇게 없단 말인가?"

그때 도끼의 명수 서황이 나섰다.

"이 도끼로 녀석의 머리를 찍어 버리겠습니다."

세 번째로 서황이 나서서 상대했지만 안량은 이미 기세가 하늘을 찌를 것 같았다. 같은 실력이어도 기세가 오른 상대는 좀처럼 꺾기 어려운 법이다. 서황은 몇 번 겨루다가 줄행랑을 쳐 돌아왔다. 이쯤 되자 아무도 나서려 하지 않았다. 조조의 진지에 두려움만 가득했다. 어찌하면 좋을지 알 수 없었다.

이때 책사인 정욱이 나타났다.

"승상! 마땅한 장수가 없어서 고민하고 계시는군요."

"그렇다."

"딱 한 사람 있습니다."

"그게 누구냐? 안량을 꺾을 장수가 있단 말이냐?"

정욱이 잠시 망설이다 입을 열었다.

"그렇습니다. 하지만 쓰시기가 곤란합니다."

"곤란한 장수라니, 내 밑에 누가 그렇단 말이냐?"

"제가 보기엔 관우만이 이 일을 해낼 수 있습니다."

전에 화웅을 술이 식기 전에 벤 걸 보면 관우가 적격이라는 걸 조조도 알고 있었다.

"맞는 말이다. 그러다 관우가 공을 세우면 어찌할 것인가? 나를 떠날 것이 아니냐?"

조조가 곤란해하자 정욱이 다시 나서서 말했다.

"유비가 원소 밑에 가 있다는 소문이 있습니다. 관우는 아직 그 사실을 알지 못하지만 만일 관우가 안량을 죽인다면 원소에게는 큰 원수가 되는 것입니다. 그렇게 되면 유비는 원소의 손아귀에서 살아남기 힘듭니다."

조조는 눈을 번득였다.

"옳거니! 좋은 꾀다. 당장 관우를 불러와라."

허도에 있던 관우는 갑자기 출정 명령이 떨어지자 형수들에게 인사를 올렸다.

"형수님들, 다녀오겠습니다."

"가시면 꼭 황숙의 소식을 알아보십시오."

유비의 두 부인이 애타는 목소리로 말했다.

"꼭 알아보겠습니다. 두 분 형수님은 심려치 마십시오."

관우는 적토마에 올라 길을 떠났다. 역시 빠른 말은 달랐다. 그날 해 떨어지기 전에 조조의 군사들이 모여 있는 영채에 이르렀다. 관우는 도착하자마자 조조를 찾아가 상황 설명을 들었다.

"그러니 관 장군, 어찌하면 좋겠소? 그대가 해결해 주시오."

"우선 적들을 살펴보겠습니다."

관우는 조조와 함께 토산에 올라가 안량의 진지를 바라보았다.

"어떻소? 저 하북의 병사들 참으로 대단하지 않소? 마땅히 천하의 강병이라 할 것이오."

조조는 촘촘하게 꽂은 깃발과 무기들이 번쩍이는 것을 보며 감탄했다. 관우가 웃으며 대답했다.

"허허허! 승상, 제가 보기에는 흙으로 빚은 인형에 불과합니다."

관우의 입에서 나온 말이라고 믿어지지 않았다. 허세를 부리지 않기로 유명한 관우였기 때문이다.

"저기 저 황금빛 갑옷을 입은 위풍당당한 자가 안량이오. 어떻소?"

"저자는 자신의 목을 팔려고 나온 장사치 같습니다."

"너무 가볍게 보지는 마시오. 저자의 칼에 우리 장수들의 목이 여럿 떨어졌소."

관우가 벌떡 일어났다.

"그렇다면 내친김에 바로 가서 안량의 목을 베어 들고 오겠습니다. 제가 재주는 없지만 승상께 그 목을 선물로 바치겠습니다."

엄청난 자신감이었다. 영웅이란 원래 이렇게 어지러운 세상에서 자신감을 가지고 역경과 맞서 싸우는 존재였다. 관우는 어떤 고난이라도 반드시 끝이 있다고 믿었다. 자신의 목숨 하나 끝나는 걸 두려워하지 않는 신념이 그의 가장 큰 무기였다.

그러자 관우를 걱정하는 장요가 말했다.

"형님, 군문에서 헛된 농담은 허락되지 않소이다. 어찌 그렇게 가볍게 말씀하시오?"

관우는 장요를 쳐다보지도 않고 적토마에 올라 앞으로 나섰다. 청룡도를 들고 달려 나가는 기세가 마치 붉은 용이 구름을 뚫고 하강하는 형국이었다.

관우가 달려오자 원소의 군사들이 막아섰다.

"적의 장수가 쳐들어왔다! 막아라!"

그러나 적토마와 청룡도 앞에 선 자는 가을바람에 떨어지는 낙엽처럼 베어져 흩어졌다. 원소 군이 두려움에 떨며 전갱이 떼가 무리 안으로 들어온 상어를 피하듯 양쪽으로 갈라지자 관우는 거침없이 똑바로 안량에게 달려갔다.

"저자가 누구냐?"

안량이 한눈에 보기에도 적토마의 속도는 놀랄 만한 것이었다. 안량이 미처 준비도 하기 전에 관우가 눈앞에 닥쳐왔다. 이렇게 과감하게 적진 한가운데를 뚫고 들어오는 장수를 안량은 처음 보았다.

"네 이놈!"

관우가 크게 꾸짖으며 청룡도를 휘두르자 안량의 목이 허공에 떠올랐다가 땅바닥에 툭 떨어졌다. 순식간에 벌어진 일이었다. 떨어진 안량의 목을 주워 관우는 나는 듯이 돌아갔다. 원소의 군사들은 벌벌 떨며 이 광경을 멍하니 지켜보기만 했다.

"무엇들 하느냐! 어서 적군을 무찔러라!"

조조의 명령에 기세가 오른 군사들이 들판을 가로지르며 원소 군을 짓이겼다. 원소의 군사들은 전사한 자들의 시신과 말과 병장기를 버려둔 채 수십 리 밖으로 도망쳤다.

그사이 관우가 안량의 목을 들고 돌아오자 조조의 장수들이 예를 표했다. 조조는 기뻐 어쩔 줄 몰랐다.

"그대는 정말 사람이라 할 수 없구려! 신의 경지요!"

관우는 그제야 겸손하게 말했다.

"과찬의 말씀입니다. 그 칭찬은 저보다 더욱 무예가 출중한 장수에게 어울릴 것입니다."

"그게 누구란 말이오?"

"제 동생 장비입니다. 장비는 백만 대군이 가로막아도 손쉽게 적진으로 들어가 적장의 목을 제 주머니에서 물건 꺼내듯이 가져옵니다."

조조는 관우보다 더한 장수가 유비 밑에 있다는 것이 시샘도 났지만 주의하라는 뜻에서 부하 장수들에게 일렀다.

"앞으로 장비를 만나거든 절대 가볍게 맞서지 마라. 소매에 이름을 적어 두고 잊지 않도록 하라."

관우에게 기습당한 원소의 군사들은 마치 악몽을 꾸듯 흩어져 도망쳤다. 이 사실은 금세 원소에게 전해졌다.

"누가 안량을 죽였다고?"

"얼굴은 시뻘겋고 수염이 긴 장수가 와서 단칼에 안량의 목을 벴다고 합니다. 아마도 유비 밑에 있던 관우인 것 같습니다."

"아, 이럴 수가!"

원소는 그 말을 듣자 화가 머리끝까지 치밀어 옆에서 듣고 있던 유비에게 버럭 소리를 질렀다.

"네 이놈! 네 아우라는 놈이 감히 내가 아끼는 장수를 죽였구나! 너희가 서로 내통해서 저지른 일이 아니냐? 너를 살려 둘 수가 없다. 당장 이자의 목을 베라!"

그러나 유비는 침착함을 잃지 않았다.

"공께서 저를 죽여 분을 풀겠다면 어쩔 수 없습니다. 하지만 사실인지 확인되지도 않은 일 때문에 그간의 정을 끊고 저를 죽이겠다는 말

씀입니까? 제가 서주를 잃은 뒤 동생들의 생사도 알 수 없어 고립무원[†]
상태로 공께 의탁하러 온 것을 아시지 않습니까? 수염 길고 얼굴 붉은
자가 수백만의 군사 중에 어찌 관우뿐이겠습니까? 어이하여 확인해 보
지도 않고 무턱대고 저를 죽이려 하십니까?"

맞는 말이었다. 귀가 얇은 원소는 이내 화가 풀렸다.

"현덕 공의 말이 맞소."

원소는 유비를 다시 옆자리에 앉히고 안량의 원수 갚을 일을 이야기
했다. 그때 괴물 같은 소리를 지르며 장수 하나가 뛰어 들어왔다.

"으아아! 안량은 저의 형제나 마찬가지입니다. 역적 놈 조조가 제 형
제를 죽였으니 당장 저를 보내 주십시오!"

유비가 고개를 들어 보니 키가 팔 척에 얼굴은 해태처럼 무섭게 생긴
장수였다. 안량과 함께 하북에서 이름을 날린 맹장 문추였다. 원소는 이
내 밝은 표정이 되었다.

"오, 문추! 그대가 아니라면 누가 안량의 원한을 갚겠는가? 십만의 군
사를 줄 테니 당장 황하를 건너가 조조의 목을 따도록 해라."

그러자 책사인 저수가 다시 나섰다. 이미 죽기를 각오한 저수는 직언
날리는 것을 주저하지 않았다.

"안 됩니다. 지금 황하를 건너게 했다가 변고라도 생기면 모두 죽게
됩니다. 잘 헤아리시옵소서!"

하지만 흥분한 원소는 그 말이 귀에 들어오지 않았다.

"너희 문신들은 어찌하여 매번 군사들의 사기를 떨어뜨리느냐? 큰일
에 방해만 하는구나!"

원소가 꾸짖으며 물리치자 저수는 깊이 탄식했다.

"아, 우두머리라는 자는 자기 뜻만 강조하고 아래 있는 것들은 공을 다투기 바쁘구나. 저 황하를 내가 살아서 건널 수 없겠구나."

저수는 몸이 안 좋다며 물러나 다시는 의견을 내지 않았다.

유비는 자신의 생각대로 일이 돌아가자 표정을 감추며 쾌재를 불렀다. 이참에 전쟁터에 나가 관우의 존재도 확인하고 자신도 기회를 잡아야겠다는 생각이 들었다.

"그동안 명공께 신세만 지고 전쟁에 나가 변변한 공을 세우지 못했습니다. 저도 문추와 함께 가게 해주십시오. 공을 세워 은혜를 갚고 싶습니다. 그리고 안량의 목을 벤 것이 관우라는 게 사실이면 제가 잘 설득해서 데려오겠습니다."

"좋소! 함께 가도록 하시오. 문추와 함께 군사를 이끄시오"

유비에게 함께 군사를 이끌라고 하자 문추가 좋아할 리 없었다. 지휘권을 나눠 줘야 하기 때문이다.

고립무원(孤立無援)이라는 말은 힘든데 아무런 도움도 받지 못하고 홀로 외로이 서 있는 상태를 표현하는 말이야.

"유비는 이미 여러 번 싸움에서 졌습니다. 군사를 잘 다루지 못하는 장수입니다."

"그래도 나를 돕겠다는 사람이 아니냐?"

"정 그러시다면 그에게 삼만 명의 군사를 나눠 주고 뒤따르라 하겠습니다."

"그렇게 하라."

칠만 명의 군사를 이끌고 문추가 앞장서고 유비는 뒤따르기로 했다. 드디어 형제가 맞서서 창끝을 겨누게 된 것이다.

그사이 조조는 관우를 생각하는 마음이 더욱 깊어졌다.

'관우만 내 사람으로 만든다면 천하가 내 것이 될 텐데……. 옳거니, 벼슬을 주도록 하자.'

조조는 관우에게 관직을 주자는 표문(表文)을 조정에 올렸다. 황제의 허락을 받는 형식이지만 사실은 조조 마음대로였다. 그리하여 관우를 '한수정후(漢壽亭侯)'에 봉했다. 그때 문추가 군사를 이끌고 온다는 소식이 급히 전해졌다.

"승상, 원소가 문추를 선봉장으로 세워 다시 황하를 건너왔습니다. 기세가 대단합니다."

"내가 나가서 직접 싸우겠다."

조조는 군사를 이끌고 앞장섰다. 그런데 무슨 생각인지 전열을 바꾸어 앞에 있던 전투에 능한 군사를 뒤로 보내고 뒤따르던 군량과 마초를 나르던 군사를 앞으로 보내라고 했다. 전쟁터에서는 기본적으로 빠르고 강한 전투병이 앞장서고 군량과 마초를 나르는 병참병이 뒤따르게 되어 있었다. 그런데 병참병을 앞으로 보내라고 한 것이다.

"어찌하여 전투에 능한 군사들을 뒤로 보내십니까?"

부하들이 묻자 조조는 웃었다.

"곡식과 마초를 뒤에 두면 항상 도적들이 훔쳐 가기 때문이다."

"앞에 가다가 앞에 있는 적들에게 빼앗기면 어떻게 하실 겁니까?"

"그건 그때 가서 알게 될 것이다. 걱정하지 마라."

그때 원소 군이 들이닥쳤다. 군량과 마초를 운반하는 군사들을 앞에 보내고 뒤따라가던 조조에게 전령들이 급히 달려와 보고했다.

"원소 군이 쳐들어오는 것을 보고 앞에 가던 군사들은 마초와 군량을 버리고 사방으로 흩어졌습니다. 후군이 빨리 가야 할 것 같습니다."

그러나 조조는 당황하지 않았다. 이미 알고 있었다는 듯 옅은 미소까지 지었다.

"하북의 군사들이 그리 강하더냐? 그렇다면 직접 싸워서 피를 볼 이유가 없지."

조조의 군사들은 싸우지도 않고 언덕으로 올라가 비실비실 영채만 설치했다. 강한 적을 맞이하여 싸우지도 않고 속수무책으로 군량을 빼앗긴 채 영채를 설치한다는 것은 군사들의 사기를 떨어뜨리는 일이지만 조조는 아랑곳하지 않고 명령을 내렸다.

"여기에서 푹 쉬도록 해라. 말들도 풀어 주어 풀을 뜯도록 하고."

조조의 계책을 알 리 없는 군사들은 그저 시키는 대로 했다.

문추의 군사가 어느새 코앞까지 닥쳐왔다. 장수들이 달려와 다급하게 외쳤다.

"큰일 났습니다! 문추의 군사가 들이닥쳤습니다. 어서 후퇴하셔야 합니다."

책사인 순유†는 모든 걸 알고 있다는 듯이 미소 지으며 말했다.

"모두 침착하시오. 적들이 승상의 미끼를 물었는데 왜 후퇴하라는 것이오?"

순유는 조조의 마음을 읽고 있었다. 조조는 고개만 끄덕였다.

당시에 군마 한 필을 갖는다는 것은 큰 재산을 한몫 잡는 것이었다. 강을 건너 힘들게 싸우러 왔던 원소의 군사들은 싸움 대신 군량과 마초, 좋은 말을 보자 모두 눈이 돌아갔다. 서로 말을 차지하려고 한데 뒤엉켜 엉망진창이었다.

"이 말은 내 거야."

"무슨 소리야! 내가 고삐를 잡았다고!"

"안 내놔?"

병사들이 서로 드잡이를 하며 으르렁댔다. 대개 이들은 황건군 시절부터 한몫 잡으려던 잡군 출신이었기에 조조의 군사가 조용히 물러나자 싸우러 왔다는 것도 잊고 횡재라도 한 것 같았다.

조조는 그들의 군기가 엉망으로 흐트러진 걸 보자 비로소 명령을 내렸다.

"기회는 이때다. 적들을 쳐부숴라!"

푹 쉬며 체력을 아낀 조조의 군사들이 강력하게 치고 나갔다. 흩어졌던 문추의 군사들은 오합지졸이었다. 문추 혼자 죽을힘을 다해 싸웠지만 엉망이 된 군사들은 장수를 받쳐 주기는커녕 저희들끼리 죽이고 죽는 어처구니없는 상황이 벌어졌다.

"아, 내가 조조의 꾀에 넘어갔구나!"

문추가 뒤늦게 후회해 봐야 소용없었다.

조조는 문추가 후퇴하는 것을 보고 비로소 장수들에게 말했다.

"누가 가서 문추의 목을 주워 올 것이냐?"

장요와 서황이 동시에 말을 타고 문추를 쫓아갔다.

"문추, 게 섰거라!"

그러나 문추는 하북의 최고 명궁이었다. 기지를 발휘하여 창을 들고 마주 달려오는 것이 아니라 도망가다가 뒤돌아서 화살을 날렸다. 장요는 깜짝 놀라 고개를 숙여 화살을 피했지만 투구의 끈이 화살에 맞아 떨어졌다.

"네 이놈! 감히 활을 쏘다니."

계속 쫓아가자 이번엔 두 번째 화살이 날아와 장요가 타고 있던 말을 맞혔다. 장요는 말에서 떨어져 나뒹굴었다.

"이제 네 목은 내 것이다."

문추는 장요의 목을 베려고 말을 달려 돌아

순유는 조조의 일등공신인 순욱의 조카로,《삼국지연의》에서나 정사에서나 모두 조조에게 끝까지 봉사한 책사로 나와. 다만 차이가 있다면 사망과 관련된 대목인데 훗날 순유가 조조가 왕이 되는 걸 반대해 죽는다는 건《삼국지연의》에만 나오는 허구야. 실제로는 손권을 정벌하러 가다 죽어 조조가 눈물을 흘렸다고 정사에 기록되어 있지.

왔다. 이때 서황이 나서서 막아 주지 않았다면 장요는 꼼짝없이 황천으로 갈 뻔했다.

　문추가 적장을 말에서 떨어뜨리는 걸 보자 도망치던 원소의 군사들이 힘을 내서 다시 달려왔다.

　"조조 군을 무찔러라!"

　장요와 서황이 죽을 위기에 처했을 때 장수 하나가 깃발을 펄럭이며 달려왔다.

　"문추는 도망가지 마라!"

　문추가 고개를 들어 보니 관우가 핏빛 적토마에 올라 호령하고 있었다. 문추는 관우임을 한눈에 알아봤다.

　"내 친구 안량을 죽인 원수! 잘 만났다!"

　문추가 이를 부드득 갈고 관우와 싸우기 시작했다. 삼 합을 싸워 보니 관우의 위력을 당할 수가 없었다.

　'원수를 갚는 게 아니라 내가 죽게 생겼구나.'

　겁먹은 문추는 말을 돌려 도망가기 시작했다. 그러나 관우가 탄 말이 어떤 말인가. 적토마의 빠른 발을 당해 낼 수 없었다. 순식간에 쫓아온 관우는 청룡도로 문추의 목을 쳤다. 당대의 명장 문추의 목이 허무하게 떨어져 버렸다. 사실 문추에게는 과분한 명성이 따라다닌 것인지도 모른다. 과분한 명성이나 평판이 자기의 실력 이상으로 올라가게 되면 크게 경계해야 한다. 관우와 같은 절대 강자를 만나면 단번에 헛된 명성이 바닥을 드러낼 뿐 아니라 목숨까지 잃고 만다.

　"관우가 문추의 목을 벴다!"

조조의 군사들이 물밀 듯이 밀고 내려와 하북의 군마들을 밀어붙였다. 강을 건너지 못한 원소의 군사들 태반이 물에 빠져 죽었다. 쌓인 시체로 강물이 막힐 지경이었다. 조조는 빼앗겼던 군량과 마초를 되찾았을 뿐만 아니라 원소 군에게서 얻은 전리품이 하늘 높이 쌓였다.

이때 유비는 문추를 뒤따라가다가 전쟁터를 바라보았다. 멀리서 보니 원소 군을 마구 짓밟는 저승사자 같은 장수의 깃발에 '한수정후 관운장'이라고 쓰여 있는 것이 아닌가.[†]

"아, 관우가 살아 있구나."

관우에게 달려가 당장이라도 손을 잡고 싶었지만 조조의 군사들이 몰려와 그럴 수도 없었다. 문추의 군사들을 수습해 후퇴하기 바빴던 것이다.

후미의 원소도 그 소식을 다 듣고 있었다.

"귀 큰 도적놈이 제 아우를 시켜 내가 아끼는 장수를 둘이나 죽이다니!"

유비가 돌아오자 원소는 곧바로 명령을 내렸다.

"당장 저놈을 끌어내 목을 쳐라!"

유비는 큰 소리로 외쳤다.

여기서 잠깐!!

정사에 따르면 이 전투에 관우는 등장하지 않아. 한 마디로 문추는 관우에게 죽지 않은 거지. 이때 조조 곁에 관우가 없었던 건 안량 하나 죽인 것으로 관우는 조조에게 빚을 갚았다 생각하고 떠났기 때문이라고 해. 후대에 안량의 죽음과 함께 묶어 문추까지 관우의 청룡도에 제물이 된 것으로 그려졌을 뿐이야. 이로써 관우는 천하에 적수가 없는 영웅의 이미지를 갖게 되지.

"제가 무슨 죄를 지었다고 이러십니까?"

"네 아우를 시켜 내가 아끼는 장수를 둘이나 죽이지 않았느냐!"

유비에게는 절체절명의 위기였다.

"저를 죽이더라도 한 마디만 들어 주십시오."

"할 말이 아직도 남았단 말이냐?"

"이것이 조조의 계략이라는 걸 왜 모르십니까?"

"조조의 계략?"

"생각해 보십시오. 제가 명공께 몸을 의탁한 것을 알고 조조가 꾀를 쓴 것입니다. 관우를 보내 우리 장수 둘을 죽인 것은 마치 제가 내통해서 죽이게 한 것 같지 않습니까? 누가 봐도 그렇게 생각할 것입니다. 그럼 명공께서 저를 죽일 것이고, 저를 죽이면 결국 누구에게 이익이 되겠습니까?"

줏대 없는 원소는 또다시 그 말도 맞다는 생각이 들었다.

"그대 말이 옳구려. 잠시 오해를 했소. 이리 올라오시오."

원소는 다시 윗자리로 유비를 올라오게 하고 그의 지혜를 빌리기로 했다.

"그러니 어떻게 하면 좋겠소?"

유비는 속으로 안도의 한숨을 내쉬며 말했다.

"저는 명공의 은혜를 크게 입은 사람입니다. 제 생각에는 제 친필 편지를 보내면 관우는 제 곁으로 달려올 겁니다. 그리고 명공을 도와 조조를 없애고 안량과 문추를 대신해 명공께 충성을 바칠 것입니다."

유비의 말에 원소는 크게 기뻐했다.

"그거 좋은 생각이오. 내가 관우를 얻는다면 안량과 문추를 함께 거느리고 있는 것보다 백배 천배 낫겠소."

유비는 편지를 썼다. 하지만 그 편지를 전쟁 중에 가지고 갈 사람이 마땅치 않았다. 유비는 계략을 짜서 원소에게 전했다. 원소는 그것을 받아들여 전군에 명령을 내렸다.

"일단은 군사를 뒤로 물리고 우리도 전열을 가다듬자."

원소는 군사들을 무양 쪽으로 물렸다. 그리고 수십 리에 걸쳐 영채를 쌓은 뒤 군사들을 섣불리 움직이지 않았다.

조조는 아직 원소와 전면전을 벌일 만큼 힘이 강하지 못했다.

"여기는 그대로 지키고만 있어라."

하후돈에게 관도를 지키게 한 뒤 조조는 허도로 돌아갔다. 허도에서 조조는 크게 잔치를 열고, 자신의 꾀를 순유가 알고 있었다고 칭찬하며 즐거워했다.

그러나 그때 여남 지방에서 황건군의 잔당이 난리를 일으켰다는 소식이 들려왔다. 황건군은 이때까지도 끊임없이 전국 이곳저곳에서 출몰하고 있었던 것이다.

"승상! 여남에서 유벽과 공도라는 자가 날뛰고 있습니다. 조홍이 싸웠지만 벽차서 이기지 못하니 원군을 보내 주십시오."

관우가 그 이야기를 듣자 자리에서 일어났다.

"제가 가겠습니다. 도적들은 제가 상대하겠습니다."

관우는 황건군을 상대로 싸워 백전백승을 거둔 장본인이다. 하지만 조조가 말렸다.

"그대는 이번 싸움에서 큰 공을 세웠는데 어찌 또 나서려 하시오?"

"저는 가만있으면 오히려 병이 납니다. 가서 몸 좀 풀고 오겠습니다."

관우는 조조 수하에 있는 장수들이 미덥지 않아서 약간의 오만함을 내비쳤다. 하지만 관우를 마음에 둔 조조의 눈에는 관우의 그런 모습도 든든해 보이기만 했다. 조조는 관우의 출전을 허락하며 오만 명의 군사를 주었다.

관우가 떠난 뒤 순욱이 물었다.

"승상! 어찌하여 관우에게 자꾸 공을 세우게 하십니까? 저러다가 도망가는 수가 있습니다."

"알고 있소. 이번에 돌아오면 다시는 내보내지 않겠소."

여남에 도착한 관우가 진을 치고 황건군과 싸울 준비를 하고 있는데 보초병이 염탐꾼 둘을 잡아왔다. 염탐꾼을 취조하려던 관우가 그중 한 사람을 유심히 쳐다보았다. 낯익은 얼굴이었다. 바로 유비의 부하인 손건이었던 것이다. 관우는 깜짝 놀라 부하들에게 명령을 내렸다.

"너희는 물러나 있거라."

주위에 아무도 없는 것을 확인한 뒤 관우가 손건에게 물었다.

"어쩌다 여기까지 오셨소?"

"장군, 반갑소이다. 저는 그때 간신히 살아남아서 여기저기 떠돌다가 유벽이 거두어 주어 이곳에 왔습니다. 그런데 장군은 어찌하여 조조 밑에 계십니까? 감 부인과 미 부인은 어찌 되었는지 모르십니까?"

관우는 자초지종을 세세히 이야기해 주었다.

"아, 그러시군요. 현덕 공께서는 지금 원소에게 의탁해 계십니다. 사실 제가 이렇게 잡혀 온 것도 장군이 오셨다는 것을 알고 소식을 전하려고 한 것이지요. 유벽과 공도는 우리의 명을 받고 가짜 황건군이 되어 난리를 일으킨 겁니다."

"아, 그런 것이오?"

"내일 싸움을 하는 척하며 도망갈 것이니 유벽[†]과 공도[†]의 군사가 흩어지면 다시 허도로 돌아가시어 두 부인을 모시고 원소에게로 가십시오."

"그러나 내가 안량과 문추를 베지 않았소? 원소가 나를 미워할 것 같소이다."

"걱정하지 마십시오. 제가 먼저 가서 사정을 살핀 뒤 알려 드리겠습니다."

관우는 눈물을 흘렸다.

"형님을 다시 뵐 수 있다면 천 번 만 번 죽어도 여한이 없소이다. 빨리 조조와 결별하고 돌아가겠소."

다음 날 관우는 군사를 이끌고 진지 밖으로 나가 소리쳤다.

"네 이놈, 역적 놈아! 어찌하여 조정을 흔드

유벽은 여남 지방의 황건군 장령이었어. 원소와 연합한 뒤 유비에게 귀순하고 여남을 점거했지. 이때는 유비의 수하가 되어 관우를 여남으로 오게 하는 역할을 하게 돼. 공도는 유벽과 함께 군사를 일으킨 황건군 장령이야.

느냐!"

그러자 공도도 앞으로 나서며 소리쳤다.

"네놈이야말로 간신 아니냐? 주인을 배반한 놈이 말이 많구나!"

"네 이놈들, 기다리거라!"

관우가 분노한 표정으로 창을 꼬나들고 쫓아가 짐짓 싸우는 척하자 유벽과 공도는 미리 짜 놓은 대로 군사들을 몰고 도망가 버렸다.

관우가 손쉽게 여남 지방을 평정하고 돌아오자 조조는 성 밖까지 나와 관우를 맞이했다.

"그대는 역시 대단하오."

관우는 조조에게서 선물을 잔뜩 받고 거처로 돌아가 두 형수에게 문안을 올렸다.

"형수님들, 돌아왔습니다."

두 형수는 기다렸다는 듯 궁금한 것을 물었다.

"이번 전투에서 유 황숙 소식을 들으셨습니까?"

"듣지 못했습니다."

관우는 시치미를 떼고 물러갔다.

"아, 우리 황숙께서 돌아가신 모양이군요. 전장에서 소식을 못 들었을 리 없는데."

"황숙이 돌아가신 사실을 알면서 우리가 걱정할까 봐 그러는 것 아닙니까? 흑흑흑!"

두 부인은 관우가 나쁜 소식을 차마 알리지 못하는 거라고 지레짐작하고 서로 끌어안고 한참을 울었다. 그때 관우가 조조에게 올 때 따라온 충성심 많은 늙은 병사가 보다 못해 은밀히 두 부인에게 귀띔했다.

"부인, 그만 우십시오. 지금 황숙께서는 하북에 있는 원소에게 몸을 의탁하고 계십니다."

"자네가 어찌 안단 말인가?"

"관 장군을 따라 나갔을 때 장군의 진지에 와서 누군가 말해 주는 것을 들었습니다."

부인들은 관우를 다시 불러 따졌다.

"아니, 듣자 하니 황숙이 살아 계신다는데 왜 소식을 모른다고 거짓말을 하셨습니까?"

"죄송합니다. 사실은 살아 계신 소식을 들었지만 아까는 조조의 심복들이 밖에서 저를 지켜보고 있었기에 못 들었다고 한 것입니다. 밖으로 말이 나가면 안 되니 형수님들은 조금만 참아 주십시오. 때를 봐서 천천히 서두르지 않고 일을 진행하겠습니다."

그제야 두 부인도 노여움을 풀었다.

그날부터 관우는 고민이 생겼다. 어떻게 하면 조조에게 방해받지 않고 유비에게 갈 것인가 하는 문제였다.

이 소식은 조조에게도 알려졌다. 소문은 원래 말보다 빠른 법이다.

"유비가 원소에게 가 있다는 사실을 관우가 안 것 같다. 가서 관우의 마음을 떠보도록 하라."

이번에도 가장 친한 장요가 관우를 찾아갔다.

"형님, 축하할 일이 있다면서요?"

장요가 관우의 얼굴을 보자마자 선수를 쳤다.

"무슨 말인가?"

"유 황숙이 어디 계신지 소식을 들으셨다면서요? 그래서 축하하는 것입니다."

관우는 장요를 쳐다보았다. 장요가 안다는 건 이미 조조도 알고 모든 사람이 안다는 뜻이다.

"어디에 계신지 알면 무엇 하겠나? 걱정 근심만 더 깊어질 뿐이지. 얼굴도 뵙지 못하고 있으니."

"저는 장군을 형님으로 모시고 있고, 장군은 유 황숙을 형님으로 모시고 있습니다. 장군과 유 황숙의 관계를 저와의 관계와 비교하면 어떻습니까?"

"자네와 나는 친구지, 정말 좋은 친구! 하지만 유 황숙과 나는 친구이자 형제이고, 군신의 의가 합쳐져 있네. 같은 날 죽기로 한 사이인데 어찌 비교할 수 있겠나?"

"그렇다면 자나 깨나 오로지 유 황숙에게 가실 생각뿐입니까?"

"그렇다네. 내가 승상께도 분명히 이야기하지 않았나? 형님이 살아 계시다는 걸 알면 바로 떠나겠노라고. 부디 자네가 가서 승상께 잘 말씀 드리게."

장요는 관우의 마음을 되돌릴 수 없다는 것을 깨닫고 돌아가 조조에게 사실대로 전했다. 조조는 실망했지만 이내 관우를 붙잡아 둘 잔꾀를 생각해 냈다.

그때 관우가 머무는 집으로 손님이 찾아왔다. 오랜 친구라고 하기에 들였지만, 처음 보는 얼굴이었다.

"그대가 나의 친구라 하셨소?"

"저는 진진이라고 합니다. 원소 밑에서 일하고 있습니다."

진진은 유비가 보낸 밀사였다. 관우가 주위 사람들을 모두 내보낸 뒤 물었다.

"어찌하여 이곳까지 나를 찾아오셨소이까?"

"유 황숙이 보낸 서신을 가져왔습니다."

진진이 건넨 편지를 펼쳐 보니 낯익은 글씨체를 한눈에 알아볼 수 있었다. 정말 유비가 쓴 편지였다.

> 이보게 아우, 그동안 잘 지냈나?
>
> 자네는 공명을 이루고 부귀를 얻고 싶어 하는 것 같으니
>
> 이 유비의 목을 가져가 큰 공을 이루도록 하게.
>
> 은혜도 잊고 의리도 끊지 않았나?
>
> 함께 죽기로 했지만 이제 그것이 무슨 소용인가.
>
> 몇 줄의 글자로 내 속마음을 다 말할 수는 없네.
>
> 목을 길게 뽑고 자네 뜻에 따르겠네.

서운함이 가득 배어 있는 편지였다. 함께 죽기를 맹세한 동생에게 보고 싶다는 말 대신 자기 목을 베어 가져가라고 했다. 관우는 편지를 읽고 나서 큰 소리로 통곡했다.

"으흑흑! 형님, 어찌하여 이 동생의 마음을 모르십니까? 제가 조조에게 몸을 맡긴 건 형님 계신 곳을 몰랐기 때문이 아닙니까? 제가 그깟 부

귀영화를 누리려 하겠습니까?"

사실 유비가 이런 내용의 편지를 쓴 것은 원소 때문이었다. 유비의 편지를 원소가 볼 테니 진심을 담은 내용을 쓸 수는 없었다. 그리하여 유비는 관우가 마음이 아프더라도 이런 식으로 원망스러운 내용을 반어법으로 담은 것이다. 그래도 관우는 충분히 자신의 본심을 알 것이라고 생각했다.

통곡하는 관우를 지켜보던 진진이 조용히 말했다.

"그렇게 대성통곡을 하는 걸 보니 아직도 유 황숙을 진심으로 따르는 것이오?"

"그걸 말해 무엇 하겠소?"

"맹세가 유효하다면 얼른 하북으로 가시오."

"내 마음은 이미 정해졌소. 결심이 섰으니 곧 이곳을 떠나겠소. 형님께 가서 이 동생이 곧 따라간다고 전해 주시오."

관우는 자신의 속마음을 그대로 편지에 적었다.

형님,

전에 하비성을 지킬 때 군량은 없고 구원군도 오지 않아 싸우다 죽을 수밖에 없었으나 형수님들이 계신 관계로 부득이하게 항복을 했습니다. 일단 살아남아서 다음 기회를 노리려 한 것입니다.

오늘 비로소 형님의 소식을 들으니 너무나 기쁩니다. 형수님들을 모시고 곧 가겠습니다. 행여 저를 의심하지 말아 주십시오. 저는 단 한 번도 딴마음을 먹은 적이 없습니다.

곧 뵙게 될 것이니 관우의 진심을 믿어 의심치 말아 주십시오.

진진은 관우가 준 편지를 받아 들고 하북으로 돌아갔다.

다음 날 관우는 승상부로 갔다. 조조에게 하직 인사를 하려는 것이었다. 그러나 조조는 문에다 회피패를 높이 걸어 놓고 있었다. 손님을 만나지 않겠다는 뜻이었다.

'어허, 승상에게 무슨 일이 있으신가? 설마 나를 만나기 싫다는 뜻은 아닐 텐데.'

관우는 할 수 없이 돌아왔다. 그리고 수레와 말을 준비시키고 떠날 채비를 했다.

다음 날 승상부로 다시 찾아갔으나 여전히 회피패가 걸려 있었다. 몇 번을 이렇게 찾아가도 조조를 만날 수 없었다. 장요를 만나서 이야기하려 했으나 그 역시 병을 핑계로 나오지 않았다.

'아, 승상이 나를 보내려 하지 않는구나. 그렇다면 할 수 없다.'

관우는 하직 인사를 담은 편지를 썼다.

승상,

그간의 은혜는 잊을 수 없습니다. 끝까지 승상의 은혜를 갚아야 하나 저는 이미 황숙과 생사고락을 함께하기로 맹세했습니다.

저는 하비성이 떨어질 때 세 가지 약속을 하고 승상께 이 몸을 맡겼습니다. 이제 와서 지난날의 맹세를 돌이킬 수는 없습니다.

이에 글을 올리고 작별을 고하오니 부디 밝게 헤아려 주십시오. 갚지 못한 은혜는 반드시 나중에라도 갚겠습니다.

관우는 사람을 보내 조조에게 이 편지를 전하게 한 뒤, 조조로부터 받은 모든 재물을 봉해 창고에 넣고, 한수정후의 인수까지 걸어 놓았다. 이른바 괘인봉금†을 마치고 집 안팎을 깨끗이 청소했다. 만난 것들은 반드시 헤어지는 법이고 그렇기에 헤어진 것은 또 언젠가 만나게 된다. 조조라는 당대의 걸출한 영웅이 품으려 했던 또 하나의 영웅 관우와의 인연은 여기까지였다.

"형수님들, 가시지요."

관우는 감 부인과 미 부인을 수레에 태우고 하비성에서부터 함께 온 부하 이십여 명에게 수레를 호위하게 하고 거처를 나섰다. 천하를 호령하는 조조가 관우의 마음을 얻기 위해 정성을 다했지만 그는 부귀영화를 버리고 떠난 것이다. 선비는 아무리 궁해도 의리를 잃지 않고, 잘되어 높은 지위를 얻어도 정도(正道)를 벗어나지 않는다는 말 그대로 관우는 움직인 거였다.

관우 일행은 어느새 허도성 북문에 이르렀다. 관우가 나타나자 북문을 지키던 병사들이 창을 꼬나들며 물었다.

"어디 가는 누구냐?"

"나를 모른단 말이냐?"

관우가 청룡언월도를 허공에 휘두르며 소리치자 병사들은 그가 관우임을 알아차리고 숨기에 바빴다. 유유히 북문을 빠져나온 관우는 그제야 자신이 통행증 없이 출발했다는 사실을 깨달았다. 이렇게 되면 관문을 통과할 때마다 싸워야 하므로 부하들에게 미리 명했다.

"너희는 수레를 안전하게 모시고 앞서 가거라. 내가 쫓아오는 추격군을 막겠다."

부하들은 수레를 호위하며 부지런히 북쪽으로 향했다.

한편, 조조는 문무 관원들과 회의를 하다가 관우가 쓴 편지를 읽고 탄식했다.

"기어이 관우가 떠났구나."

그때 북문을 지키던 병사가 달려왔다.

"관우가 도망갔습니다. 수레를 끌고 이십여 명과 함께 북쪽으로 가고 있습니다."

관우의 거처를 지키던 감시병도 와서 보고했다.

"관우가 승상께서 내리신 재물을 고스란히 남겨 두고 갔습니다. 승상께서 보내신 사람들과 미인들은 한 명도 데려가지 않았습니다."

그러자 채양†이라는 장수가 나섰다.

"저에게 군사 삼천 명만 주십시오. 관우를 사로잡아 오겠습니다."

장요와 서황은 관우가 목숨을 구해 줬다 하여 그와 친분이 두터웠고, 다른 장수들도 관우

괘인봉금(挂印封金)은 인장을 매달아 놓는다는 뜻이야. 당나라 때 생긴 말인데 관직을 사임한다는 뜻이지. 아마도 나관중이 당시 유행하던 말을 고대로 가져가 멋들어지게 사용한 것 같아. 이런 말이야말로 관우의 행동을 표현하는 데 잘 어울리기 때문이지.

채양은 관우를 이유 없이 미워하는 거의 유일한 캐릭터야. 아마도 나관중이 흥미를 위해 실제 인물을 경쟁자로 집어넣은 듯해. 정사에 의하면 조조가 원소와의 싸움에 보내서 원소에 의해 죽임을 당한 걸로 나와. 역사 소설에서 주인공을 더욱 빛내기 위해 사실에서 벗어나더라도 상상력을 발휘하여 악역도 마음껏 만들어 낼 수 있다는 사실을 증명하는 대표적인 인물이 바로 채양인 셈이지.

의 무용과 충성심을 높이 평가하고 있었다. 하지만 채양 홀로 관우를 대수롭지 않게 여기고 질시의 눈으로 바라보았다. 다른 장수들이 굳이 나서지 않는 것은 관우를 존경하고 또한 조조가 관우를 아끼는 것을 알고 있었기 때문인데 채양이 눈치 없이 나선 것이다.

"아니다. 관우야말로 진정한 장부다. 그대들도 관우처럼 나에게 충성을 바치기 바란다."

조조가 말없이 떠난 관우를 오히려 칭찬하자 책사인 정욱이 나서서 말했다.

"아무래도 후환이 두렵습니다. 승상을 모독하고 떠난 것이니 죽여서 후환을 없애는 것이 좋겠습니다."

"아니다. 관우는 처음부터 떠날 것을 예고했고, 나에게 그 약속을 받아 냈다. 약속을 어길 순 없다."

조조는 그렇게 대답한 뒤 장요에게 말했다.

"관우야말로 존경하지 않을 수 없다. 아직 멀리 가지 못했을 테니 따라가서 석별의 정을 보여 주고 싶다. 자네가 먼저 가서 잠깐만 기다리라고 하라. 노잣돈이라도 줘야겠다."

장요가 먼저 말을 타고 관우를 쫓아갔다. 관우에게 줄 재물과 의복을 장만한 조조도 호위병 수십 기만 이끌고 뒤를 따랐다.

수레를 호위하느라 속도를 내지 못하고 천천히 가고 있던 관우를 장요가 따라붙으며 소리쳤다.

"형님! 잠시 멈추시오!"

관우는 장요가 말에 박차를 가하며 다가오는 것을 보자 청룡도를 꼬나들고 기다렸다.

"동생은 나를 뒤쫓아 와 승상에게 끌고 가려는 것인가?"

"아닙니다. 형님께서 떠나셨다는 소식을 듣고 승상께서 배웅하겠다고 오고 계십니다. 저에게 먼저 이 사실을 알려 드리라고 해서 왔을 뿐이니 의심을 거두시길 바랍니다."

"그렇다면 갈 길이 급하지만 기다리겠네. 만약에 승상이 군대를 이끌고 온다면 나는 여기에서 죽기 살기로 싸울 것이네."

관우는 수레를 호위하는 부하들을 먼저 보내고, 자신은 다리 위에 자리를 잡았다. 혼자서 많은 병사를 대적하려면 다리 같은 높고 좁은 곳에 위치를 선점하는 것이 중요하기 때문이다. 적토마가 투레질을 하고 있을 때 조조의 수십 기가 달려왔다. 그를 호위하는 것은 허저, 서황, 우금과 같은 맹장들이었다. 그 맹장들이 싸우려고 나선다면 관우도 목숨을 걸어야 할 판이었다.

다리 위에 서 있는 관우를 보자 조조는 아직도 그가 자신을 믿지 못한다는 것을 눈치챘다. 관우는 조조 일행이 손에 병기를 들고 있지 않은 것을 보고 조금 마음이 놓였다.

"관 장군은 어찌 그리 서두르시오?"

"승상을 여러 차례 뵈러 갔으나 회피패를 걸어 놓으셔서 예를 다하지 못했습니다. 승상께선 약조하신 대로 저를 놓아주십시오."

"알겠소. 천하의 믿음을 얻고자 하는 내가 어찌 그대와의 약속을 어기겠소? 혹시 노자가 부족할까 걱정되어 조금 보태 주려고 달려왔을 뿐이오."

관우는 중국 역사상 매우 특별한 인물이야. 그가 살았을 때는 장수, 후작으로, 사후에는 공(公), 왕(王), 제군(帝君), 대제(大帝)로 계급이 올랐어. 그뿐만 아니라 '무묘(武廟)'의 주신이 되어 공자 문묘와 같은 제사를 받을 정도야. 훗날 중국 역사에서 관우를 황제로 높여 부르기까지 하지. 그만큼 관우가 중국 역사에 등장하는 수많은 무장 중에서 순수한 충성심, 의리, 뛰어난 용맹, 기묘한 무예, 당당한 성품 등이 두드러졌기 때문이야.

다시 말하면 관우가 보여 준 인간의 가치는 시간이 흘러도 변하지 않는다는 의미야. 관우를 보면서 많은 사람들이 감동을 받는 이유도 여기에 있지.

조조가 황금을 가득 담은 쟁반을 건네자 관우는 사양했다.

"승상의 은혜를 많이 입어 재물은 넉넉히 있습니다. 이 황금은 장수들에게 나누어 주시지요."

"이것으로는 그대가 세운 공을 만분의 일도 갚지 못하오. 작은 재물이니 제발 받아 주시오."

"공이라고 할 것도 없는 일이었습니다. 그런 말씀은 다시 꺼내지 마십시오."

조조는 안타까워했다.

"관 장군, 그대야말로 천하에 보기 드문 의로운 사람이지만 내가 복이 없어 그대를 잡지 못하오. 그렇다면 이 옷 한 벌이라도 입어 주시오."

그러면서 비단 전포를 가져오게 했다. 그것마저 거절할 수는 없었다. 그러나 관우는 말에서 내리지 않았다. 말에서 내리는 순간 어찌될지 모르기 때문이다.

"알겠습니다."

관우는 말에서 내리지 않고 청룡도를 내밀었다. 거기에 조조가 비단 전포를 걸자 관우는 받아 말 위에서 어깨에 걸쳤다.

"주신 옷은 감사히 입겠습니다. 그리고 승상께서 주신 이 말은 감사히 받아 타고 형님에게 가도록 하겠습니다."

관우는 적토마의 말머리를 돌렸다. 관우가 받은 것이라고는 조조 밑에서 지내면서 의식주를 해결한 것과 적토마, 그리고 비단 전포 한 벌뿐이었다. 먼지를 날리며 관우가 사라지자 조조의 부하들이 격분하며 말했다.

"말에서 내려 예를 표하지도 않다니, 저런 무례한 자를 어찌 그냥 보내십니까? 명령만 내리십시오. 당장 쫓아가서 잡아오겠습니다."

"아니다. 관우는 혼자이고 우리는 여럿이니 의심할 수밖에 없다. 충분히 이해할 수 있다."

조조는 허도로 돌아가면서 여러 번 한숨을 쉬었다. 천하의 영웅 한 사람을 거의 자기편으로 만들었다 싶었는데, 그대로 놓아주었기 때문이다. 하지만 조조가 자신의 감정을 과장되게 내보이면서 이런 행동을 한 것은 멀리 내다보는 지략이 있었기 때문이다. 자신이 이렇게 천하의 영웅을 아끼고 수하에 두고 싶어 한다는 걸 알리는 효과를 노린 것이다.

세상 사람들은 흔히 사람의 인격과 명성을 같은 것으로 여기고 혼동한다. 조조가 바로 그랬다. 천하의 영웅으로 이름을 날리고 인재를 아낀다는 명성을 얻었지만 그의 인격과는 별개의 문제였다. 인격이란 그 사람이 가진 마음의 얼굴이라 할 수 있지만 명성은 그 사람의 인상을 남들이 보거나 듣고 마음대로 평가하는 것일 뿐이다.

그후 소문을 듣고 수많은 인재들이 조조에게 더욱 몰려들었다. 조조는 관우를 보내고 새로운 인재들을 더 많이 모을 수 있었다. 절대로 밑지는 장사를 한 게 아니었다.

2
흩어진 영웅들 다시 만나다

관우는 앞서 간 수레를 급히 쫓아갔다. 조조의 마지막 배웅 때문에 늦어져 서두를 수밖에 없었다. 이십여 리를 뒤쫓았으나 수레는 도무지 보이지 않았다.

"이게 어찌 된 일이냐? 형수님들이 어디로 가셨단 말이냐?"

당황한 관우가 부근을 이 잡듯 살피고 있는데 문득 누군가가 산에서 외쳤다.

"관 장군! 기다리십시오."

낯선 젊은 장수가 군사를 이끌고 달려왔다. 관우는 청룡도를 움켜쥐고 멈춰 서서 기다렸다. 혹시 적일지도 모르기 때문이다.

"누구냐?"

장수가 다가오더니 말에서 내려 예를 표하며 말했다.

"저는 요화†라고 합니다."

"왜 날 보자 한 것이냐?"

"저는 고향을 떠나 도적단에 들어가 떠돌다 어느덧 수백 명의 무리를 모아 함께 지내고 있습니다. 그런데 오늘 저와 함께 다니던 두원†이란 자가 수레를 타고 가던 지체 높은 두 부인을 납치해 왔습니다."

"뭐라고? 감히 형수님들을!"

관우는 당장 목을 칠 듯 청룡도를 높이 치켜들었다.

"잠시 제 말씀을 끝까지 들어 주십시오."

"네놈이 그분들이 누군지 아느냐?"

"압니다. 유 황숙의 부인들이고 장군께서 호위해 가는 길이라는 것도 다 압니다."

"알면서도 감히 나에게 도전하는 것이냐?"

관우의 분노가 하늘을 찌를 듯했다.

"그럴 리가 있습니까? 제가 부인들을 풀어 드리라고 하자 두원이 두 부인을 자기 여자로 만들겠다고 해서……."

"뭐라고?"

관우가 다시 청룡도를 들어 올리자 요화는 재빨리 말을 이었다.

"진정하십시오. 아무 일도 없었습니다. 제가 그 말을 듣고 참지 못해 그 자의 목을 베어 가져왔습니다. 그리고 장군께 용서를 빌러 온 것입니다."

요화가 내민 것은 방금 죽은 자의 머리였다. 관우는 왜 도적의 우두머리라는 자가 이런 행동을 하는지 이해할 수 없었다.

"어찌하여 자신의 패거리를 죽여 그 머리를 나에게 가져온 게냐?"

"관 장군님의 명성은 저 같은 미천한 자들도 이미 알고 있습니다. 시절을 잘못 만나 도적이 되었지만 고향을 떠날 때의 올곧은 마음이 조금은 남아 있습니다."

관우는 탁현에서 유비를 따라 맨손으로 세상에 나왔던 자신을 떠올렸다. 요화라는 젊은 이의 맑은 눈을 보니 충분히 그 심정을 헤아릴 수 있었다.

"나의 형수님들, 유 황숙의 두 부인을 모셔 와라."

"뒤따라오고 계십니다."

바로 그때 백여 명의 산적들이 호위하는 수레가 나타났다.

관우가 달려가 놀란 부인들을 위로했다.

"죄송합니다. 많이 놀라셨죠? 조조가 따라오는 걸 막느라 늦었는데 이렇게 변고를 당하셨다니 죄송합니다."

정사에 의하면 요화는 관우 휘하의 주부(主簿, 국가의 문서와 장부를 담당하던 관직)였어. 나중에 관우가 죽은 뒤 오에 귀순했다가 다시 촉으로 돌아오지. 그러고는 촉이 망하는 날까지 봉사하다 병으로 죽은 것으로 되어 있어. 이 대목의 요화 이야기는 관우와 요화가 정사에 나오는 장면 이전의 것이야. 아마 사람들 사이에서 떠도는 이야기가 《삼국지연의》에 들어온 것 같아.

⁓

두원은 요화와 함께 산적들을 모아 이끌던 호걸이야. 요화와 다른 판단을 하여 불행한 결말을 맞게 되지. 아무리 호걸이라도 상황 판단을 제대로 못하면 불행해짐을 보여 준다고나 할까.

두 부인은 대범하게 말했다.

"아닙니다. 하마터면 변을 당할 뻔했지만 저 젊은 장수가 우리를 구해 주었어요."

같이 잡혀갔던 늙은 군사들이 자초지종을 말했는데, 요화가 전한 내용과 같았다. 그제야 관우는 요화에게 진심으로 감사를 표했다.

"두 부인을 무사히 보호해 주어 고맙네."

"아닙니다. 마땅히 해야 할 일을 했을 뿐입니다. 대신 청이 하나 있습니다."

"무슨 청인가?"

"저도 장군처럼 세상을 바로잡고 싶습니다. 도적질이나 하며 살긴 싫사오니 저를 거두어 주십시오. 제 부하들이 장군 일행을 호위하며 따라가고 싶습니다."

관우는 사려 깊은 사람이었다. 요화의 청을 들어주는 것이 마땅하겠지만 그들이 황건군의 잔당이어서 내키지 않았다. 조조의 아버지인 조숭이 죽은 것도 바로 이런 자들에게 호위를 받았기 때문이라는 사실을 잘 알고 있기도 했다. 게다가 황건군의 잔당을 데리고 다닌다고 하면 유비의 명예에도 도움이 될 게 없었다.

하지만 무엇보다 중요한 건 그들을 먹이고 재우기가 관우로서는 만만치 않았다.

"그대를 거두기에는 지금 내 형편이 좋지가 않다. 은혜는 잊지 않을 것이다. 인연이 있으면 언젠가 다시 만날 것이다. 나중에라도 내가 자리를 잡았다거나 유 황숙이 굳건해졌다는 소식을 들으면 그때 찾아오너라."

"잘 알겠습니다. 나중에라도 꼭 저희를 거두어 주십시오."

요화는 절을 올린 뒤 산적 무리를 이끌고 산속으로 돌아갔다.

놀란 가슴을 쓸어내린 관우는 다시 길을 떠났다. 해가 저물 무렵 형양 지방의 장원에 이르러 하룻밤 묵기로 했다.

"주인 계시오?"

관우는 한 촌장의 집 문 앞에서 정중히 예를 갖추어 주인을 불렀다.

"어쩐 일이시오?"

머리와 수염이 흰 노인이 나와 맞아 주었다. 그런데 딱 봐도 기골이 장대한 장수가 서 있으니 노인이 놀라 물었다.

"장군은 혹시?"

"저는 유 황숙의 아우 되는 관우라 합니다."

노인은 깜짝 놀라며 반가워했다.

"진정 저 안량과 문추의 목을 벤 관우 장군이시오? 정녕 그분이 맞소이까?"

"맞습니다. 지금 유 황숙의 두 부인을 모시고 황숙께 가는 길입니다. 하룻밤 신세를 질까 하는데 괜찮으신지요?"

"아이고, 이런 인연이 다 있습니까? 어서 드십시오."

노인은 정중히 관우 일행을 집 안으로 들였다. 두 부인이 수레에서 내리자 노인은 아내와 딸에게 시중을 들게 했다. 노인은 직접 초당에서 관우를 대접하며 통성명을 했다.

"저는 호화라고 합니다. 환제 때 의랑을 하다가 지금은 고향에서 지내고 있습니다."

"그러시군요. 거듭 감사드립니다."

노인은 뭔가 생각하더니 조심스럽게 입을 열었다.

"제 아들이 형양 태수 왕식 밑에서 종사로 있습니다. 이름은 호반입니다. 장군께서 그곳을 지나실 텐데 번거로운 부탁을 하나 드려도 되겠습니까?"

"말씀하시지요."

"자식 놈을 본 지가 오래되어 그러니 가시는 길에 편지 한 통만 전해 주십시오."

"어렵지 않은 일입니다. 어차피 그곳을 지나가야 하니 가는 길에 전달해 드리지요."

관우는 노인과 밤늦도록 이야기를 나누었다.

다음 날 관우는 호화 노인의 극진한 배웅을 받으며 부탁받은 서신을 품속에 넣고 길을 떠났다.

여정은 느리지만 꾸준히 이어졌다. 낙양으로 향하던 관우 일행은 어느새 동령관에 이르렀다. 공수가 관문장으로 오백 명의 군사를 거느리고 있었다.

관우는 관문 앞에서 수레를 멈추게 하고 외쳤다.

"문을 여시오. 지나가야겠소."

관문장 공수가 나와 예를 갖추고 물었다.

"관우 장군이시군요. 어디로 가시는 거요?"

"하북에 계시는 유 황숙을 찾아가는 길이오."

"승상의 통행증이 있어야 하오. 하북은 적국이라 함부로 보내 줄 수가 없소이다. 통행증 없이 관문을 통과할 수 없다는 건 장군이 더 잘 아실 거요."

관우는 난감했다. 조조가 순순히 보내 준 건 사실이지만 이렇게 멀리 떨어진 관문에서까지 그 사실을 알 리는 없었기 때문이다.

"통행증은 없지만 떠나올 때 승상께서 직접 전송까지 해주시었소. 이 관우는 거짓말을 죽기보다 싫어하는 사람이오. 거짓이 아니니 믿어 주시오."

하지만 공수는 물러서지 않았다. 조조가 과거에 명성을 얻은 것도 바로 이처럼 성문을 지키는 원칙을 고수했기 때문이다.

"그러시다면 며칠 기다리시오. 사람을 허도로 보내 확인하겠소."

"급한 걸음이오. 기다릴 수 없으니 통과시켜 주시오."

"법을 어길 수는 없소. 기다리든가 정 급하면 장군만 가고 나머지 일행은 인질로 남겨 두고 갔다 오시오."

공수는 관우를 통과시키지 않기로 작정한 것이었다. 이를 눈치챈 관우는 격분했다.

"네 이놈! 그 누구도 내 앞을 가로막을 수 없다."

청룡도를 휘두르자 섬광이 번쩍였다. 공수는 재빨리 물러나 관문 안으로 들어가 군사들을 불러 모았다.

"관우가 힘으로 이곳을 통과하려 한다. 막아야 한다."

공수는 갑옷을 입고 군사들을 이끌고 다시 문 밖으로 나왔다. 그는 혼자인 관우를 만만하게 본 것이다.

"통행증도 없는 놈이 감히 이곳을 지나려는 게냐?"

관우는 눈을 부릅뜨고 적토마를 몰아 다가왔다.

"네 이놈!"

두 번도 필요 없었다. 관우는 청룡도를 딱 한 번 휘둘러 어설픈 장수 공수를 단칼에 베었다. 관우가 말을 돌릴 때쯤 공수의 비스듬히 잘린 상체가 땅바닥에 툭 떨어졌다.

"도, 도망가자!"

이를 보고 놀란 군사들은 뿔뿔이 흩어져 도망치기 시작했다. 관우는 그들을 해칠 마음은 전혀 없었다. 살려 달라고 땅바닥에 엎드린 군사들 사이를 지나 관우는 수레를 호위하여 관문을 통과했다.

그렇게 관우는 낙양을 향해 조금씩 나아갔다.

낙양 태수 한복은 관우가 동령관의 장수 공수를 죽이고 통과했다는 소식을 듣자 장수들을 불러 의논했다.

"관우가 오고 있다. 어떻게 하면 좋겠느냐?"

"승상의 통행증을 지니고 있지 않다고 하니 반드시 막아야 합니다."

"하지만 관우를 어찌 막느냐? 게다가 관우는 승상이 직접 환송까지 했다니 허락을 받은 것이라 할 수 있다. 하지만 통행증이 없으니 또한 허락을 받지 않은 것이기도 하다."

이것은 사실 조조의 계교였다. 자신은 약속을 지켜 관우를 보내 주었지만 중간에 관문에서 군사들에게 걸려 죽으면 유비에게 돌아가는 일은 막을 수 있다고 생각한 것이다. 그렇게 되지는 않더라도 조조의 밑으로 한번 들어온 이상 쉽게 돌아가기 어렵다는 걸 보여 주는 효과도 있었다.

"몰래 도망치는 것이 분명합니다. 막지 못하면 승상이 우리를 가만 두지 않을 것입니다."

한복의 심복인 맹탄의 의견이었다. 한복도 동의했다.

"맞는 말이다. 하지만 안량과 문추의 목을 벤 관우는 당할 자가 없는 장수다. 우리가 그를 힘으로는 제압할 수 없으니 걱정이다."

"그러시다면 제가 달리 생각해 둔 꾀가 하나 있습니다."

"그게 무엇이냐? 어서 말하라."

"관의 입구를 녹각†으로 틀어막아서 아무도 들어오지 못하게 하십시오. 제가 관우와 거짓으로 싸우는 척하고 유인해 올 테니 태수께서는 녹각 뒤에 숨어 있는 궁수들로 하여금 일제히 쇠뇌를 쏘게 하십시오. 그러면 반드시 관우를 잡게 될 것입니다."

한복은 맹탄의 말이 그럴듯하게 들렸다. 관우를 상대로 정면 승부를 펼치는 건 어렵기 때

녹각(鹿角)은 뾰족한 사슴뿔 모양으로 생긴 군사용 장애물이야. 가지 달린 나무를 뾰족하게 깎아 땅에 반은 묻고 반은 세워 적의 말이나 수레가 넘어오지 못하게 막는 장치야. 오늘날로 치면 바리케이드인 셈이지. 이 틈새에 숨어 긴 창으로 적을 찌르거나 활을 쏘곤 했어.

문이다. 한복은 맹탄의 계략대로 급히 녹각을 관문에 빼곡히 채우고 군사들과 궁수를 적재적소에 배치했다.

이윽고 관우가 낙양 관문 앞에 도착하여 굳게 닫힌 문에 대고 소리를 질렀다.

"북쪽으로 통과하려 하오. 문을 열어 주시오."

문루에 오른 한복이 물었다.

"승상의 통행증을 갖고 있소?"

"미처 얻지 못했소. 하지만 승상이 분명히 날 배웅해 주었소. 이건 거짓 없는 사실이오."

"흥! 웃기는 소리 그만해라. 이 문은 너같이 허락 없이 드나드는 첩자들을 잡기 위해 세워 놓은 것이다. 통행증이 없는 네가 바로 그런 부류가 아니고 무엇이란 말이냐?"

"좋은 말로는 안 되겠구나."

관우가 청룡도를 높이 들자 맹탄이 달려왔다.

"저놈을 사로잡아라!"

관우는 맹탄과 맞서 싸웠다. 맹탄도 이름깨나 알려진 장수였지만 관우의 상대는 되지 못했다. 고작 몇 합 겨루더니 자신의 작전대로 도망쳤다. 관문 가까이 가서 쇠뇌의 사정거리에 들어가면 관우를 잡을 수 있다고 생각한 것이다. 그렇지만 관우의 말은 적토마였다. 몇 발 달리기도 전에 관우는 맹탄의 등 뒤까지 쫓아와 단칼에 그의 목을 베었다.

"또 누가 죽고 싶으냐!"

관우는 기세를 몰아 관문으로 달려갔다.

"이때다! 쏴라!"

한복이 도망치며 신호를 보냈다. 녹각 뒤에 숨어 있던 병사들이 비 오듯 화살을 날렸다. 순간 화살 하나가 관우의 왼쪽 팔에 꽂혔다.

"너희들이 오늘 죽기를 작정했구나!"

성난 관우는 미처 도망가지 못한 한복의 목을 날리고 군사들을 짓밟 았다. 닥치는 대로 군사들을 치고 베니 모두들 도망가거나 무기를 버리 고 살려 달라고 땅에 엎드렸다. 섣부른 꾀로 장수 둘이 목숨을 잃고 관 문을 허무하게 열어 주고 말았다. 관우는 멀리 피해 있던 두 부인의 수 레를 호위하고 관문을 통과했다.

관우 일행은 낙양 성내를 지나 북문으로 나갔다.

"장군, 화살 맞은 상처에서 피가 흐릅니다."

늙은 병사의 말에 관우는 뒤늦게 자신의 팔에 박힌 화살을 맨손으로 뽑아낸 뒤 상처를 헝겊으로 칭칭 감았다.

"형수님들, 저들이 기습을 하는 것을 보니 조조가 저를 죽이려는 것 같습니다. 길을 서두르겠습니다. 밤에도 쉬지 않고 달리겠습니다."

두 부인에게 알리고 그날부터 밤낮없이 말을 달렸다. 부인들은 흔들 리는 수레 안에서 멀미와 구토로 큰 고생을 했지만 죽는 것보다는 낫다 는 생각으로 참고 또 참았다.

며칠 뒤 마침내 원소가 있는 하북으로 가는 길목인 사수관이 관우 일행의 눈앞에 나타났다. 사수관의 책임자는 황건군 출신의 변희였다. 유성추†를 쓰는 걸로는 당할 자가 없는 용맹한 장수였다. 변희는 이미

연락을 받고 관우를 반드시 죽여 공을 세우리라 결심했다. 하지만 그도 정면 대결은 피했다.

"힘으로는 안 되니 꾀를 쓰자. 진국사에 큰 칼과 도끼로 무장한 도부수를 매복시켜라. 관우는 반드시 그곳에 묵을 것이니 내가 그를 유인해 술자리를 만들겠다. 술을 마시다가 내가 술잔을 던지면 그걸 신호로 관우를 어육으로 만드는 거다."

관문 앞에 있는 절 진국사에 이백 명이 넘는 도부수가 숨어 공격 신호가 떨어지기를 기다렸다.

그날 밤, 관우는 관문을 무사히 지나자 긴장이 풀려 진국사에서 하룻밤 신세를 지기로 했다. 절에 도착하니 승려들이 모두 나와 인사를 했다. 주지가 허리를 굽혀 절하며 예를 표했다.

"관 장군, 노고가 얼마나 많으십니까? 하룻밤이라도 이곳에서 마음 편히 계십시오. 이 절에 관 장군과 동향인 스님도 있습니다."

"그게 누굽니까?"

관우가 좌우를 둘러보자 주지가 소개한 중이 앞으로 나왔다. 그는 보정†이란 승려였다. 이십여 년 만에 만나는 고향 사람이었다.

"장군의 고향 댁과 저의 집은 개천 하나를 사이에 두고 있습니다."

이야기를 나누다 보니 잘 아는 사람이었다. 관우는 오랜만에 고향 사람을 만나 감회에 젖었다. 한창 대화를 나누는데 장수 하나가 절로 들어왔다.

"말씀 중에 죄송하오. 저는 이곳 관문을 지키는 변희라 하옵니다."

변희는 관우에게 공손히 예를 표한 뒤 말을 이어 갔다.

"오늘 뵙게 되니 실로 큰 영광입니다. 장군의 용맹함은 온 천하가 알고 있습니다. 이제 장군께서 유 황숙을 만나러 가신다니 그 의리와 충성은 길이길이 기억될 것입니다."

"그렇게 말씀하시니 앞의 관문을 돌파하며 부득이하게 장수들 목을 벤 것이 송구하구려. 그대가 나를 극진히 대해 주니 참으로 다행이오. 내 청룡도가 피를 묻히지 않게 되어서."

"그자들은 물색 모르고 덤볐기에 죽어 마땅합니다. 나중에라도 승상을 만나면 제가 꼭 사정을 잘 말씀드리겠습니다. 법당으로 드시지요. 법당 안에 조촐하게 주안상을 마련하라고 일러 놓았습니다."

"정성에 감사하오."

관우가 법당으로 따라가는데 보정이 이상한 눈치를 보였다. 자신이 차고 있던 작은 칼을 가리키는 거였다. 승려들이 늘 몸에 지니고 다니는 계도(戒刀)를 가리키는 이 행동은 칼을 조심하라는 뜻이었다. 관우는 그걸 보고 모든 걸 짐작했다. 신경이 온통 곤두서 있어 감이 바로 왔다.

"자, 제 술잔 받으십시오."

유성추(流星鎚)는 길이가 3~10미터나 되는 긴 줄의 양쪽 끝에 금속으로 만든 공 모양의 추가 달린 무기야. 추의 무게는 2~3킬로그램에서 무거운 것은 5킬로그램이나 되는데, 1.8킬로그램 이하의 것은 너무 가벼워서 무기로서는 위력이 약해. 가장 큰 장점은 부피가 작아서 숨기기 쉽다는 것과 사용한 뒤 회수하기 쉽다는 점이야. 적을 향해 추를 던지거나 빙빙 돌려 휘두르는 방법으로 사용하지.

보정은 실재하는 인물이 아닌 가공인물이야. 관우와 동향인 승려로 나와. 변희가 관우를 해치려 한다는 사실을 알고 관우에게 도움을 준 뒤 몸을 피해 당양현 옥천산으로 들어가 자취를 감췄어.

법당 안에서 변희가 술잔을 들어 권하자 관우가 버럭 꾸짖었다.

"너는 나를 죽이려고 이 자리에 불렀는가, 살리려고 불렀는가? 모처럼 청룡도가 쉬나 했는데 검은 속셈을 가지고 나를 속이는 게냐?"

변희는 관우가 자신의 계략을 눈치챘다는 것을 알고 술잔을 집어 던지며 소리쳤다.

"얘들아, 어서 나와라!"

그 소리를 신호로 법당 안팎에서 도부수들이 뛰쳐나와 관우를 에워쌌다.

"오냐! 내 이럴 줄 알았다."

관우는 차고 있던 칼을 뽑아 도부수들을 베고 찔렀다. 그러나 비좁은 방에서 싸우는 건 불리했다. 관우는 그대로 날아올라 방문을 박차고 나가 마당에 우뚝 섰다.

"황천길로 빨리 가고픈 놈들은 다 나오너라."

관우가 도부수들을 닥치는 대로 베어 넘기자 변희는 도망치기 시작했다.

"네 이놈, 게 섰거라!"

관우는 법당에서 나와 회랑으로 달려가는 변희를 쫓아갔다. 관우가 가까이 다가오자 변희는 유성추를 소매에서 꺼내 휘둘렀다. 관우는 날아오는 유성추를 청룡도로 받아쳤다.

"네놈이 사람 잘못 봤다."

관우는 그대로 뛰어올라 단칼에 변희를 베었다. 절 밖으로 나와 보니 변희의 군사들이 부인들이 타고 있는 수레를 포위하고 있었다.

"누가 먼저 죽고 싶은 게냐? 너희들의 장수는 이미 저세상 사람이 되었다!"

관우의 벼락같은 호령에 군사들은 모두 흩어져 도망쳐 버렸다.

변희의 군사들을 쫓은 후 관우는 보정에게 감사를 표하며 이별을 아쉬워했다.

"스님 덕에 오늘 목숨을 지킬 수 있었습니다. 은혜에 감사합니다."

"아닙니다. 저도 이제 이곳을 떠나렵니다. 부디 장군께서는 큰 뜻을 이루시길 바랍니다."

관우는 보정과 이별한 뒤 일행을 이끌고 황급히 밤길을 달려 형양으로 향했다.

한복이 관우의 손에 죽었다는 소식을 듣고 형양 태수 왕식은 이를 갈았다. 한복은 그의 먼 친척이었기 때문이다.

"관우, 그자를 내 손으로 꼭 죽이고야 말리라."

왕식도 무력으로는 관우의 상대가 안 된다는 걸 알고 몰래 죽일 꾀를 생각해 냈다. 일단 부하들을 시켜 관문을 철저히 지키도록 했다. 관우가 관문 가까이에 이르자 바로 소식이 전해졌다. 왕식은 관문 밖으로 나가 관우를 맞았다.

"말을 멈추시오. 존경하는 관 장군께서는 어디로 가시오?"

"하북에 계신 유 황숙을 찾아가는 길이라오. 이 관문을 무사히 지나가게 허락해 주시오."

왕식이 크게 웃으며 말했다.

"하하하하! 당연하지요. 하지만 쉬지도 못하고 먼 길을 오셨으니 잠시 쉬어 가시지요. 역관에 준비시켜 놓았습니다."

마음 같아선 쉬지 않고 계속 가고 싶었지만 변희를 처단하느라 절에서도 못 쉰 터라 관우는 두 부인을 생각해 왕식의 제안을 받아들였다. 역관에는 편히 쉴 수 있도록 모든 준비가 되어 있었다.

"조촐한 술자리가 마련되었으니 태수께서 오시라고 합니다."

왕식이 역관으로 부하를 보내 관우를 초대했다. 그러나 관우는 거절했다. 두 부인을 보호해야 하기 때문이다. 그러자 왕식은 술과 음식을 푸짐하게 보냈다.

"형수님들, 음식이 왔습니다. 편안히 드십시오. 내일은 일찍 출발해야 합니다."

관우는 두 부인에게 음식을 전달한 뒤 호위하는 부하들도 모두 쉬게 했다. 얼마 만에 접하는 꿀 같은 휴식인가! 하지만 이때 왕식은 종사인 호반을 불러 음모를 꾸미고 있었다.

"관우는 큰 죄인이다. 승상도 배신하고 오는 길에 관문장들도 다 죽였다. 이런 자를 그냥 보낸다면 나는 승상 앞에서 고개를 들 수 없다. 꾀로 그자를 죽여야겠으니 오늘 밤 군사 일천 명을 동원하여 역관을 포위해라. 그리고 한밤중에 군사들에게 횃불을 던지게 하여 역관을 불 질러라. 모두 태워 죽이는 거다. 나도 군사를 이끌고 가 협공을 하겠다."

왕식의 명령대로 호반은 역관 근처에서 관우 일행이 곯아떨어지기를 기다렸다. 밤이 깊어 가자 방들의 불이 하나둘 꺼졌다. 그런데도 방 하나는 불이 꺼지지 않고 계속 환했다. 아무리 기다려도 불이 꺼지지 않자 호반은 동태를 살피려 소리 없이 방문 앞으로 다가갔다. 호반은 손가락에 침을 칠해 창호지를 뚫고 안을 들여다보다가 깜짝 놀랐다.

등잔불 아래 검은 수염을 길게 기른 붉은 얼굴의 장수가 책을 읽고 있었다. 용맹한 장수이지만 시간이 날 때마다 책을 읽는 관우의 모습은 보는 사람을 숙연하게 만들었다.

'아, 저 사람은 범상한 영웅이 아니구나. 하늘이 내린 사람이 맞구나. 왜 사람들이 관우, 관우 하는지 알 것 같다.'

그 순간 관우는 깊은 내공으로 이미 자신의 주위에 살기가 감도는 걸 알고 있었다. 누군가 소리 없이 다가온 것도 느끼고 있었다. 관우는 미동도 하지 않고 낮은 목소리로 물었다.

"거기 있는 자는 누구냐?"

관우의 위압적인 목소리에 호반은 방으로 들어가 무릎을 꿇었다.

"왕 태수의 종사로 있는 호반이라고 합니다."

관우에게는 호반이 자신의 임무도 잊게 만드는 위엄이 있었다.

관우는 호반이라는 이름을 듣자 생각나는 게 있었다.

"혹시 그대 부친이 허도에 사시는 호 자 화 자 쓰시는 분인가?"

"그러합니다만 어찌 아십니까?

"공교롭구나. 자네에게 주는 편지를 부친으로부터 받아 왔네."

관우가 편지를 찾아 건넸다. 호반이 읽어 보니 아버지의 편지가 맞았고 관우의 인품에 대한 칭찬과 존경이 구구절절 적혀 있었다. 다 읽고 난 호반이 머리를 조아리며 모든 걸 털어놓았다.

"장군, 제가 큰 죄를 지을 뻔했습니다. 하마터면 천하의 충신을 죽일 뻔했습니다."

호반은 왕식의 음흉한 계교를 다 말했다. 관우의 붉은 얼굴이 더욱 붉어졌다.

"지금 이렇게 쉬실 때가 아닙니다. 제가 가서 성문을 열어 놓겠습니다. 어서 일행과 함께 이곳을 빠져나가십시오. 곧 왕식이 올 겁니다."

관우는 일행을 깨워 역관에 불을 지르고 빠져나온 뒤 미리 열어 둔 관문으로 도망쳤다.

왕식은 이 사실을 알고 황급히 관우를 뒤쫓아 갔다.

"관우는 게 섰거라!"

관우는 말머리를 돌려 돌아서서 크게 꾸짖었다.

"네 이놈! 나는 네게 잘못한 것이 없는데 어찌하여 날 죽이려는 것이냐? 오늘 네가 명을 재촉하는구나."

왕식은 창을 휘두르며 달려들어 말 그대로 명을 재촉했다. 청룡도가 그대로 왕식의 몸을 둘로 베어 버린 것이다. 그걸 본 군사들이 놀라 흩어지자 관우는 그대로 돌아서서 길을 재촉했다. 쓸데없이 인명을 살상할 이유가 없었기 때문이다.

며칠 후, 관우 일행은 활주의 관문에 도착했다. 태수 유연은 지난번 원소 군과 싸울 때 위급한 처지에 놓인 적이 있었다. 그때 관우가 달려와 적장의 목을 벤 덕에 승리를 거두었다. 그런 만큼 그에게는 관우가 은인이었다. 그래서인지 유연은 성 밖까지 나와 관우를 맞았다.

"그간 별고 없으시었소?"

유연은 예를 갖추어 인사했다. 그러나 마음 한구석에서는 걱정이 앞섰다. 관우를 어떻게 해야 하나 근심이 컸기 때문이다.

"장군은 어디로 가시는 겁니까? 승상의 통행증이 없다는 건 이미 알고 있소."

"유 황숙 형님을 찾아가는 길이외다."

"승상이 제정신이라면 적인 하북의 원소에게 장군을 보낼 리가 있습니까?"

그 말은 호락호락하게 관우를 보낼 수 없다는 뜻이었다.

"승상에게 몸을 의탁할 때 이건 처음부터 약속을 받은 일이오. 그리고 승상께서 직접 나를 배웅해 주었소. 그거면 된 거 아니겠소? 부디 길을 막아 불행한 일이 벌어지지 않게 해주시오."

유연이 생각해 보니 관우가 거짓말을 할 사람도 아니고 조조의 인품으로 보아 충분히 그럴 수 있다고 생각했다. 융통성 없게 그를 막아서서 죽음을 자초할 필요는 없었다.

"관 장군의 인품을 내가 잘 압니다. 굳이 막지 않겠소이다. 하지만 이 앞에는 보다시피 황하가 가로막고 있지 않습니까?"

"배를 빌려주시오. 은혜는 잊지 않겠소."

"게다가 나루터는 맹장 하후돈의 부장이 지키고 있어 결코 강을 건너는 걸 허락하지 않을 것입니다."

"그 문제는 내가 알아서 할 테니 배나 빌려주시오."

유연은 관우의 청에 고개를 저었다.

"배는 있습니다만 그건 제 권한 밖입니다. 승상의 명령을 받지도 않았고, 나중에라도 불같은 성미에 저를 벌할 수도 있습니다.”

“내가 전에 안량과 문추의 목을 베어 위기에서 그대를 구해 주었는데 배 한 척 못 내준다는 거요?”

“하후돈 장군에게 내 목이 날아갈 거요.”

관우는 유연의 겁먹은 소리에 쓴웃음을 지으며 입을 다물었다. 그의 목을 단번에 베고 싶었으나 길을 막지 않은 것만도 다행이라고 마음을 고쳐먹었다. 수레를 앞세워 나루터로 나아가니 아니나 다를까 소식을 들은 진기가 군사를 거느리고 길을 막았다.

“멈춰라! 네가 바로 관우로구나. 승상의 통행증도 없이 이곳을 지나가겠다는 거냐?”

“그대도 한나라의 신하, 나도 한나라의 신하다. 어찌 조 승상의 지시를 받는가?”

진기도 관우의 말에 언성을 높였다.

“나는 하후돈 장군의 지시를 받아 이 나루터를 지키고 있다. 내가 두 눈을 시퍼렇게 뜨고 있는 이상 통행증 없이 이곳을 통과할 생각은 하지 마라!”

관우의 두 눈에서 불꽃이 튀었다.

“여기 오는 동안 모든 관문 수장들의 목을 내가 베었다는 사실을 알고 있느냐?”

진기는 눈도 깜짝하지 않았다.

“어디 이름 없는 장수들 몇을 베고 자랑질이냐? 너의 서툰 재주로 감히 나를 죽일 수 있을 줄 아느냐?”

진기는 다짜고짜 칼부터 뽑아 들며 말을 이었다.

"네가 내 칼 맛을……."

그러나 진기는 더 이상 말을 잇지 못했다. 청룡도에서 섬광이 번쩍 빛나더니 그대로 머리가 떨어졌기 때문이다. 그를 따르던 군사들은 모두 움찔했다.

"내 앞을 가로막으면 이렇게 된다. 나는 너희들을 죽이고 싶지 않다. 우리가 타고 건너갈 배만 하나 내놓으면 된다."

겁에 질린 병졸들이 급히 배를 구해 왔다. 관우는 두 부인의 수레를 배에 싣고 탁류가 흐르는 황하를 건넜다. 거친 강바람을 맞는 관우는 표정 하나 변하지 않았다. 이제 강만 건너면 꿈에 그리던 유비가 있는 원소의 영토였다. 하남 강변에 도착하기까지 관우의 눈앞에는 허도에서 벗어나 다섯 관문을 지나면서 여섯 장수의 목을 벤 장면들이 주마등처럼 지나갔다.

황하를 건너자 두 부인은 곧 유비를 만난다는 생각에 가슴이 설레었다. 그때 저쪽 맞은편에서 한 사람이 말을 타고 달려오며 외쳤다.

"관 장군께서는 잠시 멈추시오!"

관우가 말을 세우고 보니 놀라운 인물이었다. 그는 바로 여남에서 패하여 헤어진 유비의 심복 손건이었다.

"아니, 그대는 손건 공 아니오?"

"맞습니다."

뜻밖의 만남을 기뻐하며 관우가 그동안의 소식을 물었다.

"형님은 어찌 지내십니까? 원소의 보호를 받고 계시지요?"

"아닙니다. 지금은 하북에서 몸을 빼어 여남으로 가셨습니다."

"그럼 형님께선 여남에 계시다는 말씀이오?"

낭패감에 관우는 불끈 쥔 주먹을 부르르 떨었다.

"그렇습니다. 장군께서 원소한테 가셨다가 혹시 해를 입으실까 염려하셔서 황숙께서 나를 보내신 것입니다."

"그렇게 원소 측 상황이 엉망이란 말이오?"

"장수와 책사들이 서로 시기하고 질투가 심합니다. 책사 전풍은 옥에 갇혔고 저수는 쫓겨났으며 곽도와 심배는 서로 세력을 다투는 중인데 원소는 줏대가 없어 이리저리 흔들리고 있습니다. 황숙께서는 이런 자와 대업을 꿈꿀 수는 없다 여기시고 하북에서 빠져나가신 것입니다."

그 말인즉 유비는 여남으로 떠나고 손건만 남아 관우를 기다렸다는 것이다.

"알겠소. 그럼 여남으로 갑시다."

일행은 말머리를 돌려 여남을 향해 출발했다. 강을 건너면 원소의 지역이라 별 어려움이 없을 줄 알았다. 그러나 끝날 때까지 끝난 게 아니었다. 얼마 가지 못하여 뒤에서 흙먼지를 일으키며 말을 탄 군사들이 쫓아왔다.

"수레를 호위하여 먼저 가시오."

관우는 손건에게 먼저 가라고 이른 뒤 홀로 추격군과 맞서기 위해 되돌아갔다.

멀리서 펄럭이는 깃발로 보아 하후돈이 기병을 끌고 온다는 걸 알 수 있었다. 하후돈은 조조의 장수 가운데 으뜸이었다. 그와 싸우려면 죽음을 각오해야 했다.

관우는 청룡도를 잡은 손에 힘을 주고 소리쳤다.

"네가 나를 막는 건 승상의 부하로서 승상을 욕보이는 것이다."

"헛소리하지 마라. 승상은 널 보내라는 명령을 내리지 않으셨는데 너는 여기까지 오면서 관문 다섯 개를 부수고 장수 여섯을 죽였다. 게다가 나의 부장 진기까지 죽여 놓고 무슨 할 말이 있는가? 너를 잡아 승상께 바쳐 죄를 다스릴 거다."

하후돈이 하나뿐인 오른쪽 눈을 부릅뜨고 창을 휘둘렀다. 그의 무기는 어골창. 관우의 청룡도와 맞부딪쳐 불꽃이 튀었다. 두 용맹한 장수의 접전이 살벌한 기세로 이어지자 하늘도 숨을 죽일 지경이었다.

몇 합을 싸웠을까. 한동안 불꽃 튀는 병장기의 부딪침이 이어졌는데 갑자기 누군가가 말을 달려 중간에 뛰어들며 외쳤다.

"두 분은 잠시 싸움을 멈추시오."

조조가 보낸 사자가 달려온 것이었다. 사자는 조조가 보낸 통행증을 가져왔다. 그걸 하후돈에게 건네며 말했다.

"승상께서는 관 장군의 충의심을 높이 샀습니다. 관문을 다 안전하게 통과시키라 하셨습니다."

그러나 하후돈은 분한 마음을 참지 못해 통행증을 보려고 하지도 않고 사자에게 다그쳤다.

"승상께서는 저자가 여섯 장수를 죽인 걸 아시오? 다섯 관문을 깨부순 것도 아시냐 말이오!"

"그, 그것은 아직 모르십니다."

"그렇다면 그 전에 보내신 통행증이오. 저자를 살려 둘 수 없소!"

하후돈이 다시 달려들자 관우는 기다렸다는 듯 받았다.

"얼마든지 오너라."

청룡도가 허공을 가르자 하후돈도 어골창으로 막으며 틈을 노렸다. 또 한바탕 청룡도와 어골창이 뒤엉킬 때였다. 또 한 명의 장수가 달려오며 외쳤다.

"두 장군은 무기를 거두시오! 승상의 명령이오!"

관우와 하후돈이 그 장수를 보니 다름 아닌 장요였다.

"두 장군은 싸움을 그치시오. 승상의 새로운 명령이 왔소. 동령관의 공수가 관 장군을 막으려다가 죽은 걸 아시고 다시 나를 보내셨소. 다른 관문도 비슷한 일이 벌어질 것 같아 내리신 명령이오. 장수들 목을 벤 일로 길을 막지 말라 하셨소."

장요의 말을 듣고서야 관우와 하후돈은 창을 내려놓았다.

"승상이 관 장군에게 도량을 베푸신 명령이니 하후 장군은 분이 풀리지 않더라도 보내 주도록 하십시오."

장요가 간곡하게 타이르자 하후돈은 분을 삭이며 군사를 거두어 돌아갔다. 하후돈이 물러나자 장요가 관우에게 물었다.

"형님은 이제 어디로 가시렵니까?"

장요는 관우를 전과 마찬가지로 형님이라고 다정하게 불렀다.

"형님께서 원소의 곁을 떠나셨다니 이제 그분을 찾아 어디든 갈 생각이네."

"유 황숙의 거처를 모르시면 고생하지 마시고 이제라도 승상께 돌아가시지요."

"장수가 한번 나선 길을 어찌 되돌리겠는가. 돌아가서 승상께 부득이하여 장수들을 여럿 죽인 것을 송구하게 생각한다고 전해 주시게."

장요도 더 이상 관우를 붙잡지 않고 작별 인사를 한 뒤 돌아갔다.[†]

관우는 부지런히 말을 달려 수레를 뒤쫓아 갔다. 여남을 향해 길을 재촉하던 관우는 며칠 뒤 황건군의 잔당인 배원소라는 산적 두목을 만났다.

"나는 황건군 천공 장군의 부장이다. 적토마를 내놓아라. 그럼 목숨만은 살려 주겠다."

산적 두목의 말에 관우가 어이없어하며 웃었다.

"허허. 장각을 따라다녔으면 유비, 관우, 장비 삼 형제의 이름은 알고 있겠구나."

"얼굴이 붉고 수염이 긴 자가 관우라는 말만 들었다. 너는 누군데 그런 말을 하느냐?"

관우가 비단 주머니를 풀어 긴 수염을 내놓으며 소리쳤다.

"자, 봐라. 이제 내가 누군지 알겠느냐?"

배원소는 깜짝 놀라 관우 앞에 납작 엎드렸

관우가 유비에게 돌아간 이야기는 《삼국지연의》에서도 하이라이트라 할 만한 부분이야. 손에 땀을 쥐게 하지. 하지만 이 짜릿한 이야기는 아쉽게도 허구야. 정사에는 관우가 유비와 잠시 헤어졌지만 원소 치하에서 뭉칠 때 곧 돌아왔다고 쓰여 있어. 너무나 간략하게 쓰인 사실을 후세에 거창하게 각색한 것이지.《삼국지연의》에서는 관우가 천릿길을 갔다고 하는데 현재의 거리로 보면 250리 정도이고 길도 험하지 않은 평탄한 지역이야. 적토마로 하루나 이틀이면 당도할 거리인 셈이지. 이토록 허구로 이야기를 멋지게 꾸민 이유는 조조는 간사하고 유비는 존귀하다는 것을 보여 주기 위함이었어.

다. 관우는 배원소와 그를 따르던 산적 무리에게 타일렀다.

"너희는 더 이상 산적 같은 잘못된 길을 가지 말고 바른 길로 돌아가도록 하라."

배원소는 거듭 절하며 관우의 말을 따르겠다고 맹세했다. 그때 한 무리의 말을 탄 사람들이 이쪽을 향해 빠른 속도로 달려왔다. 배원소가 관우에게 알렸다.

"저기 앞서 오는 사람은 저와 마찬가지로 황건군 부장이었다가 지금은 와우산에서 산적 대장 노릇을 하는 주창입니다."

관우가 보니 과연 얼굴이 검고 키가 큰 자가 창을 들고 말을 달려 다가오고 있었다.

"정말 관 장군님이 틀림없구나!"

주창은 관우를 보자 놀라는 한편 기쁜 표정으로 말에서 뛰어내려 엎드렸다.

"주창이 장군님께 절을 올립니다."

"그대는 어떻게 한눈에 나를 알아보는가? 어디서 나를 보았는가?"

"지난날 도적 장보를 따라다녔을 때 장군을 뵈었습니다. 그땐 제가 도적이라 따르지 못했는데 이제라도 따르고 싶습니다. 장군의 말고삐라도 잡게 해주십시오."

주창의 간곡한 청에는 진정성이 어려 있었다. 재능은 덕성을 주인으로 삼아야 빛을 발한다. 주창의 우직함과 바른 길을 걷고 싶은 마음은 바로 관우라는 덕성을 따르고 싶게 만들었다. 덕성 없는 재주라는 것은 주인 없는 집안에서 하인들끼리 살림하는 것과 마찬가지였다. 관우를 따르는 것이 곧 주창에게 삶의 길이었다.

관우도 그 정성에 마음이 움직였다. 같이 따르겠다는 도적 무리는 다 돌려보내고 관우는 주창만 받아들였다. 물론 먼저 두 형수님의 허락을 받았다. 힘겹게 허락을 받은 주창은 뛸 듯이 기뻐하며 관우의 청룡도를 들고 말고삐를 쥔 채 목적지인 여남으로 걸음을 재촉했다.

관우 일행이 고성이라는 곳을 지나던 중 저만치에 있는 산성을 하나 발견했다. 연기가 여기저기서 피어오르는 것이 안에서 사람들이 활기차게 지내고 있다는 것을 말해 주었다.

"제가 가서 누가 사는지 알아보겠습니다."

염탐하러 갔던 주창이 한참 만에 사람 하나를 데리고 왔다. 산짐승을 잡는 사냥꾼이었다.

"저 성에 누가 사는가? 혹시 우리를 해치려는 사람인지 궁금해서 묻는 거다."

관우가 물었다.

"석 달 전쯤에 웬 장수 하나가 찾아와 현의 관리들을 다 내쫓고 저 성을 차지했습니다. 그러고는 해자를 깊이 파고 방책도 두르며 군사를 모으고 식량과 마초도 채워 두고 있습니다. 이미 모인 군사들이 수천 명에 이릅니다."

"오, 그래? 성주가 쫓겨났단 말이냐?"

"그렇습니다. 장수가 워낙 사나운지라 아무도 그를 물리칠 수 없다고 합니다."

"그 장수 이름이 무엇이냐?"

"장비라고 하더이다."

그 순간 관우의 가슴이 뛰기 시작했다. 그토록 그리던 동생을 이런 곳에서 만날 줄은 꿈에도 몰랐던 거다.

"장 장군을 여기서 만나게 되다니 다행입니다."

손건도 기뻐했다.

"어서 성으로 들어가서 동생에게 내가 왔다 이르고 형수님 수레를 영접케 하시오."

손건은 관우의 명을 받아 한달음에 성으로 갔다.

"나는 유 황숙의 신하인 손건이오! 장비 장군은 어서 나오시오!"

잠시 후 성문이 열리더니 정말 장비가 달려 나왔다.

"아니, 이럴 수가! 손공 아니시오?"

장비는 손건의 손을 잡고 기뻐서 어쩔 줄 몰랐다. 장비는 서주가 조조에게 함락된 뒤 망탕산에 숨었다가 군사들을 이끌고 이곳저곳을 떠돌며 유비와 관우의 소식을 들으려 했다. 그러다가 이곳 성을 보자 힘으로 관리들과 병사들을 성 밖으로 내몰고 관인까지 빼앗아 황건군이나 다른 토호들이 얼씬도 못하게 막아 왔다.

성으로 들어간 손건은 정중히 장비에게 예를 갖추어 말했다.

"소식을 전하겠습니다. 유 황숙께서는 원소와 헤어져 지금 여남에 계십니다."

"아, 그렇소? 그럼 혹시 관우 형님의 소식은 들었소? 조조에게 항복해 잘 먹고 잘산다던데."

"관 장군께서 유 황숙의 두 부인을 모시고 허도를 떠나 저 성 밖에 와 계십니다. 어서 나가 맞아들이십시오."

"뭐라고?"

그 말을 듣자 성질 급한 장비는 갑옷을 입고 투구를 쓰더니 장팔사모를 꼬나들고 말을 달려 성문 밖으로 달려 나갔다.

"장 장군! 왜 이러시오?"

"내 저자를 당장 죽이겠소."

"아니, 사지를 뚫고 오신 사형에게 이 무슨 짓이오?"

"내가 다 들은 바가 있소! 비키시오!"

손건이 말리려 했지만 소용없었다.

그때 관우는 성 밖에 있다가 장비가 달려오는 걸 보았다. 수레를 호송하던 노병들도 기뻐했다.

"장 장군이 오십니다."

"허허, 반갑구나. 동생이 말달리는 모습을 보니 여전하군."

관우는 기뻐하며 장비에게 나아갔다. 그러나 달려온 장비는 그대로 장팔사모를 관우를 향해 휘둘렀다.

"이 배신자 놈아! 조조가 준 벼슬이 그리도 달콤하더냐!"

장비가 핏발 선 눈으로 고함을 지르며 다짜고짜 덤비니 관우로서는 당황하지 않을 수 없었다. 관우가 급히 몸을 피하며 꾸짖었다.

"이게 무슨 짓이냐? 우리의 도원결의를 잊었단 말이냐?"

"그 입 다물라! 너같이 의리 없는 자가 도원결의를 입에 올리다니!"

불같은 성격의 장비가 장팔사모를 풍차처럼 돌리며 관우를 마구 공격했다.

"조조에게 붙어 한수정후라는 벼슬까지 받아 놓고 이제 날 죽이러 온 게냐? 내가 먼저 널 죽여 버리겠다!"

"오해다! 지금 두 분 형수님도 계시니 믿지 못하겠거든 직접 여쭈어 보아라!"

수레의 주렴을 걷고 두 부인이 당황해서 소리쳤다.

"고정하세요. 그간의 사정을 잘 몰라서 그러십니다."

장비는 그 말을 들으려 하지도 않았다.

"형수님들은 가만히 계십시오. 제가 저자를 죽이고 성안으로 모시겠습니다."

그러자 감 부인이 꾸짖었다.

"사정이 있어 그렇게 하신 겁니다. 오해를 푸십시오!"

미 부인도 한마디 거들었다.

"황숙과 장 장군의 소식을 몰라 어쩔 수 없이 잠시 조조에게 몸을 의탁했을 뿐입니다!"

"아닙니다. 형수님들이 저자에게 속으신 겁니다. 충신이라면 결코 항복할 리가 없습니다. 게다가 저렇게 조조의 군사까지 달고 오지 않았습니까?"

장비의 말에 관우가 어이없어하며 한마디했다.

"무슨 소리냐? 그럴 리가 없다."

"뻔한 거짓말을 하는구나. 저걸 보고도 그런 소리가 나오느냐?"

장비가 가리키는 곳으로 관우가 고개를 돌려 보니 정말 조조의 군사들이 저만치에서 달려오고 있었다. 깜짝 놀라지 않을 수 없었다.

"이래도 나를 속일 생각이냐? 너 먼저 죽이고 저자들을 처단하겠다."

장비는 장팔사모를 휘두르며 관우에게 덤볐다. 관우가 장비의 장팔사모를 피한 뒤 말했다.

"좋다. 동생이 그렇게 내 말을 못 믿겠으면 내 저 장수의 목을 가져오마. 그러면 믿어 줄 테냐?"

"그렇다면 어디 한번 보겠다. 북을 세 번 칠 때까지 저 장수의 목을 베어 와라!"

그때 조조의 군사들을 이끌고 온 자는 채양이었다. 원래 관우에게 쓸데없는 경쟁심을 갖고 있었는데 울고 싶은 아이 뺨 때린다고 관우가 조카 진기의 목을 베었기에 원수를 갚으러 달려온 것이다.

"내 조카 진기의 원수! 승상의 명을 받고 너를 잡으러 왔다. 어서 목을 바쳐라."

그때였다. 장비가 북을 한 번 쳤다.

"둥!"

북소리에 관우가 청룡도를 불끈 쥐었다.

"둥!"

다시 한 번 북소리가 울리자 관우는 적토마의 옆구리를 찼다. 성난 적토마가 허공을 날아오른 순간 섬광이 번뜩였다. 그때 장비의 세 번째 북소리가 들렸다.

"둥!"

북소리의 여운이 남았을 때 허공에 날아올랐던 채양의 머리가 땅에 툭 떨어졌다.

"또 누가 죽음을 원하느냐!"

관우의 성난 목소리에 채양의 군사들은 걸음아 날 살려라 도망치기 바빴다. 관우가 기수를 잡아 어찌된 일인지 물었다. 기수는 덜덜 떨며 사실대로 말했다. 채양이 여남의 유벽을 치라는 조조의 명에 따라 여남으로 향하다가 관우의 소식을 듣자 원수를 갚겠다며 달려왔다가 변을 당한 거였다. 한마디로 갑자기 튀어나왔다가 목숨을 잃은 것이다.

기수의 말을 들은 장비는 비로소 관우에 대해 의심을 풀고 멋쩍은 얼굴로 다가왔다.

"형님! 오해해서 죄송하오!"

"허허! 그럴 수도 있지."

일이 잘되려는지 그날 저녁 흩어졌던 미축과 미방 형제도 고성에 장비가 있다는 소문을 듣고 찾아왔다.†

이렇게 해서 유비의 잔존 세력이 모처럼 한데 모이게 되었다. 일행은 성안에서 그간의 소식을 서로 전하며 울고 웃었다. 관우의 고뇌에 찬 결단과 그 뒤의 고생을 들은 장비는 꺼이꺼이 통곡을 하며 관우 앞에 무릎을 꿇었다.

"으흐흐흑! 형님! 그간 어떤 고초를 겪었는지 여쭤 보지도 않고 다짜고짜 무례를 범한 이 동생을 꾸짖어 주시오!"

장비의 통곡에 손건, 미축, 미방 모두 눈시울을 붉혔다.

그래도 잔치는 잔치였다. 술을 마시며 회포를 풀었다. 하지만 관우는 여전히 수심에 차 있었다.

"이 자리에 형님까지 함께 계시면 얼마나 좋을까."

밤늦도록 잔치를 벌이고 모두 잠자리에 들었다.

다음 날 성질 급한 장비는 관우를 재촉했다.

"어서 여남으로 갑시다. 형님, 큰형님 소식을 들었으니 어서 가야지요."

"두 형수님을 모시고 있게. 성을 버리고 갈 수는 없잖나. 내가 손건과 함께 가서 소식을 알아보겠네."

그렇게 해서 관우는 손건과 함께 네댓 명의 병사들만 거느리고 여남으로 향했다. 여남에 이르러 유벽, 공도를 만나자 먼저 유비의 소식부터 물었다. 하지만 유벽의 세력이 약한 걸 보고 나흘 전에 다시 하북의 원소에게 돌아갔다는 이야기를 듣고 허무하게 발걸음을 돌려야만 했다. 실망한 관우를 손건이 위로했다.

"일이 이렇게 된 이상 아예 우리가 하북으로 가서 황숙을 모시고 옵시다."

"그게 옳을 듯하오."

관우는 일단 고성으로 돌아와 장비에게 전

여기에서 갑자기 유비의 잔존 세력이 모여드는 것은 너무 공교롭다는 생각이 들지? 이야기의 전개를 빠르게 하기 위해 우연의 힘을 빌린 거야. 우연의 힘은 놀라워. 오늘날까지도 드라마나 통속 스토리에서 능력을 발휘하고 있으니 말이야. 시공을 줄여 주고 개연성을 생략하기에 가장 좋은 방법이니까 오래도록 이야기꾼들에게 많은 사랑을 받는 것 같아.

후 사정을 말한 뒤 주창을 불렀다.

"와우산의 산채에 배원소를 따르는 사람과 말이 얼마나 있느냐?"

"사오백은 될 것입니다."

"내가 유 황숙을 모시러 갈 동안 너는 와우산으로 가서 산채를 정리하고 배원소 무리를 이끌고 나와 나를 기다려라."

주창이 곧바로 와우산으로 떠나자 관우도 손건과 이십여 기의 단출한 병사들만 이끌고 하북으로 떠났다. 잠시도 쉬지 않고 강행군을 계속했지만 관우에게는 전혀 문제가 되지 않았다. 그의 마음속엔 유비를 향한 충성스러운 마음이 활활 불타오르고 있었기 때문이다.

그러나 관우도 하북에 다가갈수록 점점 더 불안한 마음이 들었다. 손건이 관우의 심경을 눈치채고 말했다.

"장군, 여기서 무작정 들어가는 건 위험합니다. 장군께서 이곳에서 쉬고 계시면 제가 유 황숙을 만나 조용히 아뢰도록 하겠습니다."

관우도 그 말이 맞다고 생각했다.

"그럼 조심히 다녀오시오. 나는 이곳에서 기다리겠소."

손건이 떠나자 관우는 부하들을 이끌고 한적한 장원으로 들어갔다.

"주인장 계시오? 지나가던 나그네가 하룻밤 머물기를 청합니다."

노인이 지팡이를 짚고 나왔는데 인상이 너그러워 보였다.

"초면에 실례가 많습니다. 저는 관우라고 합니다."

관우는 이미 이 일대에서 유명했다. 노인이 반가워하며 말했다.

"저도 성이 관씨입니다. 이름은 정이지요"

관정은 아들을 불러 인사를 시키고 관우 일행이 편히 쉴 수 있도록 모든 조처를 취했다.

이때 손건은 유비를 만나 모든 사실을 말해 주었다.

"정말 동생이 날 찾아왔단 말이냐?"

"예, 그렇습니다."

"참으로 기쁜 일이다. 그렇다면 원소에게서 빠져나가야 하는데 그것이 문제로구나. 간옹과 함께 의논해 보도록 하자."

간옹은 손건을 만나 인사를 나눈 뒤 꾀를 냈다.

"좋은 생각이 있습니다. 원소에게 가서 같은 황실이니까 유표를 만나 설득해서 조조를 치겠다고 말씀하십시오. 욕심 많은 원소는 반드시 그러라고 할 것입니다. 그때 몰래 빠져나가시면 될 것 같습니다."

"하지만 그대는 어떻게 빠져나올 것인가?"

"걱정하지 마십시오."

다음 날 유비는 원소를 찾아가 말했다.

"명공께서 대사를 도모하시는 데 도움을 드리고 싶습니다. 유표는 형주와 양양의 아홉 개 군을 다스리기에 군사들도 잘 훈련되어 있고 군량도 많습니다. 오래도록 전쟁을 하지 않아 힘이 비축되어 있으니 제가 가서 함께 조조를 치자고 하겠습니다."

하지만 원소는 고개를 저었다.

"그전부터 내가 그렇게 제안했지만 그자가 응하질 않았소."

"같은 종실이니 제가 가서 설득해 보겠습니다."

원소는 유비 혼자 가서 설득한다면 자신은 크게 손해 볼 것이 없다고 생각하고 허락해 주었다. 유비가 물러나자 간옹이 기다렸다는 듯이 나서서 의견을 냈다.

"유비는 이번에 가면 돌아오지 않을지도 모릅니다."

원소가 눈을 번득였다.

"그럼 어쩌란 말인가? 보내지 말아야 되나? 유표를 설득할 사람은 유비밖에 없지 않은가?"

"제가 따라가겠습니다. 가서 유표를 함께 설득한 뒤 유비가 도망가지 못하게 잘 감시해서 데리고 오겠습니다."

"오, 그거 좋은 생각이다."

그러자 옆에 있던 원소의 책사인 곽도가 말했다.

"어찌하여 저들을 함께 보내십니까? 둘 다 돌아오지 않을 것입니다."

"그렇지 않아. 지나치게 의심할 필요는 없네. 간옹이 가서 잘 감시할 거야."

곽도는 자신의 조언을 들으려 하지 않는 원소의 태도를 보고 고개를 저으며 물러났다.

유비는 간옹과 함께 원소에게 하직 인사를 한 뒤 말을 타고 성을 나섰다. 성을 빠져나와 한참을 달리자 관정의 집 앞에서 기다리고 있던 관우가 엎드려 절을 했다.

"오! 동생!"

"형님, 무고하셨군요."

두 사람은 끌어안고 울었다. 하염없이 흐르는 눈물을 닦으며 그들은 관정의 집 안으로 들어갔다. 관정이 나와 인사를 하자 유비가 물었다.

"이분은 누구신가?"

"이분은 저와 같은 관씨 집안사람입니다. 아들 둘이 있는데 둘째 아들 관평이 무예가 출중하다 합니다."

관정은 기회를 놓치지 않고 부탁했다.

"영웅들을 이렇게 직접 뵙게 되니 이 늙은이는 더 이상 바랄 것이 없습니다. 둘째 아들놈을 관 장군께 보내 드리고 싶습니다."

열여덟 살 먹은 관평은 고개를 숙이고 옆에서 처분만 기다렸다. 유비가 그 이야기를 듣고 물었다.

"어르신께서 그렇게 결정하셨다면 아드님을 관우의 아들로 삼도록 하면 어떻겠소? 마침 관우는 여태 아들이 없소이다."

"참으로 가문의 영광이옵니다. 애야, 앞으로 너는 관 장군을 아버님으로 모시고 극진히 효도를 다하여라."

"어김없이 수행하겠습니다."

이렇게 해서 아들 하나를 얻은 관우와 유비는 원소가 쫓아올까 두려워 바로 짐을 정리하여 떠나게 되었다.

관우는 주창과 앞서 약속한 대로 와우산 쪽으로 길을 재촉했다. 한참을 가다가 맞은편에서 부하 수십 명을 끌고 오는 주창을 만났다. 주창은 온몸에 상처를 입고 피를 흘리고 있었다.

"어찌된 일이냐? 사오백 명의 무리가 있다 하지 않았느냐?"

관우의 물음에 주창이 대답했다.

"제가 와우산에 이르기 전에 산채가 쑥대밭이 되어 있었습니다."

"무슨 일이더냐?"

"웬 장군이 혼자 와서 배원소를 찔러 죽였습니다. 그러고는 부하들에게 항복을 받아 산채를 빼앗아 차지하고 있었습니다."

"그래서 그를 혼내 주었더냐?"

"저는 상대가 되지 않습니다. 그 장수와 여러 번 싸웠지만 이기지 못하고 세 군데나 창에 맞았습니다."

유비가 물었다.

"그자의 이름이 무엇이라더냐?"

"상산 사람 조자룡이라 했습니다."

관우는 유비와 눈이 마주쳤다. 유비가 반가워하며 말했다.

"어서 가자. 자룡이라면 우리가 잘 아는 장수다."

말을 타고 달려 나가자 갑옷과 투구를 쓴 장수 하나가 무리를 거느리고 산기슭을 내려오고 있었다.

"자룡!"

관우가 쩌렁쩌렁 외치자 멀리서 관우를 알아본 조자룡이 그대로 달려와 말에서 내려 절을 하며 꿇어앉았다.

"어찌된 일인가?"

유비도 반가워하며 조자룡을 끌어안았다.

"장군과 헤어진 뒤 저는 다시 공손찬의 수하로 돌아갔습니다. 공손찬은 사람들이 말려도 듣지 않고 싸우다가 결국 원소에게 패해 불타서 죽었습니다. 원소가 자기 밑으로 오라 했지만 저는 모든 것을 버리고 세상을 떠돌고 있었습니다. 다들 어디 계신지 몰라 산채에 들어가 구질구질하게 목숨을 이어 가던 중에 이렇게 만나 뵙게 되니 꿈인지 생시인지 알

수가 없습니다."

"장비의 소식은 듣지 못했더냐?"

"고성에 장비 장군이 있다는 소문을 들었지만 사실인지 아닌지 알 수가 없었습니다."

"다행이다. 내가 그대를 늘 그리워했거늘 이제 완전히 나의 품으로 들어오면 되겠구나."

"제가 여러 영웅을 주인으로 모셔 보았지만 장군 같은 분은 없었습니다. 오늘 이렇게 모시게 되었으니 평생의 원을 이루었습니다. 죽어도 아무 여한이 없도록 충심으로 모시겠습니다."

그리하여 조자룡은 삼 형제와 함께 가는 운명을 선택했다. 조자룡은 산채를 불태워 버리고 무리를 이끌고 유비를 따라 고성으로 향했다.

고성에서 유비 삼 형제가 만나 기뻐한 모습은 글로 다 표현할 수가 없다. 유비는 두 부인과도 반갑게 해후했다. 두 부인이 그동안 있었던 일을 이야기하자 유비는 모든 것이 자기 탓이라고 했다.†

그날 밤 그들은 소를 잡고 말을 잡아 하늘에 감사의 제를 올렸다. 삼 형제가 다시 모인 데다 조자룡까지 가세하니 유비는 천하를 얻

여기서 잠깐!!

헤어졌던 형제가 다시 만난 이 이야기는 '고성회(古城會)'라고 불려. 하지만 정사에 이런 이야기가 없는 걸 보면 꾸며낸 이야기가 분명해. 관우가 유비와 다시 만난 곳이 어딘지는 아무도 몰라. 그저 이 고성의 일화는 삼 형제의 의리를 보여주기 위한 장치일 뿐이야. 기뻐서 며칠이고 술을 먹으며 잔치를 벌였다는 대목이 독자들로 하여금 함께 기쁨과 행복을 누리게 해주지. 이곳을 떠나면서 유비 삼 형제는 대업을 향해 한 걸음 더 나아가게 되는데 이와 같은 정거장 역할을 고성이 했다고 볼 수 있어.

은 것만 같았다. 그뿐만 아니라 젊은 장수인 관우의 아들 관평과 주창까지 거두게 되었다. 모두 고성에서 마음껏 술을 마시며 즐거운 시간을 보냈다.

유비는 든든한 관우, 장비와 함께 군사가 사오천 명에 이르게 되었고 손건과 간옹, 미축, 미방 같은 책사들도 거느리게 되어 비로소 천하의 대세를 도모해 볼 진용을 갖추었다. 인간의 성격, 재능, 야망은 결코 편안한 가운데서 발전할 수 없다. 시련과 고생을 통해서 정신은 단련되고 일 처리를 통해 판단력이 길러지며 더욱 큰 야망을 품어 성공을 이룰 수 있는 것이다. 이제 유비에게 남은 것은 야망의 실현뿐이다.

유비는 여남으로 가서 군사를 모으고 말들을 사서 힘을 기르기 시작했다. 전화위복이라 했던가. 이로써 유비는 심기일전하여 영웅들과 어깨를 겨룰 준비를 하게 되었다.

3
손책의 죽음

유비가 도망간 사실을 안 원소는 크게 화를 냈다.

"그 귀 큰 놈이 나를 배신하다니, 당장 잡아다 목을 베리라!"

원소가 흥분하여 군사를 일으키려는 것을 보고 책사인 곽도가 말했다.

"그건 다 지난 일입니다. 그리고 유비는 문제가 아닙니다. 정말 큰 문제는 조조입니다."

"유표가 더 큰 문제 아니냐?"

"유표도 형주 땅을 차지하고 있지만 나서는 자가 아닙니다. 오랜 기간 전쟁을 하지 않았습니다. 우리의 적수가 되지 않는 유표를 신경 쓸 필요는 없습니다. 그보다 지금 강동에 있는 손책의 위세가 점점 커 가니 손책과 손잡고 조조를 쳐야 천하의 대세를 도모할 수 있을 것입니다."

"그 말도 맞다."

곽도의 계략을 받아들여 원소는 글을 써서 진진에게 주어 강동으로 보냈다.

이때 손책은 풍족한 양식에다 강한 군사들을 거느리고 강 건너에 있다는 이점을 활용하여 안정된 세월을 보내고 있었다. 그는 끊임없이 영토를 늘려 명성과 위세를 만천하에 떨치고 있었다.

손책은 허도에 장굉†을 사자로 보내 황제에게 승리의 소식을 전하는 표문을 올렸다. 조조는 강동에서 손책이 세력을 키우는 것을 보며 언젠가는 한판 크게 붙어야 한다는 사실을 예감하고 있었다.

"호랑이 새끼가 많이 컸구나. 골치 아프게 되었어."

조조는 어떻게 할까 고민하다가 사돈을 맺는 것이 좋겠다는 결론을 내리고 사촌인 조인의 딸을 손책의 동생인 손광에게 시집보냈다. 그리고 손책의 사자인 장굉을 허도에 붙잡아 두었다.

손책은 자신의 벼슬을 높여 달라고 조정에 요청했지만 조조는 들어주지 않았다.

"간사한 조조가 날 우습게 알고 관직을 높여 주지 않는구나. 어디 두고 보자."

자신의 벼슬길을 막았다는 생각에 손책은 허도를 칠 기회만 엿보고 있었다. 손책의 이런 속마음을 눈치챈 오군 태수 허공†이 조조에게 밀서를 보냈다. 그는 조조의 끄나풀 노릇을 하고 있었다.

승상께 아룁니다.

손책은 항우와 같이 용맹한 자입니다. 벼슬을 크게 주시어 허도로 불러들이시지요. 옆에 두고 감시하지 않으시면 나중에 큰 화를 불러일으킬 것입니다.

유비를 불러 곁에 두었듯이 손책을 불러 벼슬을 주고 허도에 머무르게 하라는 계교였다.

그러나 이 계교는 곧 손책에게 알려졌다. 밀서를 지닌 사자가 몰래 강을 건너가다 손책의 병사들에게 붙잡힌 것이다. 성질 급한 손책은 편지를 읽자마자 사자의 목을 벤 뒤 허공을 제거하기로 마음먹었다.

"내 이 간교한 자의 목을 베리라."

손책이 의논할 일이 있다고 부르자 허공은 의심없이 손책의 부중으로 들어갔다가 목이 날아갔다. 배신자의 말로는 그런 것이었다.

허공은 미래를 준비하여 집 안에 문객들을 두고 있었다. 문객이란 원래 권세가 있는 집에 머물며 주종 관계를 유지하지만 그 집안이 쇠락하면 떠나는 법이다. 그러나 허공의 집에는 의외로 의리 있는 문객 셋이 있었다. 그들은

장굉은 동오의 중요한 책사야. 한 말에 난리를 피해 강동에 살았는데, 장소와 더불어 '이장(二張)'이라 불렸어. 손책이 강동을 다스리기 시작할때 그를 초빙해 정의교위로 삼았어.

～

허공은 원래 후한에서 임명한 오군의 정식 태수였어. 손책이 강동으로 진출하여 세력을 키우고 있던 이때 허공은 그에 대한 정보를 조조에게 제공할 수밖에 없는 위치에 있었지. 손책이 강동을 다스리게 되면 자신의 입장이 곤란해지니까 밀서를 보내게 된 거야. 결과적으로 허공 때문에 손책이 죽게 되어 젊은 손권에게 빠르게 권력이 이동하게 되었어.

모여서 궁리를 했다.

"우리를 돌봐 주던 이 댁 주인이 새파랗게 젊은 손책에게 목숨을 잃었소. 도저히 가만있을 수 없소. 보복을 해야 하오."

"그럽시다. 인간의 도리를 보여 주어야 하오."

"손책이 사냥을 간다고 하니 그때 손책을 죽입시다."

"좋은 생각이오."

혈기 왕성한 젊은 손책은 사냥을 즐겼다. 자신을 죽이려는 자객이 셋이나 숨어 있는 것을 전혀 눈치채지 못하고 손책은 사슴을 발견하자 사냥터를 종횡무진 달렸다. 부하들이 미처 따라오기도 전에 숲속에서 홀로 사슴을 쫓고 있을 때 숨어 있던 자객들이 모습을 드러냈다.

"게 섰거라!"

말을 달리던 손책은 흠칫 놀랐다.

"무엄하다. 너희들은 누구냐?"

손책은 당황했지만 기죽지 않고 큰 소리로 외쳤다.

"우리는 돌아가신 허 태수 댁의 문객들로 네놈을 죽이러 왔다."

"우리 주인의 원수를 갚을 것이다!"

자객들은 손책에게 화살을 쏘고 창으로 찔렀다. 화살은 손책의 뺨에 꽂혔고, 창은 허벅지를 뚫고 들어왔다. 기습을 당한 손책은 볼에 꽂힌 화살을 뽑아 활을 쏜 자에게 다시 쏘았다. 그 틈에 좌우에 남은 두 사람이 덮쳤다. 사냥터에 별다른 병장기도 없이 나온 손책은 활 하나로 그들의 공격을 막아 낼 뿐이었다. 하지만 중과부적이었다. 두 사람이 마구 휘두르는 창에 찔려 손책은 큰 부상을 입었다.

"주공이 위험하다!"

그제야 뒤따라온 병사들이 자객들을 발견하고는 무참히 짓이겨 손책은 간신히 위기에서 벗어났다. 하지만 온몸이 피투성이였고, 얼굴은 볼이 완전히 뚫려 너덜너덜할 지경이었다. 부중으로 돌아와 긴급히 치료를 받았지만 중태였다.

천하의 손책이 사냥터에서 자객들에게 기습을 당할 줄은 아무도 몰랐다. 후세 사람들은 이 세 사람의 문객을 칭송했다. 군자는 의(義)를 가장 귀하게 여기는 법이다. 바른 의리를 근본으로 하여 행동할 때는 신의로 완수하는 것이 참된 군자의 도리였다. 주인을 위해 몸을 바친 이 문객들의 의리를 높이 산 것이다.

손책은 부상을 당해 자리에 눕자 명의 화타를 급하게 불렀다. 그러나 화타는 이미 명성이 널리 알려진 뒤 강 건너 중원에서 활동하고 있어 연락이 닿지 않았다. 대신 그의 제자가 와서 상처를 보고 치료한 뒤 주의를 주었다.

"자객들이 화살과 창에 독을 발랐습니다. 뼛속까지 독이 스몄으니 독소가 완전히 빠져나가려면 백 일 동안은 조심하셔야 합니다. 화를 내거나 충격을 받아 성정이 흐트러지면 피가 거꾸로 돌면서 목숨이 위태로워질 것입니다."

성격이 불같은 손책은 백 일 동안이나 조심해야 한다는 말에 눈앞이 캄캄했지만 살아남는 것이 급선무였다. 손책은 조용히 정양을 하며 시간을 보냈다.

그러나 손책의 급한 성질은 어쩔 수 없었다. 허도에 사신으로 간 장꽁이 몰래 사람을 보냈다. 손책은 장꽁이 보낸 사자를 불러 그간의 소식을 물었다.

"그래 장꽁은 잘 있는가?"

"예, 조조가 붙잡고 있어 돌아오지는 못하시지만 이걸 기회로 허도의 정세를 파악하고 계십니다."

"허도에 있는 자들은 나를 어찌 아는가?"

"모두들 주공을 두려워하고 있습니다. 조조 밑에 있는 책사들도 주공이 영웅이라 하며 쩔쩔매는데 단 한 사람 곽가라는 자만이 주공을 깎아내리고 있습니다."

"뭐라고 깎아내리더냐?"

열을 받기 시작한 손책이 따져 묻자 사자는 할 수 없이 사실대로 이야기했다.

"곽가가 조 승상에게 주공을 두려워할 필요가 없다고 했습니다."

"나를 두려워할 필요가 없다고? 무슨 까닭에 그렇다는 거냐?"

"주공은 성격이 급하시고 경솔할 뿐만 아니라 꾀가 없어서 훗날 반드시 소인배들의 손에 죽을 거라 했습니다."

"무엇이라고!"

곽가의 말대로 이름도 없는 자객들에게 공격을 받은 손책은 크게 자존심이 상했다. 성질이 느긋하고 도량이 큰 사람 같았으면 껄껄 웃으며 그 말이 맞다며 지나칠 일이었지만 혈기 왕성한 손책은 그렇게 하지 못했다.

"당장 전쟁을 일으켜 허도를 짓밟고 말겠다!"

장수들을 불러 모았지만 모두 말렸다.

"주공! 의원이 정양을 해야 한다고 하지 않았습니까? 화를 내지 마십시오. 어찌하여 이렇게 화를 내십니까?"

그때 원소의 사자인 진진이 도착해서 함께 힘을 합쳐 조조를 치자고 하자 손책은 급격히 기분이 좋아졌다. 당시 원소의 세력이 가장 컸기 때문이다.

"그렇지. 조조 이놈이 목을 붙이고 있을 날이 얼마 남지 않았어. 원소와 내가 힘을 합치면 조조 따위는 아무것도 아니다."

손책은 기뻐하며 사람들을 모아 성루에서 잔치를 벌였다. 그런데 갑자기 장수들과 신하들이 수군거리더니 조용히 성 아래로 내려갔다. 그것을 보고 손책이 물었다.

"무슨 일이냐? 주연 중에 어딜 가는 게냐?"

옆에 있던 부하가 말했다.

"신선 한 분이 지금 성 밖을 지나고 있습니다. 그 신선에게 예를 갖추려고 저러는 것입니다."

"신선이라고?"

"예. 본명은 우길인데 사람들은 우 신선이라고 하옵니다."

손책이 성루 아래를 내려다보았다. 흰옷을 입은 노인이 지팡이를 짚은 채 천천히 걸어가는데 좌우에 늘어선 백성들과 신하들이 모두 허리를 굽혀 존경의 예를 표하고 있었다. 그와 같은 존경의 표시는 손책도 받아 본 적이 없었다. 문득 시기심이 가슴속에서 뭉게뭉게 일었다.

"저런 요망한 놈. 저놈이 왕이라도 된단 말이냐? 당장 잡아 와라!"

"안 됩니다, 주공. 우길 신선은 동방에 거처하는 분입니다. 부적을 태운 물을 먹여 사람들 병을 고쳤는데 못 고치는 병이 없습니다. 신선을 욕보이시면 안 됩니다."

"뭐라고? 세상을 어지럽히는 자로구나. 어서 잡아 와라!"

부하들이 어쩔 수 없이 우 신선이라 불리는 우길을 끌고 왔다. 그러자 손책이 물었다.

"네놈은 어찌하여 세상 민심을 어지럽히는 게냐?"

우길은 손책의 카랑카랑한 목소리를 듣고도 표정 하나 변하지 않고 말했다.

"저는 낭야궁에 살고 있는 도인일 뿐입니다. 세상을 어지럽힌 적은 없습니다. 저는 순제 때 산에 들어가 약초를 캐다가 신서(神書)를 얻었습니다. 백여 권에 이르는 그 책을 읽고 세상의 모든 이치에 통달하게 되었습니다. 그 안에는 질병을 고칠 수 있는 비방도 적혀 있는데, 그것을 읽고 사람들의 병을 고쳐 주며 인심을 얻었습니다. 저는 오로지 선의로 병을 고치고 그들을 지도해 주었을 뿐입니다."

"병을 고쳐 주고 재물을 받았으니 장각 일당과 비슷한 사기꾼이 아니더냐?"

손책이 다시 따졌지만 우길은 태연히 말했다.

"저는 남의 재물을 받은 적이 없습니다."

"그래? 그럼 음식과 옷은 네가 스스로 농사지어 먹고 만들어 입었단 말이냐?"

"……."

그럴 수는 없는 노릇이기에 우길은 입을 다물었다.

"그것 봐라. 누군가가 준 것이 아니더냐? 그러니 네놈은 장각의 무리나 마찬가지라는 거다. 장각의 무리를 다 없앤 줄 알았더니 아직도 너같은 녀석이 남아 있구나. 당장 네 목을 벨 것이다."

그러자 장소가 나서서 간청했다.

"주공! 우 신선은 강동에서 수십 년 동안 활동하며 아무런 문제도 일으키지 않았습니다. 죽이시면 아니 되옵니다."

"저런 요망한 놈을 죽이는 게 왜 안 된다는 것이냐? 당장 죽여라!"

그러나 아무도 신선을 죽이려고 나서지 않았다. 손책은 다시 명령을 내렸다.

"옥에 가두어라. 나중에 판결을 내릴 것이다."

그날 일은 그렇게 끝나는 것 같았다. 그러나 손책의 어머니 오 태부인 때문에 문제가 다시 시작되었다. 오 태부인이 손책을 후당으로 불러들인 것이다.

"정말로 우 신선을 옥에 가두었느냐?"

"어머니도 그자를 아십니까?"

손책은 당황했다.

"우 신선은 백성들의 병도 고쳐 주고 존경받는 분이다. 결코 해쳐선 아니 된다. 풀어 드려라."

손책은 더욱 화가 났다. 어머니까지 자신의 편이 아닌 것 같았기 때문이다.

"송구하오나 어머니까지 이러시니 그자가 얼마나 위험한 인물인지 알겠습니다. 반드시 죽여야겠습니다. 요술을 부리는 장각과 다를 바 없는 놈입니다."

"제발 그러지 마라. 그분은 훌륭한 분이다."

"어머니, 세상에 떠도는 이야기를 믿지 마십시오. 제가 잘 처리하겠습니다."

손책은 이미 감옥에 가둬 놓은 우길의 몸에 큰 칼과 족쇄를 채우게 했다. 일이 커지자 수십 명의 신하들이 손책의 신임을 받고 있는 장소와 함께 연명으로 글을 올려 우길을 구해 달라고 청했다. 손책은 더욱 화가 났다.

"그대들은 글을 공부한 선비들이 아닌가? 왜 사리판단을 못하는 것이냐? 황건적의 난으로 세상이 어지러워졌던 것이 불과 얼마 전이었거늘 또 이런 일이 우리 강동에서 벌어진다는 게 말이 되나? 왜 깨닫지 못하는 거냐? 내가 우길을 죽이려는 것은 그자에게 원한이 있어서가 아니라 백성들을 헛된 꿈에서 벗어나고 망상에서 헤어나게 하려는 것이다."

여범이 나섰다.

"주공, 우 도인은 기도를 하면 신통력이 발휘된다 합니다. 지금 마침 가뭄이 심하지 않습니까? 비가 내리게 기도해 보라고 하십시오. 비가 내린다면 나라에도 좋은 일이고, 그자가 정말 능력이 있는 것을 증명한 것이니 풀어 주어도 되지 않겠습니까?"

손책으로서는 손해 볼 것이 없는 일이었다.

"좋다. 보통 사람이라면 비를 내리게 할 순 없겠지. 어디 한번 재주를 구경이나 해보자."

손책은 우길을 끌어내어 칼과 족쇄를 벗겼다.

"네놈이 그렇게 능력이 있다면 비를 내리게 해보아라."

"정갈하게 단을 하나 쌓아 주시오."

우길은 표정 변화가 없었다. 단을 쌓아올리자 우길은 목욕재계를 하고 깨끗한 옷으로 갈아입은 뒤 스스로 자신의 몸을 꽁꽁 묶었다. 그리고 햇볕이 내리쬐는 단 위에 올라 하늘을 우러러보았다. 소문을 들은 사람들이 우르르 몰려와 우길이 기도하는 모습을 바라보았다.

"흑흑! 신선님, 이것이 무슨 변고입니까?"

"신선님이 죄인이라니요."

우길은 사람들을 둘러보며 말했다.

"슬퍼하지 마라. 내 운명은 여기까지다. 비를 내리게 해도 결국 나는 죽을 것이다."

"아닙니다. 비를 내리면 주공이 살려 드릴 겁니다."

모두 한목소리로 외쳤지만 우길은 고개를 저었다.

"내 운수는 이미 다했다."

이대로 내버려 두었다간 큰일 날 것 같아 손책이 나서서 최종 선언을 했다.

"정오까지 비가 오지 않으면 너를 화형에 처하겠다."

옆에는 화형에 쓰일 장작이 쌓여 있었다. 우길은 하늘을 우러러보며 기도를 올렸다. 시간이 흘러 점점 해가 중천에 떠오르는 정오 무렵이 되었다. 갑자기 바람이 불기 시작하며 구름이 몰려오더니 사방이 온통 시커멓게 변했다. 이러다간 정말 비가 올 것 같아 손책은 급히 명령을 내렸다.

"정오가 되었지만 비가 오지 않았다. 저자를 화형에 처하라."

손책은 우길을 장작더미 위로 올라가게 한 뒤 불을 붙이게 했다. 불꽃이 활활 피어오르기 시작했다.

"아이고! 아이고!"

백성들이 눈물을 흘리며 통곡했지만 우길은 꿈쩍도 하지 않았다. 불길이 장작더미 전체로 번져 우길에게 옮겨 붙으려는 순간이었다.

우르릉! 쿵쾅!

천둥번개가 치면서 빗방울이 떨어지기 시작했다. 퍼붓듯이 쏟아지는 굵은 빗방울이 맞으면 아플 정도였다.

"비가 내린다! 비가 내려!"

"신선님이 목숨을 구하셨다!"

"천지신명이 신선님을 구하셨구나!"

물바다가 될 정도로 비가 퍼부었다. 오랜 가뭄을 해갈시킬 단비가 온 것이다.

"신선님을 풀어 드리자!"

사람들이 달려들어 우길을 부축하여 땅에 내리고 결박을 풀어 주었다. 그러고는 절을 했다.

"감사합니다, 우 신선님. 고맙습니다."

"신선님은 정말 신령한 분이십니다."

사람들이 물이 질펀한 땅바닥에 엎드려 절을 하는 것을 보자 손책의 분노는 극에 달했다. 우길을 이대로 살려 두면 정말 장각처럼 될 것이 뻔했다.

"이 요망한 놈이 우연히 내린 비를 자신이 내리게 한 것처럼 우쭐대고 있다. 당장 목을 베라!"

그러나 아무도 나서지 않았다. 손책은 더욱 화가 나서 소리쳤다.

"너희가 감히 나에게 거역하겠다는 거냐? 너희를 모두 죽이겠다."

손책이 칼을 들고 휘두르자 할 수 없이 병사 하나가 우길의 목을 쳤다. 그 순간 우길의 목에서 푸른빛이 도는 서늘한 기운이 치솟아 하늘로 올라갔다. 이것을 본 사람들은 불길한 예감에 사로잡혔다.

하지만 손책은 그럴수록 더더욱 오기를 부렸다.

"저 요망한 자의 시체를 사람들이 볼 수 있도록 저잣거리에 내다 버려라. 앞으로 또 저런 식으로 세상을 어지럽히고 백성들을 홀리게 하여 속이는 자는 결코 용서하지 않겠다는 본보기로 삼을 것이다."

사실 손책이 이렇게 과도한 반응을 보인 것도 그럴 만한 이유가 있었다. 황건군의 잔재가 그때까지도 도처에 남아 있었기 때문이다. 장각의 뒤를 이은 자들이 곳곳에 퍼져 요상한 술법을 부리며 사람들을 모으는 것에 강력한 경고를 보낸 것이다.

그러나 손책은 대상을 잘못 골랐다. 그날 밤 비바람이 다시 세차게 불며 천둥번개가 요란하게 치더니 우길의 시체는 어디로 사라졌는지 알 수 없었다. 지키고 있던 군사가 놀라 손책에게 달려갔다.

"주공! 우 신선의 시체가 사라졌습니다. 두 눈 크게 뜨고 지켜보고 있었는데 갑자기 사라졌습니다."

"뭐라고? 그토록 잘 지키라 했는데 시체를 잃어버려?"

손책이 버럭 화를 내는 순간 그 군사의 뒤에서 누군가 걸어왔다. 우길이었다. 손책은 깜짝 놀라 우길을 죽이려고 칼을 뽑았다.

"네 이놈!"

그러나 칼을 휘두르다가 그만 쓰러져 정신을 잃었다. 한참 만에 눈을 떠 보니 오 태부인이 곁을 지키고 있었다. 오 태부인은 손책이 깨어난 것을 보고 말했다.

"어찌하여 신선을 죽여서 이런 화를 당하느냐?"

손책은 너털웃음을 웃었다.

"어머니! 그게 무슨 말씀이십니까? 제가 그동안 전쟁터에서 사람 죽이기를 풀 베듯 했는데 요사스러운 놈 하나 죽였다고 어찌 화를 당하겠습니까?"

"그렇지 않다. 이번에는 신선을 죽이지 않았느냐? 지금이라도 잘못을 빌고 살풀이를 해서 하늘에 용서를 구해라."

"어머니, 어찌하여 그런 심약한 말씀을 하십니까? 저는 절대 그러지 않을 것입니다."

손책은 어머니의 청을 완강하게 거부했다.

그날 밤 모두가 잠든 시간에 갑자기 돌풍이 불었다. 손책이 눈을 떠 보니 머리맡에 사람이 하나 서 있었다. 우길이었다.

손책은 벌떡 일어나 칼을 휘두르며 소리쳤다.

"네 이놈! 저승 귀신이 왜 나에게 나타난 거냐?"

휘두르던 칼을 집어던지자 우길은 사라졌다. 큰 소리에 놀라 달려온 오 태부인에게 손책이 말했다.

"어머니, 걱정하지 마십시오."

오 태부인은 아들을 위해 치성을 드리기로 작정했다.

"내가 옥청관에 사람을 보내 치성을 드리게 했다. 네가 가서 절하고 용서를 빌면 편안해질 게야."

이쯤 되면 더 이상 오 태부인의 말을 거역할 수가 없었다. 손책은 어쩔 수 없이 불편한 몸을 이끌고 옥청관으로 갔다. 도사가 그를 맞으며 안내했다.

"들어오십시오. 이쪽에서 우길 신선의 명복을 빌어 주시면 됩니다."

향을 피운 뒤 도사가 말했다.

"어서 절을 하시지요."

그러나 손책은 자존심에 도저히 절은 할 수가 없어 뻣뻣하게 서서 향만 피웠다. 그러자 갑자기 향로에서 피어오르던 연기가 뭉쳐 모양을 만들더니 우길로 변했다.

"네 이놈!"

손책은 우길에게 침을 뱉고 돌아서서 나왔다. 그런데 이번에는 우길이 전각 앞에서 기다리고 있었다.

"정말 요망한 놈이로다. 여봐라, 저 요귀를 처라!"

부하들은 좌우를 둘러보았지만 아무것도 없었다.

"어디에 요귀가 있단 말씀입니까? 아무것도 보이지 않습니다."

"저게 안 보인단 말이냐!"

손책이 칼을 뽑아 마구 휘두르자 누군가 대신 칼에 찔려 죽었다. 죽은 자를 보니 바로 손책의 명령으로 우길의 목을 친 군사였다.

"안 되겠다. 옥청관을 무너뜨려라! 귀신 소굴이다!"

군사 오백 명이 달려들어 옥청관을 허물고 기왓장을 벗기려 하자 우길이 지붕 위에서 손책을 향해 기왓장을 날렸다.

"으윽!"

손책은 분노가 끓어올랐지만 부중으로 돌아왔다. 그리고 조조를 치기 위해 원소와 손을 잡을 일을 의논할 회의를 열었다. 부하 장수들은 한목소리로 호소했다.

"주공께서 몸이 성치 않으시니 지금 전쟁을 벌이는 것은 옳지 않습니다. 부디 완쾌되신 다음에 움직이시지요."

그날 밤 지친 손책은 잠자리에 들었다. 그러나 밤새도록 우길이 산발한 채 나타나 그를 괴롭혔다. 장막 안에서 손책이 칼을 휘두르고 소리치며 미친 듯이 날뛰는 것을 군사들은 불안한 마음으로 지켜보았다.

다음 날 이 소식을 들은 오 태부인이 손책을 불렀다. 손책이 휘청거리는 몸으로 절을 하자 오 태부인은 깜짝 놀랐다.

"하룻밤 사이에 얼굴이 어찌 이 모양이 되었단 말이냐?"

"예? 그게 무슨 말씀이십니까?"

"거울을 보거라."

오 태부인이 건네준 거울을 들여다보던 손책은 깜짝 놀랐다. 그야말로 몰골이 말이 아니었다. 그 순간, 거울에 비친 얼굴이 우길의 얼굴로 바뀌었다.†

"우길, 네 이놈!"

거울을 집어 던지며 또다시 분통을 터뜨리자 아물어 가던 온몸의 상처가 터졌다. 창에 찔렸던 상처에서 피가 줄줄 흘렀다.

"아악!"

오 태부인은 비명을 지르며 쓰러진 손책을 침상에 눕히고 황급히 의원을 불렀다. 응급 처치를 하자 손책은 힘없이 눈을 떴다.

"나는 이제 못 살 것 같다. 어서 동생 권을 불러라."

손권이 오자 손책은 자신의 인수를 건네며 말했다.

"천하가 어지러운데 나는 먼저 간다. 강동의 무리로 조조와 원소 사이에서 힘을 키우려면 힘들겠지만 부디 신하들의 말을 잘 듣고 지혜로운 영웅이 되도록 하여라. 어진 사람을 쓰고 유능한 사람에게 일을 맡겨 강동을 지켜라. 부디 오늘날의 강동을 만드느라 고생한 아버님과 나를 잊지 말고 스스로 몸조심하여라."

"형님! 으흐흑! 무슨 말씀이십니까? 어서 일어나십시오."

손권이 울음을 터뜨리며 인수를 받았다. 손책은 오 태부인에게도 작별을 고했다.

"어머님, 이 불효자는 천수를 다한 것 같습

여기서 잠깐!!

우길은 역사에 두 번 등장해. 먼저 하나는 후한의 환제 시절에 우길이 쓴 신비로운 책을 제자인 궁숭이라는 자가 황제에게 바쳤다는 기록이야. 이 우길은 순제 이전의 시대에 살았던 사람이야. 시기적으로 《삼국지연의》에 나오는 우길과 맞지 않아.

그다음 등장하는 우길이 바로 《삼국지연의》에 나오는 신비로운 인물이야. 정사인 《삼국지》의 〈손책전〉에도 등장해. 하지만 정사에서 손책은 자객의 습격을 받아 심각한 부상을 당한 끝에 죽었다고만 기록되어 있어. 한 마디로 낮에 자객의 습격을 받고 그날 밤에 죽은 거야. 우길이 그를 죽게 만들었다는 《삼국지연의》의 내용은 민담의 요소가 들어간 허구인 거지.

니다. 부디 어머님께서 동생을 잘 훈육하셔서 저와 아버님이 쓰던 신하들을 잘 이끌어 가도록 일깨워 주십시오."

"아직도 네 동생은 저리 어린데 이 나라를 어찌하란 말이냐?"

오 태부인이 울먹였다.

"아닙니다. 권은 저보다 열 배는 낫습니다. 큰일을 할 것입니다. 혹시 나라 안에 문제가 생기면 장소에게 묻고 나라 밖에 어려운 일이 생기면 주유에게 물으라 하십시오."†

손책은 여러 동생들을 불러 일일이 부탁했다.

"권을 잘 도와주어라. 혹시라도 역모를 꿈꾸는 자가 있으면 가차 없이 죽이고, 형제간에도 반역하는 자가 있으면 조상의 묘에 안장하지 못하게 하라."

동생들도 모두 이 명령을 받들기로 약속했다. 그리고 마지막으로 아내 교씨를 불러 뒷일을 당부한 뒤 손책은 눈을 감았다. 그때 손책은 겨우 스물여섯 살이었다. 덕을 가지고 어진 정치를 하는 자가 진정한 왕이다. 손책은 젊은 혈기와 조바심으로 그런 덕을 갖추지 못했다. 힘이나 권력으로 천하를 차지하려 하고 겉으로만 어진 척했기에 비극적으로 삶을 마감했다. 영웅으로서의 진정한 반열에 서지 못하고 우길과 겨루다 죽은 것은 크게 보면 백성의 뜻을 거스른 결과라 할 수 있다.

"형님! 으흐흐흑!"

손권이 쓰러져 통곡을 이어 가자 장소가 냉정하게 말했다.

"지금은 울고 있을 때가 아닙니다. 장례를 치르고 나라를 돌봐야 합니다. 형님께서 남긴 유언을 받들도록 하세요."

손권은 눈물을 닦았다. 그런 다음 장례를 준비하게 하고 문무 백관의 인사를 받았다. 대권을 이어받아 강동을 다스리는 지도자가 된 것이다.

아무 준비 없이 대권을 이어받은 손권이 갈피를 못 잡고 있을 때 주유가 군사를 거느리고 황급히 돌아왔다. 주유는 손책의 관 앞에서 뒤늦게 통곡했다. 그러고는 손권 앞에 엎드려 예를 갖추며 말했다.

"견마지로†를 다하여 반드시 대업을 이루도록 하겠나이다."

손권도 형의 친구인 주유에게 예를 갖추어 말했다.

"공은 형님의 유언대로 부족한 나를 꼭 도와주셔야 하오."

"저를 알아주신 은혜를 죽음으로 보답하겠나이다."

지금이야말로 주유의 지혜를 빌릴 필요가 있었다. 손권이 물었다.

"내가 아버님과 형님의 유업을 잇게 되었으니 앞으로 어떻게 하면 되겠소?"

주유는 역시 지혜로웠다. 그동안 보아 두었

손책의 유언은 《삼국지연의》의 후반부를 이끌어 가는 중요한 명제가 되는 말이야. 이로 인해 사건이 벌어지고 스토리가 흘러가거든. 하지만 정사에는 이런 기록이 없어. 허구의 내용이지만 《삼국지연의》에서 아주 정교하게 끼워 넣어 감쪽같은 스토리가 되었어. 손책이 자신의 아들에게 정권을 넘기지 않은 것은 아들 손소가 너무 어리기 때문이야. 그리고 자신이 일군 지역의 기반이 아직 탄탄하지 못하기에 성인이 된 동생 손권에게 자리를 물려줄 수밖에 없었지.

견마지로(犬馬之勞)는 그대로 번역하면 개나 말의 노력이라는 뜻이야. 다시 해석하면 개나 말 정도의 하찮은 힘이지만 임금이나 나라에 충성을 다하겠다는 것을 비유한 말이야.

던 사람들을 소개했다.

"인재가 많이 필요합니다. 그래야 번영하실 수 있습니다. 인재들의 보필을 받으소서."

"형님께서 안의 일은 장소에게 맡기고 밖의 일은 그대에게 물으라 하셨소이다."

"장소는 역량이 뛰어난 선비이니 충분히 명을 받들겠지만 저는 재주가 없사옵니다. 그 대신 주공을 보필할 만한 사람을 소개하겠습니다."

"그게 누구요?"

"성은 노이고 이름은 숙입니다. 노숙은 속이 깊고 앞을 내다보는 통찰력이 있습니다. 재물이 있어도 항상 가난한 자들을 돌보고 사람을 귀하게 여기니 칭송받는 사람입니다."

그러고는 일화 하나를 소개했다. 주유가 소장 땅을 다스릴 때였다. 군사들이 노숙이 사는 임회 땅을 지나갈 때 식량이 떨어져 노숙을 찾아가니 그가 창고를 열어 쌀을 마음대로 가져가라고 한 것이다. 이때 주유는 노숙의 인품에 감동을 받았다.

게다가 노숙은 문무를 겸한 인재였다. 말 타고 활 쏘는 것도 누구 못지않게 잘했다.

주유가 노숙을 추천하자 손권은 기뻐하며 말했다.

"당장 노숙을 불러오시오."

그리하여 주유가 직접 찾아가 노숙에게 간청했다.

"우리 손 장군과 함께 대업을 이룹시다."

그러나 노숙은 다른 곳으로 가고 싶다고 했다.

"나는 소호에 가기로 친구와 약속해서 그곳으로 갈까 합니다."

"무슨 말씀이시오? 군주가 신하를 선택하는 것은 당연하지만 신하도 임금을 잘 골라서 섬겨야 한다는 말이 있지 않소? 우리 손 장군은 선비들을 공경하며 대접하고 재주를 귀하게 여기시오. 다른 생각 말고 나와 함께 동오로 갑시다."

주유의 진정성 있는 설득에 노숙은 마침내 고개를 끄덕였다.

"알겠습니다. 그리하겠습니다."

노숙은 주유와 함께 동오로 와서 손권을 만났다. 손권은 노숙을 공경하고 이것저것 물어보며 이야기를 나누고 싶어 했다. 하루 종일 이야기해도 지루한 줄 몰랐다. 손권은 그만큼 사람을 대하는 자세가 뛰어났다. 술을 마시다가 밤이 깊어지면 같이 누워 이것저것을 물어보았다. 잠자리에서 손권이 물었다.

"노공! 지금 한나라 왕조는 기울어 가고 나는 아버님과 형님의 유업을 얼결에 이어받은 부족한 사람이오. 제나라 환공이나 진나라 문공처럼 패업을 이루고 싶소. 어떻게 하면 좋겠소? 가르침을 주시오."

노숙은 이때 주위에 아무도 없는 것을 살핀 뒤 원대한 계획을 말해주었다.

"한 고조 유방이 황제를 받들어 섬기려 했지만 결국 나라를 만든 것은 무엇 때문이겠습니까? 바로 항우가 방해했기 때문입니다. 그럼 지금은 누가 항우 역할을 하고 있습니까?"

"조조가 아니겠소?"

"맞습니다. 아무리 한나라에 충성하시고자 해도 조조 때문에 충성하실 수가 없습니다. 결국 한나라를 다시 살리는 것은 어렵고, 그렇다고 조조를 없애기도 힘듭니다."

"그럼 어찌하여야 한단 말이오?"

"우리는 강동에 기반을 두고 있습니다. 세를 확실히 다지고 틈을 노리고 기회를 보다가 형주를 쳐서 장강 일대를 전부 장악하시고 나중에 기회를 봐서 스스로 황제가 되셔야 합니다. 연호를 정하고 천하를 도모하시는 것이 옳습니다. 이것은 한 고조가 대업을 이룬 것과 마찬가지라 할 수 있습니다."

한 마디로 남의 왕조에 충성하지 말고 새로 나라를 만들라는 거였다. 놀라운 계획이었다. 자리에 누웠던 손권은 벌떡 일어나 옷깃을 여미고 노숙에게 예를 표했다.

"그대의 가르침을 따르겠소."

다음 날 손권은 귀한 가르침을 준 노숙에게 후한 상을 내렸다. 그러자 노숙도 한 사람을 천거했다.

"제가 좋은 선비를 한 사람 알고 있습니다."

"누굽니까?"

"학문과 재주가 뛰어나고 효성이 지극한 사람입니다. 게다가 머리가 영민한 집안의 사람입니다. 성은 제갈이요, 이름은 근입니다."

"어디 사람이오?"

"낭야군 양도 출신입니다."

손권은 제갈근[†]을 불러 손님으로 대접했다.

"한 가지 묻겠소이다. 내가 대업을 이루려면 어찌하여야 하오?"

제갈근은 진중한 태도로 말했다.

"조조에게 환심을 보이고 원소와는 관계를 끊으십시오. 그러다가 기회를 보아 일을 도모하시는 것이 맞습니다."

"오, 그렇군요."

결국 원소의 화친 편지를 가져온 진진에게는 거절하는 편지를 써서 들려 보냈다. 이로써 원소와 손권은 관계가 끊어지고 말았다.

조조는 손책이 죽었다는 소식을 듣고 군사를 일으키려 했지만 손책의 사신으로 와 있던 장굉이 도리가 아니라고 하자 멈추었다. 인륜을 어기는 짓이라는 말에 세상의 평가를 중시하는 조조는 군사를 거두었다. 오히려 황제에게 아뢰어 손권을 장군 겸 회계 태수에 봉해주었다. 그리고 그동안 붙잡고 있던 장굉은 회계 도위로 임명하여 인수를 주어 강동으로 돌려보냈다.

장굉이 돌아오자 손권은 기뻐했다. 장굉도 사람을 하나 천거했으니 중랑장 채옹의 문하생인 고옹이라는 자였다. 원칙을 잘 지키고 말이 없고 술도 잘 마시지 않는 공명정대한 자였

제갈근은 노숙의 추천으로 손권을 섬기며 오나라의 외교관 역할을 한 인물이야. 친동생인 제갈량이 유비의 책사로 있었기 때문에 주로 그들과의 외교적인 접촉을 맡았어. 상대방의 기분이 상하지 않게 논리적으로 설명하고 설득하여 자신의 의견을 전하는 능력이 있었대. 성격도 온후해서 손권의 각별한 신임을 얻었다고 해.

다. 그가 태수 직을 맡아보자 손권은 비로소 위엄을 떨치기 시작했고 민심을 얻게 되었다.

거대한 세력이 물밑에서 힘을 기르는 용처럼 때를 기다리는 형국이 되었다. 시간은 모든 힘과 권력을 망가뜨리기도 하고 정복하기도 한다. 시간은 신중히 기회를 노리고 있다가 이를 낚아채는 자의 것인 동시에 때가 아닌데 조급히 서두르는 손책 같은 사람에게는 최대의 적이다. 손권은 그 사실을 어렴풋이 알 수 있었다. 시간과 친구가 됨으로써 영웅이 될 준비를 마친 것이다.

4
관도대전

물은 가열하면 결국은 끓게 되고 풍선은 바람을 넣다 보면 터지게 마련이다. 손책이 죽은 뒤 손권이 대권을 물려받고 조조와 협력하기로 하여 좋은 관계를 맺게 되자 크게 위기를 느낀 것은 다름 아닌 원소였다. 그는 자신이 관할하는 네 개의 주인 기주와 청주, 유주와 병주의 칠십만 명이 넘는 군사들을 모두 일으켰다. 조조의 근거지인 허도를 치는 것이 목적이었다.

"조조를 끝장내고 천하를 평정하자."

원소의 군대가 관도로 향했다는 사실은 곧바로 조조에게 알려졌다.

원소

원소는 모친이 노비였어. 천출이
기에 권력자의 자제가 혜택을 받
는 효렴(孝廉)과 같은 길을 통해
천거를 받지는 못했어. 하지만 능
력을 인정받아 삼공부에서 직접
불러 벼슬을 주는 파격적인 행보
로 20세의 나이에 벼슬을 시작해.
깨끗한 정치로 명성을 얻었지만
모친상을 핑계로 벼슬에서 물러
나고 병을 내세워 벼슬길에 오르
지 않아. 아마도 혼탁한 세상을 지
켜보며 기회를 엿본 것 같아.
이때 원소는 많은 선비들과 사귀
는데 그 가운데 조조도 있었어.
환관들의 전횡을 눈뜨고 볼 수
없으며 반드시 청산해야 한다는
생각으로 추종자들을 얻고 핵심
지도자 역할을 하게 돼. 당연히
환관들이 모두 원소를 미워하게
되지. 이후 하진의 밑으로 들어
가 벼슬을 시작하는데 황건군의
난이 벌어지자 더 이상 참을 수
없다는 생각으로 행동에 나서면
서 세상에 나오게 되지.

관도는 중국의 중심부나 마찬가지인 지역이었다. 이 지역을 차지하는 자가 패권을 노릴 수밖에 없으니 그대로 두고 볼 수는 없는 노릇이었다. 그러나 조조가 끌어 모은 군사는 고작 칠만 명. 원소 군사의 정확히 십분의 일이었다. 누가 봐도 이길 수 없는 싸움이었지만 조조는 과감히 군사들을 몰고 나아갔다.†

하지만 이때 원소의 진영은 벌써 책사들끼리 분열이 시작되었다. 원소에게 밉보여 옥에 갇혀 있던 전풍은 절대 나가서 싸우면 안 된다고 다시 한 번 글을 올렸다. 그러자 다른 책사들이 전풍을 헐뜯고 나섰다.

"주공께서 대업을 앞두고 계신데 전풍이 사기를 떨어뜨리고 있습니다. 살려 두어선 아니 되옵니다."

여기저기서 전풍을 헐뜯는 소리가 들리자 원소는 그를 죽이려 했다.

"큰 싸움을 하러 가는데 이자가 초를 치는구나. 죽여서 제물로 삼아야겠다."

그러나 다른 막료들은 전풍의 목을 베려는 원소를 극구 뜯어말렸다.

"주공, 지금은 사소한 일에 신경을 쓰실 때

원소군은 관도대전에서 백마성을 포위했어. 조조가 구원하러 와서 연진으로 북상하니 원소는 유인책에 걸려 백마 군사의 일부를 연진으로 보냈어. 이 틈을 타 조조가 백마를 기습해 대승을 거두고 안량은 전사했지. 식량이 부족한 조조가 이겼음에도 철수를 시작하니 원소는 문추를 보내 추격하게 했지만 역시 조조의 복병에 당하고 말지. 이어서 원소가 황하를 건너 조조가 있는 관도를 포위했어. 하지만 허유의 꾀로 조조는 군사들을 원소 군으로 위장시켜 원소의 군량미를 모두 태워 버렸어. 조조 군은 기회를 놓치지 않고 총공세를 펼쳐 원소 군을 격퇴했지. 원소가 패잔병을 이끌고 황하를 건널 때, 그의 곁에는 겨우 구백 여 명의 기병만이 있었다고 해.

관도대전 당시 원소 군과 조조 군의 이동 경로

가 아니옵니다. 조조를 치고 나서도 얼마든지 가능한 일이니 참으시옵소서."

"그대들이 그리 말리니 이번만 참겠다."

원소는 싸움에서 이기고 돌아와 전풍을 처리하기로 하고 군사들을 끌고 나아갔다. 원소의 대군이 들판을 덮고 창이 대나무 숲처럼 하늘을 향해 뻗어 오르니 그 위세가 참으로 대단했다.

책사 중에는 지혜로운 자도 있었다. 원소가 전술을 논의하는 자리에서 책사인 저수가 말했다.

"우리는 군사 수도 많고 위세도 당당하지만 조조의 정예군을 이기기가 쉽지 않습니다. 다행히 저들이 군량과 마초는 우리보다 훨씬 부족하니 시간을 끌면서 싸우는 것이 유리합니다. 게다가 조조의 군사들은 멀리 왔기 때문에 지쳐 있을 것입니다."

오만한 원소는 그런 합리적인 말도 듣기 싫었다.

"저수를 당장 가둬 놓아라. 조조를 처단한 뒤 가만두지 않겠다."

이런 식이었으니 책사들 중에 올바른 말을 하는 자들은 모두 입을 다물 수밖에 없었고, 원소의 패배는 불 보듯 뻔했다.

칠십만 대군이 진을 치니 백 리에 달하는 어마어마한 규모였다. 조조는 적군의 엄청난 규모에 놀라 두려움에 떠는 군사들을 보며 대책을 논의했다.

"원소의 군사는 숫자만 많을 뿐이지만 우리의 군사는 훈련이 잘된 정예군이다. 일당백으로 싸우면 물리치지 못할 바가 없다. 게다가 우리에겐 군량과 마초가 별로 없으니 속전속결로 승부를 봐야 한다."

마침내 칠만 군사와 칠십만 군사가 마주 서자 원소와 조조가 먼저 중간 지점으로 나와 대화를 나누었다. 그 둘은 젊은 시절 낙양에서 함께 뛰어놀고 방탕한 생활도 함께한 귀공자들이었기에 추억이 많았다.

그러나 이제 그들은 각자 패권을 잡으려고 들고일어난 욕심 사나운 제후들에 불과했다. 먼저 조조가 자신이 황제를 모시고 있다는 것을 빌미로 꾸짖었다.

"황제께서 그대를 대장군에 봉하도록 내가 힘썼거늘 왜 모반하여 역적이 되려는 게요?"

"으하하하! 조조 네가 한나라의 승상이라고 자처하니 지나가는 개가 웃겠다. 네놈은 동탁보다도 더 심한 역적이 아니더냐? 나같이 죄 없는 충신을 반역자로 몰다니."

그 말을 듣자 조조도 더 이상 예의를 갖추지 않았다.

"황제의 명을 받아 네놈을 치러 왔다!"

원소도 지지 않고 받아쳤다.

"나는 황제께서 내려 준 밀지를 가지고 네놈을 칠 것이다."

싸우기 전에 서로 황제가 자기편이라며 명분을 내세우려고 애썼다. 결국 원소 측에서는 문무를 겸비한 장수 장합이 나오고 조조 측에서는 장요가 나와서 일 합을 겨루었다. 장수들이 서로 나와 치고받고 어울리자 허저가 도와주러 나왔다. 원소 측에서는 고람이 창을 들고 나와 네 사람이 어우러져 치고받고 싸웠다.

곧이어 양쪽 군사들이 맞붙어 접전을 벌였지만 수의 열세는 어쩔 수가 없었다. 조조 군이 아무리 정예군이라 해도 원소의 군사가 너무 많았던 것이다. 첫 싸움에서 조조 군은 크게 패하여 관도로 물러갔다.

조조 군을 바짝 쫓아가 관도 부근에 진을 친 원소에게 올곧은 책사인 심배가 계책을 말했다.

"조조 군의 영채를 깨는 방법이 있습니다. 성벽 높이만큼 흙더미를 쌓아 올려서 영채를 내려다보며 활을 쏘면 견디지 못할 것입니다. 조조가 도망가면 그때 우리가 관도를 차지하면 됩니다."

"그거 좋은 생각이다. 당장 실행해라."

원소는 힘 좋은 군사들을 모아 성벽 옆에 토산을 쌓게 했다. 며칠 지나지 않아 성벽 둘레로 수십 개의 토산이 만들어졌다. 산꼭대기끼리 연결하여 구름다리도 놓고 궁노수들이 그 위에서 마구 활을 쏘아 대니 조조의 군사들은 방패를 뒤집어쓰고 목을 내밀지도 못했다. 하지만 그렇다고 포기할 조조가 아니었다.

"이렇게 궁지에 몰렸는데 방법이 없는가?"

책사 유엽이 계책을 내놓았다.

"돌멩이를 날리는 발석거를 만들어서 쏘면 됩니다."

"그렇다면 자네가 만들도록 하게!"

"예."

공성 병기인 발석거는 돌멩이를 지렛대의 원리로 날려 보내는 무기였다. 원심력에 의해 집채만 한 돌이 날아가는데 그 위력이 상당했다. 이내 만들어진 발석거가 토산의 구름다리를 향해 돌덩이를 날리기 시작하자 구름다리들은 부서져 나갔고 토산은 무너졌다. 그러자 아무도 감히 토산에 올라가서 활을 쏘지 못했다.

이번에는 원소 군이 땅굴을 파서 조조 군의 영채 아래로 들어오려 했다. 유엽이 이걸 보고 말했다.

"우리와 정면으로 싸우기 어려우니까 땅굴을 파는 겁니다."

"어떻게 막으면 좋겠소? 어디서 뚫고 나올지 알 수 없잖소?"

조조가 묻자 유엽이 대답했다.

"우리 영채 주위에 빙 둘러 땅을 깊게 파 놓으면 저들은 뚫고 들어올 수 없을 것입니다."

참호를 깊이 파 놓자 땅굴을 파는 것은 아무 의미가 없게 되었다. 참호를 잘못 건드렸다간 땅굴 안은 죽음의 구렁텅이가 되기 때문이다.

그러나 시간은 원소의 편이었다. 이렇게 양쪽 군사가 지지부진하게 공방전을 벌이는 동안 시간이 흘렀다. 날씨도 추워지고 군량도 부족해졌다.

"시간은 없고 양식도 떨어지고 어찌해야 할지 모르겠다."

물러날 수도 없고 싸울 수도 없는 위태로운 상황이 되자 조조는 꾀를 내려 애썼다. 자고로 지혜를 내려면 정보가 많이 필요한 법이다. 정보가 많을수록 정확하게 실상을 파악할 수 있기 때문이다. 적들의 동향을 면밀히 살피고 있을 때 하늘이 조조를 돕는지 원소의 염탐꾼 하나가 붙잡혀 왔다. 그를 심문하여 후방에서 한맹이라는 장수가 군량을 가져온다는 사실을 알아냈다.

"옳거니. 우리에게 불리한 것이 군량이었는데 이 군량 보급을 막으면 원소에게 우리가 밀릴 것이 하나도 없다."

조조는 서황에게 즉시 원소 측의 보급로를 끊어 혼란에 빠뜨리라고 명을 내렸다. 도끼의 명수인 서황은 날쌘 군사들을 이끌고 한맹이 오는 길

목을 지키고 있다가 그들을 급습했다. 서황의 상대가 되지 못하는 한맹은 갖고 있던 곡식과 마초를 모두 잃고 황급히 도망쳤다. 서황은 그런 한맹을 뒤쫓지 않고 수레에 있는 양곡을 모두 불태워 버렸다. 그것을 차지해서 가져가는 것은 불가능했기 때문이다. 원소 군의 기습이 있을 수도 있고, 원래 목표가 원소 군에게 보급될 양곡을 없애는 것이었기 때문이다.

막대한 군량을 태우는 불길이 밤하늘을 환하게 밝히는 것을 보고 원소가 놀라서 소리쳤다.

"무슨 일이냐? 왜 불이 난 것이냐?"

살아서 도망쳐 온 한맹의 군사가 급하게 사실을 알렸다.

"조조 군이 기습하여 우리의 군량과 마초 수레를 모두 약탈해 불태워 버렸습니다."

"아, 낭패로다!"

원소가 이마를 치며 안절부절못할 때 기뻐하는 자도 있었다.

"하하! 아주 잘되었구나! 통쾌하도다."

조조는 크게 기뻐하며 기습한 장수들에게 상을 내렸다. 그리고 방비를 더욱 철저히 하게 했다.

원소는 군량 운송에 실패한 책임을 물어 한맹의 목을 베려 했으나 부하들이 말려 간신히 참았다. 비로소 원소의 군사들은 군량 부족을 걱정하게 되었다.

원소의 책사인 심배가 나서서 말했다.

"주공, 군량이 없으면 전쟁도 할 수 없습니다. 다행히 아직 오소 땅에 군량이 쌓여 있으니 그곳을 철저히 지켜야 합니다."

"그 말이 맞다. 그대는 빨리 업군으로 돌아가서 양곡과 마초를 지켜라. 조조 군에게 빼앗겨선 안 된다."

심배는 원소의 명에 따라 업군으로 떠났다. 원소는 순우경을 시켜 장수들과 이만여 명의 군사들을 거느리고 오소를 지키게 했다.

원소 군의 군량을 불태웠지만 조조 군은 여전히 군량이 부족했다. 가벼운 군장으로 빠르게 이동하고 속전속결로 승부를 내는 조조에게는 많은 군량을 끌고 다니는 일은 부담스럽기만 했다. 군량이 바닥났다는 보고를 받은 조조는 급히 허도에 도움을 요청했다. 남아서 허도를 지키고 있던 순욱에게 양곡과 마초를 급히 보내라는 서신을 보냈다.

하지만 조조의 사자는 얼마 가지 못해 조조의 영채 부근을 어슬렁거리며 감시하던 원소의 첩자들에게 붙잡히고 말았다. 사자는 밧줄로 꽁꽁 묶인 채 원소의 책사 허유 앞으로 끌려갔다. 허유는 원소의 두뇌 역할을 하는 책사였다.

"저자의 몸을 뒤져 보아라."

허유가 예상한 대로 사자의 몸에서 서신이 나왔다. 조조의 편지를 본 허유는 조조 군이 어떤 상황에 처해 있는지 바로 알 수 있었다. 그 편지를 들고 허유는 원소를 찾아가 회심의 미소를 지으며 말했다.

"조조가 관도에 군사를 주둔시키고 우리와 대치한 지 오랜 기간이 지났습니다. 지금 허도는 방비가 허술할 것입니다. 군사들을 보내 밤새 기습을 한다면 우리가 승리할 수 있습니다. 그렇게 되면 허도를 손에 넣을 수 있을 뿐만 아니라 조조도 사로잡을 수 있습니다. 조조 군에게 군량미가 없는 눈치이니 지금이야말로 하늘이 주신 기회입니다. 어서 공격하십시오."

그러나 귀가 얇고 결단력이 약한 원소는 하늘이 준 기회를 외면하고 고개를 저었다.

"아니다. 조조가 꾀를 부리는 것을 내가 여러 번 보았다. 이 편지도 우리를 속이기 위한 계책일 수 있지 않겠나?"

허유는 조조의 편지가 진짜라는 것을 잘 알고 있었다. 어려서부터 그와 친구였기 때문이다.

"아닙니다. 이 편지는 진짜 조조의 것입니다. 그의 글씨체를 제가 잘 알고 있습니다. 지금 치지 않으면 도리어 우리가 큰 해를 입게 됩니다. 주공, 어서 움직이십시오."

허유가 간곡히 설득해도 원소는 들으려 하지 않았다. 그때 업군을 지키고 있던 심배가 보낸 편지가 도착했다. 편지에는 군량에 관한 보고와 함께 첩보가 하나 적혀 있었다. 허유가 기주에 있을 때 백성들의 재물을 빼앗고 세금으로 거둔 양곡을 조카와 아들을 시켜 빼돌린 사실이 드러나 그들을 옥에 가두었다는 내용이었다. 편지를 읽자마자 원소가 허유에게 버럭 소리쳤다.

"이런 괘씸한 놈이 있더냐? 네놈이 이런 짓을 하고도 뻔뻔하게 나에게 조조를 치라고 한단 말이냐? 조조한테 뇌물을 먹고 나를 속여 불충한 생각을 하고 있는 게 분명하다. 당장 네놈의 목을 치고 싶지만 지금은 적을 앞에 두고 있기에 나중에 죄를 묻겠다. 당장 물러나라!"

"주공, 제 말씀을 들어 보십시오. 그건 오해입니다."

"듣기 싫다. 당장 내 눈앞에서 사라져라."

결국 쫓겨난 허유는 탄식을 했다.

"아, 충언이 통하질 않는구나. 저런 소인배와는 큰일을 도모할 수가 없다. 게다가 심배에게 아들과 조카가 못된 꼴을 당했다고 하니 기주로 돌아갈 수도 없구나."

허유는 갈 곳이 없었다. 칼을 뽑아 자결하려 하자 주변에 있던 심복 부하들이 달려와 말렸다.

"어찌하여 목숨을 가볍게 버리려 하십니까?"

"주공이 저렇게 나를 의심하고 내 말을 듣지 않으니 어찌겠는가?"

"원소가 충신의 말을 듣지 않으니 결국 조조에게 사로잡힐 것이 뻔하지 않습니까? 공은 조조와 친분도 있다 하시니 차라리 이참에 조조에게 가시는 게 어떻겠습니까?"

그 순간 허유는 깨달았다.

"그래, 그 말이 맞다."

그날 밤 허유는 몰래 원소의 영채에서 빠져나와 조조에게 향했다. 이때 만일 원소가 허유의 계책을 받아들였더라면 역사가 바뀌었을 것이다. 허유의 배반이 치명적이지만 사실 그보다 원소가 허유를 불신함으로써 이 모든 일을 자초한 것이다. 사람을 쓰면 끝까지 믿어 주느냐 그렇지 않으냐가 조조와 원소의 차이였다.

밤새도록 말을 달려 조조의 영채에 도착한 허유는 군사들이 막아서자 소리쳤다.

"나는 조 승상의 옛 친구다. 허유가 찾아왔다고 아뢰어라!"

군사들이 허유를 잡아 놓은 뒤 보고하자 조조는 잠자리에서 벌떡 일어나 잠옷 바람으로 달려 나왔다.

"여보게, 허유! 이 사람아, 어쩐 일인가?"

조조가 허유의 손을 잡고 장막 안으로 데리고 들어가자 허유는 예를 갖추었다.

"승상께 인사 올립니다."

"이 사람아, 친구 사이에 무슨 예를 갖추나?"

"아닙니다. 공은 한나라의 승상이 아니십니까? 저는 그저 미천한 선비일 뿐입니다."

"쓸데없는 소리! 자네와 나는 오랜 친구인데 벼슬로 어떻게 위아래를 따지는가?"

허유는 조조의 따뜻한 말에 감동했다.

"내가 주인을 잘못 골랐소. 원소에게 아무리 좋은 이야기를 해도 그자가 듣질 않소이다. 그 때문에 할 수 없이 옛 친구를 찾아온 것이오. 나를 거둬 줄 수 있겠소?"

"그대가 이렇게 찾아왔는데 거두고 말고가 어디 있는가? 나는 이제 아무 걱정이 없네. 자네가 원소 밑에서 책사로 있었으니 원소의 허와 실을 잘 알 것이 아닌가? 원소를 칠 계교나 알려 주게."

조조는 이제야말로 원소를 꺾을 수 있겠다는 생각에 얼굴에서 미소가 떠나지 않았다. 허유가 솔직히 털어놓았다.

"나는 원소에게 지금 허도를 치라고 했지만 그가 듣지 않았소."

조조는 깜짝 놀랐다. 등골이 오싹했다.

"아, 만일 그대의 계략대로 원소가 허도를 쳤다면 나는 상당히 곤란해졌겠군."

"그랬을 거요. 하나 묻고 싶소이다."

"무엇이오?"

"지금 군량이 얼마나 남아 있소?"

조조는 눈을 반짝이며 대답했다.

"일 년 치는 너끈히 남아 있지."

"하하하!"

허유는 크게 웃고 다시 물었다.

"그럴 리가 없소. 얼마나 남아 있소이까?"

조조가 다시 대답했다.

"속일 수가 없군. 반년 치가 남아 있다네."

그 말에 허유가 벌떡 일어났다.

"왜 자꾸 나를 속이는 거요? 나는 진심으로 찾아왔는데 이렇게 나를 믿지 못한다면 이곳에 있을 수가 없소."

허유가 돌아서서 나가려 하자 조조가 달려가 붙잡으며 말했다.

"미안하오. 바른대로 말하겠소. 군량은 사실 석 달 치밖에 없다오."

"하하하! 세상 사람들이 승상을 간웅이라 하는 이유를 알겠구려."

조조도 웃었다.

"하하하! 친구 앞에서는 속임수가 통하지 않는군. 병법에서는 속임수도 마다하지 않는다고 했소. 사실 이달 양식밖에 남지 않았소이다."

허유는 참다못해 소리를 질렀다.

"제발 좀 그만하시오! 군량이 이미 바닥난 걸 알고 있소."

"그걸 어떻게 알았소?"

조조의 얼굴이 창백해졌다. 그제야 허유는 사자에게서 빼앗은 편지를 내놓았다.

"이 서신을 보시오. 이게 누구의 글씨인 것 같소?"

조조는 깜짝 놀랐다. 자기가 쓴 편지가 허유의 손에 들려 있었기 때문이다.

"이 편지가 어떻게 그대 손에 있소?"

허유가 자초지종을 말해 주었다. 조조는 허유의 두 손을 꼭 잡고 간절한 얼굴로 말했다.

"그대가 나와의 우정을 생각하여 이렇게 찾아와 주니 하늘이 내 편이라는 것을 알겠소. 좋은 꾀가 있으면 꼭 알려 주시오."

허유도 그제야 자꾸 거짓말을 하던 조조에게서 돌아서려던 마음을 되돌렸다.

"승상은 적은 군사로 원소의 대군과 맞서 빨리 싸움을 끝내려 하지 않는데, 이것은 곧 패배를 뜻하는 것이오. 내 말대로 하겠다고 약속하면 꾀를 일러 주겠소."

"여부가 있겠소. 그대가 하라는 대로 하겠소."

"좋소."

허유는 지도를 펼쳐 놓고 손가락으로 짚어 가며 전략을 설명했다.

"원소의 군량과 각종 병장기들은 지금 오소에 모두 모여 있소이다.

오소를 지키는 장수는 순우경인데 술을 워낙 좋아하는 자요. 분명히 방비가 소홀할 것이니 날쌘 병사들을 골라 원소의 군사로 변장시켜 그곳에 잠입시키시오. 그 뒤에 군량과 모든 무기들을 불살라 버리면 원소 군은 사흘도 못 가 흔들릴 것이오."

"그야말로 신출귀몰한 전략이오. 당장 시행하겠소."

허유를 영채에 머물게 한 뒤 조조는 기병과 보병 오천 명을 뽑아 오소로 직접 인솔하여 갈 준비를 했다. 그 모습을 보고 장요가 말했다.

"승상, 원소가 그렇게 중요한 군량미를 쌓아 놓은 곳에 방비를 철저하게 하지 않을 리가 없습니다. 가볍게 움직이지 마십시오. 직접 가시다니 더더욱 위험합니다. 혹시 허유 저자가 원소의 명을 받은 이중 첩자가 아닌지 의심됩니다."

"그럴 리가 없다. 허유가 여기에 온 것은 하늘의 뜻이다. 원소를 패하게 하려는 하늘의 뜻을 내가 어찌 거역하겠느냐? 어차피 우리는 군량도 떨어졌다. 버티기도 힘든 차에 대책도 없이 허유의 꾀를 이용하여 싸우지 않는다면 우리에게는 화가 미칠 뿐이다. 그리고 허유가 첩자라면 왜 우리 영채에 남아 있겠느냐? 걱정하지 마라."

"하오나 승상이 안 계신 동안 원소가 쳐들어오면 어찌하시렵니까? 방비를 해두어야 합니다."

조조는 이미 방비를 해놓았다. 장수들을 영채 부근에 매복시켜 만일의 사태에 대비하게 했다. 조조가 직접 이끄는 오천 명의 군사들은 원소의 군기를 들고 원소 군의 옷을 입은 채 짚단과 화약을 둘러메고 한밤중에 조용히 오소로 향했다.

그때 원소의 진중에 갇혀 있던 저수는 밤하늘의 별을 올려다보다가 그동안 친해진 옥졸에게 말했다.

"여보게. 나를 잠깐만 풀어 주게. 뜰에 나가서 천문을 살피고 싶네."

밖에 나온 저수는 하늘을 살펴보았다. 그때 금성이 역행하여 견우성과 북두성 사이로 끼어드는 것이 보였다.

"아, 큰 화가 닥치겠구나. 어서 대장군에게 내가 만나 뵙고 긴히 드릴 말씀이 있다고 전해라."

원소는 술에 취해 자리에 누웠다가 저수가 할 말이 있다는 전갈을 받고 일어났다. 저수가 들어오자 물었다.

"무슨 일로 남의 잠을 방해하는 것이냐?"

"장군! 오늘 천문을 보니 심히 불길합니다. 적병의 습격을 받아 큰 피해를 입을 것 같습니다. 군량이 있는 오소를 방비하셔야 합니다. 어서 군사를 보내서 조조의 계략에 빠지지 않도록 하십시오."

원소는 그 말에 버럭 화부터 냈다.

"네 이놈! 죄를 짓고 갇혀 있는 놈이 못하는 말이 없구나. 그런 사악한 말로 우리 군사들의 사기를 떨어뜨리려는 게냐? 군사의 수도 얼마 안 되는 조조가 어찌 그런 무모한 짓을 한단 말이냐? 저놈의 허튼소리를 듣고 나를 깨운 옥졸을 처형해라."

원소는 저수를 데리고 온 옥졸의 목을 그대로 베어 버렸다. 그리고 저수를 다시 가둔 뒤 더욱 엄격하게 감시하게 했다. 저수는 눈물을 흘리며 탄식했다.

"아, 우리 군사가 패망하는 것은 이제 얼마 남지 않았구나. 내 시체가 어디에 뒹굴지 알 수 없도다."

한편 조조의 군사들은 원소의 영채를 지나며 수시로 검문을 받았다.

"누구냐?"

"우리는 장기 장군의 명을 받고 오소로 군량을 지키러 가오."

관문을 지키는 병사들은 군기를 보고는 전혀 의심하지 않고 통과시켜 주었다. 조조의 군사들이 그렇게 무사히 오소에 도착하니 동이 트기 직전의 짙은 어둠이 사방을 감싸고 있었다.

"어서 군량에 불을 붙여라!"

조조의 군사들은 가져온 짚단을 쌓여 있는 군량 주변에 깔고 화약을 터뜨려 불을 붙였다. 그리고 함성을 지르며 기습 공격을 감행했다. 장수들과 술을 마시고 만취하여 곯아떨어진 순우경이 벌떡 일어났다.

"무슨 일이냐?"

"조조 군이 쳐들어왔습니다."

"뭐라고?"

칼을 뽑아 싸우러 나가기도 전에 사방에서 갈고리가 날아와 순우경은 그대로 사로잡히고 말았다. 군량을 운반하고 돌아가던 원소 군이 타오르는 불길을 보고 달려왔지만 조조는 재빨리 후퇴 명령을 내렸다.

"도망치면서 사력을 다해 싸워라! 적들이 등 뒤에 다가오면 바로 맞받아치도록 하라!"

원소 군은 도망치는 조조의 군사들을 아무 생각 없이 쫓다가 매서운 반격을 당하여 오히려 큰 피해를 보고 말았다. 원소 군은 제대로 싸워 보지도 못한 채 목숨을 잃었고, 산더미처럼 쌓여 있던 군량은 모두 불에 타 버렸다.

군사들이 순우경을 꽁꽁 묶어 조조 앞으로 데려왔다.

"자신의 임무를 태만히 한 자는 모욕을 준 뒤 돌려보내라."

조조의 명에 따라 군사들은 순우경의 귀와 코와 손가락을 모두 자른 뒤 말에 붙들어 맸다. 그러고는 원소의 진영으로 달려가도록 말의 볼기짝을 갈겼다.

그때 장막 안에 있던 원소는 북쪽에서 불길이 치솟는 것을 보고 오소에 변이 생겼음을 알았다.

"이를 어쩌면 좋으냐? 조조 군의 기습이로구나."

장합이 나서며 말했다.

"고람과 제가 구원하러 가겠습니다."

그러자 곽도가 반대했다.

"안 됩니다. 오소가 이토록 신출귀몰한 공격을 당한 것을 보면 분명히 조조가 직접 군사를 이끌고 갔을 것입니다. 그렇다면 조조의 영채는 비어 있을 테니 그곳을 공격해야 합니다. 자기의 본진이 공격당하면 조조도 돌아갈 것입니다. 이것이야말로 《손자병법》에서 손자가 위나라를 포위해서 조나라를 구한 계책입니다."

그러나 장합은 생각이 달랐다.

"아닙니다. 조조는 꾀가 많은 자입니다. 분명히 방비를 해두었을 겁니다. 만약 우리가 조조를 치러 갔다가 실패하고 오소에서 순우경이 사로잡히면 어찌하겠습니까? 그렇게 되면 우리는 게도 잃고 가재도 잃는 셈입니다."

"아니오! 조조는 오소의 군량미를 빼앗는 데 혈안이 되어 있소. 자기 진영에 군사를 남겨 놓았을 리가 없소"

이렇게 의견이 갈렸지만 원소는 장합과 고람에게 군사를 이끌고 관도로 가서 조조의 영채를 치게 했다. 그리고 장기에게는 순우경을 구하라고 군사 일만 명을 주었다.

장기는 서둘러 군사를 이끌고 오소를 향해 달려가다가 맞은편에서 오는 군사들과 마주쳤다.

"너희들은 누구냐? 어디서 오는 길이냐?"

"오소에서 패하여 돌아가는 길이오."

조조의 군사들이 태연하게 말하자 장기는 전혀 의심하지 않고 그들을 지나쳐 갔다. 장기가 오소를 향해 부지런히 달려가는데 갑자기 조조의 장수인 허저와 장요가 뒤쫓아 왔다.

"장기야! 게 섰거라!"

등 뒤에서 생각지도 못한 조조 군의 공격을 받자 장기는 제대로 싸워 보지도 못한 채 목숨을 잃었다. 장기의 군사들은 순식간에 박살이 났다.

원소는 그 소식을 듣고 오소를 포기했다.

조조의 영채를 공격하러 간 장합과 고람은 조조가 남겨 둔 복병에게 무참히 패하여 뿔뿔이 흩어졌다.

그 무렵 원소의 진영에 귀와 코가 잘리고 손가락이 떨어져 나간 순우경이 말에 묶인 채 돌아왔다. 그 모습을 보고 원소가 기막혀하며 물었다.

"어쩌다가 오소를 잃었단 말이냐?"

순우경 대신 같이 온 병사가 말했다.

"장군이 술에 취해 자다가 그만 기습을 당했습니다."

"무엇이? 임무를 소홀히 한 저자의 목을 베라!"

순우경은 그대로 목이 떨어졌다. 이를 보고 곽도는 불안해졌다. 장합과 고람이 돌아오면 자기의 계략이 빗나가 조조에게 패했다고 질책할 것이 뻔했기 때문이다. 간사한 그는 두 사람을 모함하기로 작정했다.

"주공, 장합과 고람은 주공이 조조에게 패한 것을 기뻐하고 있을 것입니다."

"무슨 말이냐?"

"평소부터 조조에게 투항하려던 것 같았습니다. 관도를 습격하고도 이기지 못한 것은 그자들이 대충 싸웠기 때문입니다. 그래서 많은 군사를 잃은 것입니다."

"내 이자들을 용서하지 않겠다."

원소는 화가 치밀어 곧바로 사람을 보내어 장합과 고람을 불러오게 했다.

"두 놈을 문책하여 반드시 시시비비를 가리겠다."

곽도는 그들이 돌아와 있는 그대로 말하면 자기가 모함한 사실이 들통날까 봐 두려웠다. 그는 사자를 보내 돌아오고 있는 장합과 고람에게 원소의 생각을 알려 주었다.

"주공이 그대들을 죽이려 합니다. 빨리 돌아오시랍니다."

고람은 사자의 말을 듣자마자 칼을 빼어 그의 목을 쳤다. 장합은 놀라서 고람에게 물었다.

"아니, 이게 무슨 짓인가?"

"원소가 남의 말을 듣지 않고 자기 멋대로 생각하니 조조에게 반드시 사로잡힐 것이오. 그의 밑에 있다가 죽느니 차라리 먼저 조조에게 가는 것이 낫겠소."

장합도 비로소 속마음을 털어놓았다.

"나도 그렇게 생각한 지 오래되었소."

그리하여 두 사람은 곧바로 조조에게로 가서 항복해 버렸다. 조조가 문을 열어 두 사람을 맞자 장합과 고람은 엎드려 절을 했다. 조조는 좋은 말로 이들을 위로하고 벼슬을 내렸다. 조조에게서 벼슬을 받는다는 것은 조정에서 벼슬을 받는다는 의미였다.

결국 손해 본 것은 원소였다. 군량미도 잃고 군사도 잃고 모사인 허유도 잃고 장합과 고람까지 잃었다. 전의를 상실할 수밖에 없었다.

이때 허유가 나서서 조조에게 말했다.

"지금이야말로 원소 군을 몰아칠 때요. 속히 진군하시오."

그러자 장합과 고람이 나섰다. 공을 세워야 하기 때문이다.

"우리가 선봉이 되겠습니다."

조조는 생각했다. 원소 밑에 있던 책사의 머리를 빌리고 장수들의 용맹함을 빌려 원소를 치는 것은 참으로 통쾌한 일이 아닐 수 없었다.

"좋소. 그대들이 원하는 대로 해보시오."

조조는 군사들을 세 길로 나누어 그날 밤 원소의 진영을 습격했다. 밤새도록 이어진 혼전 끝에 원소는 군사의 태반을 잃었다. 이때 순유가 조조에게 필살의 계책을 내놓았다.

"원소는 원래 소문에 약한 자입니다. 우리가 군사를 둘로 나누어 양쪽 방향에서 친다고 소문을 퍼뜨리면 원소는 당황하여 군사를 둘로 나누어 막으려고 할 겁니다. 그때 공략하면 원소 군을 완전히 무찌를 수 있습니다."

"그것 참 좋은 계교다."

조조는 순유의 말대로 유언비어를 퍼뜨렸다. 원소는 그 소문을 듣고 아들 원담에게 군사 오만 명을 주어 업군으로 보내고 신명에게도 오만 명을 주어 여양으로 출발시켰다. 원소 군이 두 갈래로 각각 떠나는 것을 본 조조는 군사를 여덟 길로 나누어 일제히 원소의 영채를 습격하게 했다. 정예병들이 빠져나간 데다 갑자기 조조의 군사들이 사방에서 몰려드니 원소 군은 싸울 생각조차 못하고 사방으로 흩어져 도망가기 바빴다.

원소 역시 황금 갑옷을 제대로 입지도 못한 채 도망을 쳤다. 조조의 맹장들이 쫓아오자 원소는 서둘러 강을 건너 도망치느라 문서와 금은 보화, 각종 의장 도구를 다 버려두고 갔다. 그의 곁에는 고작 팔백여 명의 기병만 남았다.

조조는 원소의 전리품을 모두 거두어 돌아왔다. 이 싸움에서 원소의 군사가 팔만 명이나 죽음을 맞았다.

크게 승리한 조조는 전리품을 모두 부하 장수들에게 나눠 주었다. 그때 군사 하나가 원소가 버리고 간 죽간 뭉텅이를 들고 다가왔다.

"승상! 이 편지들은 우리 밑에 있으면서 원소와 내통했던 자들이 보낸 편지입니다. 한 놈 한 놈 찾아내어 죄상을 묻고 엄중히 처단해야 합니다."

어느 시대에나 양다리 걸치는 자가 있는 법이다. 그걸 본 조조는 불같이 화를 내며 편지의 주인을 찾아내라고 하는 게 아니라 고개를 가로 저으며 말했다.

"아니다. 원소가 워낙 강성해서 나 역시도 그자와 싸워 이길 수 있을지 알 수 없었다. 하물며 다른 사람들은 어떠했겠느냐? 살길을 도모하며 좌고우면하는 것이 인지상정이다. 밀서를 전부 불태워 버려라. 더 이상 문제 삼지 않겠다."

원소와 내통했던 자들은 모두 이를 보고 안도의 한숨을 내쉬었다. 조조는 이렇게 대인의 풍모를 내보였다. 이미 원소를 꺾었기에 그의 밑에서 원소와 내통한 자들이 더 이상 딴마음을 먹을 수 없었기 때문이다. 옛말에도 큰 덕이 있는 대인(大人)은 잔잔한 소인의 잘못을 일일이 책망하지 않는다고 했는데 그대로 행동한 것이다.

그리고 전쟁의 피해가 극심한데 또 내부의 적들을 제거한다고 칼바람을 일으키며 불안감을 조성하는 것은 결코 이롭지 못하다고 재빨리 판단한 것이다.

이윽고 진중에 갇혔던 저수는 도망가지 못하고 조조 앞에 끌려왔다. 조조는 저수를 잘 알고 있었다. 그의 지혜와 통찰력이 마음에 들었다. 어떻게든 회유해서 자기 사람으로 만들고 싶었다. 그러나 이러한 조조의 마음을 알았는지 저수는 끌려오면서 고개를 빳빳이 쳐들었다.

"나는 절대 투항하지 않을 것이다."

"그대 같은 충신을 원소가 알아보지 못했는데 왜 미련을 버리지 못하는 거요? 내가 그대를 얻었더라면 이미 천하를 얻었을 텐데. 이제라도 만났으니 나와 함께 지내는 것이 어떻겠소? 잘 생각해 보시오."

조조는 그를 후하게 대접하며 살려 주었다.

그러나 저수는 말을 훔쳐 그날 밤 원소에게 돌아가려다가 다시 붙잡혀 조조 앞에 끌려왔다.

"나의 호의를 저버린 저놈을 당장 죽여라!"

조조는 화가 나서 저수를 죽이라는 명령을 내렸다. 저수는 죽음 앞에서도 태연하고 침착했다. 조조는 저수를 죽이고 나서 후회했다.

'아, 내가 잘못했다. 저수야말로 의리를 아는 자였는데. 내가 의리를 아는 선비를 죽였구나.'

전쟁 뒤 민심이 흉흉해질 것을 안 조조는 재빨리 수습에 나섰다. 저수의 장례를 성대하게 치르고 황하 나루터 어귀에 묘비를 세워 주었다. 그걸 본 사람들은 하북 땅의 최고 인물로 저수를 꼽았다. 죽음을 눈앞에 두고도 마음이 변하지 않았다고 칭송이 자자했다. 그러다 보니 조조가 그의 의로운 마음을 흠모하여 비석을 세워 준 것도 훌륭한 일이라는 평가를 받았다. 조조는 이런 칭찬을 받아 의로운 선비를 죽인 실수를 만회했다.

조조는 기주 땅을 공격하여 원소를 완전히 제거하기로 결정하고 명령을 내렸다.

"원소의 잔당을 완전히 섬멸하자."

전리품을 차지하여 힘을 얻은 조조의 군사들은 다시 원소를 뒤쫓아 갔다.

이때 팔백여 기를 이끌고 황하를 건너간 원소는 여양 땅 북쪽 기슭에 간신히 이르렀다. 그를 맞이한 것은 대장 장의거였다.

원소가 그곳에서 힘을 기르고 있다는 소문이 돌자 흩어졌던 군사들이 다시 모여들었다. 워낙 대군이었던지라 패잔병도 그 수가 많아 금세 세력을 회복했다. 원소는 기주로 돌아가 뒷날을 기약하기로 하고 길을 나섰다.

그러나 군사들 사이에서는 불만과 원망이 들끓었다. 두세 명만 모이면 이번 싸움을 돌이켜보며 아쉬움을 이야기했다.

"주공이 어리석어서 우리가 진 것 같아."

"맞아. 전풍의 이야기만 들었어도 우리가 이렇게 화를 입지는 않았을 텐데."

멀찍이서 이런 대화를 엿듣던 원소는 회한에 잠겼다.

'아, 맞다. 내가 전풍의 말을 듣지 않아 이 지경이 되었구나. 이제 돌아가서 어찌 그의 얼굴을 본단 말이냐.'

돌아가던 길에 원소는 마중 나온 봉기의 무리를 만났다. 원소가 봉기를 붙잡고 이야기했다.

"내가 전풍의 말을 들었어야 했다. 이제 돌아가서 어찌 그를 본단 말이냐."

그러나 봉기는 전풍과 원래 사이가 좋지 않았다. 원소가 돌아가서 전풍을 중용할 것 같다는 느낌이 들자 그를 모략하기 시작했다.

"그렇게 말씀하지 마십시오. 전풍은 옥에서 주공께서 패하셨다는 소식을 듣고 박수를 치며 기뻐했다고 합니다."

"뭐라고?"

"자기 말을 듣지 않더니 된통 혼이 났다며 껄껄거리고 웃었답니다."

귀가 얇은 원소는 그 말을 듣자 화가 머리끝까지 솟았다.

"한낱 선비 놈이 감히 나를 비웃었다는 말이냐? 내 이 녀석을 살려 두지 않겠다. 여봐라! 이 칼을 전풍에게 가져다주어라."

원소는 사자에게 보검을 내주었다.

이때 기주에서 옥에 갇혀 있던 전풍에게 이런 사정을 알 리 없는 옥졸이 물었다.

"나리! 축하드립니다. 기쁜 소식입니다."

"무슨 기쁜 소식이 있단 말이냐?"

"원소 장군이 패하셨습니다. 이제 돌아오시면 나리의 말씀을 잘 들을 것이 아니겠습니까? 벼슬이 높이 올라가실 것이니 축하드리지 않을 수 없습니다."

전풍은 허탈하게 웃었다.

"허허! 그렇구나. 이제 내가 죽을 때가 되었구나."

"모두 잘됐다는데 왜 죽는다고 하십니까?"

"너희가 몰라서 그렇지 원소 장군은 겉으로만 너그러울 뿐 속은 그렇지 않다. 바른말을 꺼리는데 어찌 충심을 알아보겠는가? 오히려 이번 싸움에서 이겼으면 기분이 좋아서 나를 용서하겠지만 크게 패했으니 부끄러워서 나를 보고 싶어 하지 않을 것이야. 그러니 내가 살 수가 없지."

"설마 그렇겠습니까요?"

옥졸은 이상하다는 듯이 고개를 저었다.

그때 원소의 사자가 들이닥쳤다.

"전풍은 명을 받아라."

사자가 보검을 내밀었다. 전풍은 눈을 감으며 담담하게 말했다.

"나는 죽을 것을 알고 있었다."

"나리, 이것이 어찌된 일입니까?"

옥졸들은 모두 슬퍼하며 눈물을 흘렸다. 전풍은 보검을 받아 하늘을 향해 치켜올리며 말했다.

"대장부가 태어나서 주인을 잘못 만나면 죽음을 피할 수 없다. 모두 내가 무지한 탓이니 오늘 죽는다 한들 무엇이 두렵겠는가?"

전풍은 보검을 받아 그대로 자신의 목을 베었다. 후세 사람들은 하북의 동량이 원소의 옹졸함으로 인해 죽은 것을 안타까워했다.

기주로 돌아온 원소는 패배의 충격에서 벗어나지 못해 정사도 제대로 돌보지 못했다. 이때 그의 처인 유씨가 후사를 정하라고 보챘다.

"아들이 셋이나 있는데 어서 후사를 정하십시오."

원소에게는 아들 삼 형제가 있었다. 큰아들 원담은 청주를 맡아 지키고, 둘째 아들 원희는 유주를 맡아 지키고 있었다. 셋째 아들 원상은 유씨의 소생인데, 타고난 생김새가 준수하고 듬직하여 원소가 늘 사랑하고 아꼈다. 이렇게 원소가 믿는 막내아들 원상이 아버지 곁에서 기주를 지키고 있었다.

유씨는 자기가 낳은 원상을 후사로 삼으라고 조르며 보챘다. 원소 역시 기력이 쇠진하자 훗날을 대비하여 후계자를 정해야 할 필요성을 느졌다. 그의 심복인 심배, 봉기, 신평, 곽도가 모여 이 일을 의논했다. 그러나 신하들도 편이 갈려 있었다. 심배와 봉기는 원상의 편이었고, 신평과 곽도는 원담을 받들고 있었다. 한마디로 줄을 다르게 선 것이다.

"그대들을 부른 이유는 후사를 정하기 위함이오. 안팎으로 나라에 우환이 그치지 않으니 후사를 정해 놓는 것이 안정에 도움이 될 것 같소."

일단 원소의 마음을 알아보는 것이 중요했다.

"주공께선 자제 분들을 어떻게 평가하고 계십니까?"

그 질문을 받자 원소는 아들들에 대한 생각을 밝혔다.

"첫째 담은 성미가 사나워 사람 죽이기를 좋아하는 것이 흠이오. 둘째 희는 너무 유약한 것이 탈이오. 그렇게 따지면 선비를 잘 모시고 영웅의 기가 있는 상을 후계자로 삼을까 하는데 어찌 생각하오?"

곽도가 먼저 입을 열었다. 그는 이미 원담의 편에 서 있었다.

"세 아드님 중에 담이 가장 손위인데 지금 밖에 나가 있습니다. 만일 장자를 폐하고 가장 어린 상을 후사로 세운다면 분명 싸움이 벌어질 것입니다. 지금 때가 어느 때입니까? 군사들은 사기가 꺾여 있고, 적들은 언제라도 쳐들어오려고 호시탐탐 노리고 있지 않습니까? 주공께서는 지금 이런 일에 신경을 쓰실 때가 아닙니다. 일단 적을 물리친 다음에 후사를 세워도 늦지 않으리라 생각합니다."

틀린 말은 아니었다. 신하들이 각자 자신의 생각을 논리를 세워 이야기하자 귀가 얇은 원소는 또다시 결정을 내리지 못했다.

그 무렵 둘째 아들 원희가 육만 군사를 이끌고 유주에서 도우러 왔다. 맏아들 원담도 군사 오만 명을 이끌고 청주에서 왔다. 외조카인 고간도 오만 명의 군사를 이끌고 병주에서 도우러 왔다. 순식간에 군사가 십오만이 넘게 되자 무기력하던 원소는 다시 힘이 났다.

"후사를 정하는 일은 뒤로 미루고, 우선 이들과 함께 조조와의 결전을 치러야겠다."

조조는 크게 승리한 기쁨을 만끽하며 강 위쪽에 다시 영채를 구축하여 원소를 칠 궁리를 하고 있었다. 이때 백성들이 모두 음식을 들고 조조를 찾아왔다. 조조는 백성들 중에서 나이든 노인들을 보고 물었다.

"어르신들은 연세가 어떻게 되십니까?"

"우리는 백 살이 다 된 노인들이오."

조조가 정중히 말했다.

"우리 군사들이 폐를 끼칠까 봐 걱정됩니다."

"그럴 리가 있소이까? 수십 년 전에 천문을 잘 아는 이가 예언한 바에 따르면 올해가 귀인이 나오는 해입니다. 원소는 그동안 우리를 괴롭히고 수탈하기만 했는데 승상께서 우리를 위로해 주시고 죄인들을 토벌하셔서 백만 대군을 무찔러 주시니 귀인이 난다는 예언이 맞는 것 같습니다. 승상 덕에 우리가 태평성대를 누릴 것 같습니다."

조조는 그 이야기를 듣자 기분이 좋아졌다. 노인들에게 술과 음식을 대접한 뒤 비단도 나누어 주었다. 그리고 군사들에게 명령을 내렸다.

"민폐를 끼치거나 마을 사람들의 재물에 손해를 끼치는 자는 누구든 군령으로 다스리겠다."

이 소식을 들은 백성들은 모두 조조를 칭송했다. 조조로서도 무척 흡족한 일이었다.

이때 원소가 전열을 가다듬어 다시 영채를 세웠다는 보고를 받고 조조는 직접 군사를 이끌고 나갔다. 원소는 아들 삼 형제와 조카들까지 힘을 모아 함께 나서자 자신감이 넘쳤다. 조조는 그런 그의 자존심을 긁기로 했다.

"원소! 그대는 이제 힘도 없고 꾀도 바닥이 났을 텐데 어찌 항복하지 않는 거요? 죽기를 바라는 것이오?"

이 말에 원소가 이를 갈며 말했다.

"누가 저자의 목을 벨 것이냐?"

원상이 공을 세우고 싶어 나섰다.

"아버님, 제가 나갔다 오겠습니다."

쌍칼을 휘두르며 원상이 달려 나오자 조조의 진영에서도 장수 하나
가 창을 들고 나왔다. 서황의 부장인 사환이었다. 그러나 사환은 원상의
상대가 되지 못했다. 몇 합 겨루다 원상이 짐짓 도망가는 척하자 사환은
기회는 이때다 하고 쫓아갔다. 그러자 갑자기 원상이 몸을 돌려 그대로
화살을 날렸다. 화살은 사환의 왼쪽 눈에 박혔다. 사환은 말에서 떨어져
죽어 버렸다.

원소는 막내아들의 활약에 기세가 올라 명령을 내렸다.

"총공격하라!"

양쪽의 군사들이 달려들어 순식간에 혼전이 벌어졌다.

한바탕 싸움이 끝나고 군사들이 물러나자 조조는 이기기 위한 계책을 구했다. 책사인 정욱이 말했다.

"우리 군사를 10대로 나누어 매복시켜 놓고 퇴각하는 척하면 원소 군이 따라올 것입니다. 그렇게 되면 아군은 퇴로가 없어져 필사적으로 싸울 테니 틀림없이 이길 것입니다."

"좋은 계책이다."

조조는 군사를 좌우 5대씩 10대로 나누어 좌우에 매복하게 했다. 밤이 되자 중군을 이끄는 선봉장 허저가 짐짓 습격하는 척하며 도발했다. 원소 군이 기다렸다는 듯이 받아치자 허저는 재빨리 도망쳤다. 날이 밝을 무렵까지 서로 쫓고 쫓기다 조조 군은 강변에 다다랐다. 더 이상 물러설 데가 없었다.

조조가 군사들에게 큰 소리로 명령했다.

"우리는 더 이상 물러설 곳이 없다. 살아서 고향에 돌아가고 싶으면 죽을힘을 다해 싸워라!"

조조의 비장한 명령에 도망만 치던 군사들이 일제히 돌아섰다. 죽기를 각오하고 덤벼드니 원소는 군사를 돌려 후퇴하기 시작했다. 그때 좌우에 매복하고 있던 열 명의 장수가 10대의 군사를 이끌고 차례로 나타나 원소 군을 궤멸하기 시작했다. 원소 군이 왼쪽으로 도망가면 오른쪽에서 나타나고, 위로 가면 아래에서 치고 올라왔다. 원소와 그의 세 아들은 혼비백산하여 허둥지둥 영채로 돌아왔다.

그러나 영채도 습격을 받았다. 황급히 말에 올라 원소는 죽을힘을 다해 도망쳤다. 몇 번의 포위망을 뚫고 빠져나오자 원소는 너무나도 분통해 세 아들을 부둥켜안고 통곡했다.

"내가 어쩌다 이 지경이 되었단 말이냐! 으흐흐흑!"

원소는 울다가 기절해 버렸다. 사람들이 달려와 응급 처치를 해서 정신은 돌아왔지만 시뻘건 피를 계속 토했다.

"아, 내가 지금까지 수십 번 싸웠지만 오늘처럼 무참히 패배한 것은 처음이다. 하늘이 나를 버리는구나. 너희는 각자 자기 땅으로 돌아가서 힘을 길러라. 가까운 시일 내에 역적 조조와 꼭 사생결단을 내도록 하여라."

원소는 기주로 돌아가 몸조리를 했다. 그동안 원상은 심배, 봉기와 함께 군을 통솔하며 힘을 기르게 되었다.†

싸움에서 크게 이긴 조조는 군사들에게 후하게 상을 내렸다. 그리고 첩자들을 보내 기주의 형편을 계속 살폈다. 정탐꾼들의 보고는 하나같았다. 원소는 병으로 누워 있고 아들들은 각자

관도대전에서 원소가 패배한 것은 직접적인 원인이 허유의 배신이었지만, 이것 말고도 원소의 오만함과 간부들의 배신도 한몫했다고 봐야 해.

정사에는 원소 군은 십여 만이고 조조 군은 일만에 불과하다고 적혀 있어. 그런데 《삼국지연의》에는 그 수가 엄청나게 부풀려져 있어. 칠십만 대 삼, 사만이라고 했는데 이는 보나마나 과장이지.

이건 모두 후세의 역사가들이 자신의 입맛에 맞게 기록한 역사 왜곡일 가능성이 커. 세력 면에서는 여전히 원소가 우세했는데도 패배한 이유 가운데 하나는 원소가 너무 빨리 죽었고, 후계를 둘러싼 아들들의 분열 때문이었어. 《삼국지》 3대 대첩 가운데 하나라는 관도대전이 《삼국지연의》에서 적벽대전에 비해 상대적으로 간단하게 서술된 것은 초점이 유비, 관우, 장비 세 사람에게 맞춰진 소설이기 때문이지.

자기 고을로 돌아갔다는 것이다. 조조의 부하들은 숨 돌릴 틈을 주지 말고 원소를 공격하자고 했다.

"어서 원소를 칩시다. 지금이야말로 승상께서 천하를 통일할 수 있는 기회입니다."

"아니다. 기주에는 양곡이 산더미처럼 쌓여 있고, 심배도 책략이 좋은 자다. 결코 만만치 않아. 게다가 지금은 곡식이 무르익어 가는 중인데 전쟁을 벌여서 망쳐서는 안 된다. 추수가 끝난 뒤에 원소를 치도록 하자."

그러나 세상일은 그렇게 조조의 뜻대로 되는 것이 아니었다. 허도에 있는 순욱에게서 서신이 온 것이다.

승상!

승상께서 하북으로 출정했다는 소식을 듣고 유비가 유벽에게 여남을 맡긴 뒤 군사를 끌고 쳐들어왔습니다.

어서 회군하여 이들을 막으시옵소서!

조조는 깜짝 놀랐다.

"유비, 이 귀 큰 자가 기어이!"

조조는 일부 군사들을 강변에 남겨 둔 뒤 자신이 몸소 대군을 이끌고 여남으로 향했다.

이때 유비는 관우, 장비, 조자룡과 함께 허도를 치려고 여남을 떠났다. 유비 군은 양산에서 조조 군과 마주쳤다. 조조의 군사가 다가오자 유비는 북을 치며 나아가 조조와 마주 섰다.

조조가 유비를 향해 외쳤다.

"유비! 나는 너를 손님으로 대접했는데 어찌하여 이렇게 배은망덕하게 나를 치려는 게냐?"

유비도 지지 않고 소리쳤다.

"조조, 네가 한나라 승상이라고 하지만 한나라의 도적이 아니더냐? 나는 한실의 종친으로서 황제의 밀조를 받들어 반역자를 치러 왔다."

유비는 이렇게 말한 뒤 황제가 내렸던 비밀 조서를 읊었다. 물론 그것은 가짜였다.

"저, 저런 귀만 큰 발칙한 놈을 봤나!"

조조는 화를 참지 못해 허저를 내보내 싸우게 했다. 조조 군에서 허저가 나가자 유비 군에서는 조자룡이 맞상대를 했다. 삼십여 합을 싸우도록 승부가 나지 않자 한쪽에서 관우가 달려오고 다른 쪽에서 장비가 달려왔다. 삼군이 합쳐서 치자 먼 길을 달려온 조조 군은 크게 패했다.

한바탕 싸움에서 이긴 유비는 군사를 거두어 영채로 돌아왔다. 그 뒤로 조조 군은 유비 군이 싸우자고 도발하여도 일절 응하지 않았다. 열흘이 지나도 조조 군이 움직이지 않자 유비는 이상하다는 생각이 들었다. 역시 조조의 계략이었다. 군량미를 가져오던 공도가 조조의 군사에게 포위되었다는 소식을 듣고 유비는 장비를 보냈다.

그때 또다시 급보가 날아왔다. 하후돈이 배후에서 여남을 치고 있다는 거였다. 한마디로 조조는 유비와 맞상대를 하지 않고 배후를 치며 군량미와 그가 기반으로 삼고 있는 성을 공격한 것이다.

황급히 관우를 여남으로 보내자 하루가 안 되어 또다시 소식이 날아왔다. 하후돈을 이기지 못해 유벽은 여남성을 버리고 달아났고 관우는 조조의 포위망에 갇혔다는 것이다. 게다가 장비마저 조조 군에게 포위되었다고 했다.

"아, 이럴 수가! 후퇴해야겠다."

유비는 조조 군 몰래 후퇴하기로 했다. 적들이 눈치채지 못하게 낮이 아닌 밤에 후퇴하는데 갑자기 여기저기서 횃불이 올라왔다.

"유비는 게 섰거라! 승상이 기다리신다!"

온 산이 쩌렁쩌렁 울리도록 조조 군의 복병이 외쳤다. 유비가 황급히 도망가려는데 조자룡이 나섰다.

"염려 마시고 제 뒤를 따르십시오."

조자룡이 앞을 헤치고 나가기 시작했다. 한창 포위망을 뚫고 달리는데 어느 틈에 허저가 뒤쫓아 오는 것이 아닌가. 조자룡이 허저를 맞아 싸우자 다른 조조의 군사들이 또 달려들었다. 사방팔방에서 적들이 쳐들어오자 유비는 혼자 말을 타고 달아났다. 홀로 밤새 말을 달리는 유비에게 한 떼의 군사들이 또 들이닥쳤다.

"아, 이제 죽는구나."

유비가 깜짝 놀라 자세히 살펴보니 다행히 유벽이 패잔병 천 명과 함께 유비의 식구들을 데려오고 있었다. 손건과 간옹, 미방도 거기에 있었다. 유벽 일행도 뜻하지 않게 유비를 만나자 무척이나 반가워했다. 그들은 그간의 소식을 나누었다. 유벽은 하후돈의 군세가 너무 강해 도저히 당할 수가 없어 도망쳐 나온 것이라고 했다. 유비는 동생들이 처한 상황을 알 수 없지만 일단 자신의 살길을 찾아야 했다.

"어서 이 자리를 피합시다."

유비가 군사들과 함께 움직이자 다시 조조 군이 나타났다.

"유비는 어서 항복하라! 당장 말에서 내려라!"

놀라 말머리를 돌려 도망가려 하자 이번에는 고람이 다가왔다. 유비가 하늘을 우러러 탄식하며 외쳤다.

"하늘이 무심하구나! 어찌하여 이렇게 죽을 궁지에 몰렸단 말이냐! 차라리 이대로 죽느니만 못하구나."

유비가 칼을 빼어 목을 베려 하자 유벽이 말렸다.

"제가 구해 드리겠습니다."

유벽이 창을 들고 나갔지만 고람의 상대가 되지 않았다. 고람의 칼에 순식간에 목이 잘려 죽고 말았다.

"안 되겠다. 어차피 죽을 바엔 싸우다 죽어야겠다!"

유비가 칼을 뽑아 들고 싸우려 할 때 갑자기 고람의 진지가 흔들렸다. 장수 하나가 적진을 뚫고 나오는데 배후에서 칼을 휘두르자 순식간에 고람의 목이 떨어졌다. 그 장수는 바로 조자룡이었다. 유비는 그제야 가슴을 쓸어내렸다.

"고람 장군이 죽었다."

장수가 죽는 것을 보자 고람의 군사들은 흩어졌다. 조자룡은 한바탕 적군을 유린한 뒤 장합과 맞싸웠다. 하지만 장합 역시 삼십여 합을 맞붙더니 도망가 버렸다. 조자룡이 뒤쫓아 가다가 좁은 골짜기에 접어들자 장합의 군사가 골짜기 어귀를 막아 버렸다. 조자룡이 포위망을 뚫기 위해 애쓰고 있을 때 원군이 나타났다. 관우와 관평, 주창의 삼백여 군사들이 달려왔다. 이들이 힘을 합쳐 협공하여 장합 군을 물리치고 골짜기를 빠져나왔다.

유비 일행은 산 아래에 영채를 세웠다. 이제 삼 형제 가운데 합류하지 못한 것은 장비뿐이었다. 하지만 장비가 조조 군에게 포위되었다는 소식을 들은 관우가 전속력으로 달려가 구해 왔다. 이렇게 해서 장비도 유비에게 돌아왔다. 비로소 삼 형제는 다시 뭉칠 수 있었다.

하지만 조조의 군사가 다시 쳐들어온다는 소식이 전해졌다. 유비는 손건에게 식구들을 데리고 먼저 떠나라고 했다. 그리고 관우, 장비, 조자룡과 함께 조조 군과 맞서 싸우다 도망치고 맞서 싸우다 도망치기를 되풀이했다. 결국 조조가 더 이상 쫓지 않고 군사를 거두자 유비에게 남은 군사는 천 명도 채 안 되었다.

거듭된 전투로 만신창이가 된 유비가 처참한 심정으로 강가에 서서 흐르는 강물을 보며 마을 사람에게 물었다.

"이 강은 무슨 강인가?"

"한강이라 하옵니다."

유비는 강변에 영채를 세우고 쉬어 가기로 했다. 마을 사람들이 먹을 것을 갖다 주었다. 유비는 군사들과 모래밭에 앉아 술을 마시다가 눈물을 흘렸다.

"아, 그대들에게 미안하다."

"무슨 말씀이십니까?"

"그대들이야말로 임금과 황제를 보필할 만한 재주를 가졌는데 어찌하여 나를 따르다가 이러한 곤궁에 처했는가! 내가 복이 없어서 그대들에게 누를 끼쳤다. 송곳 하나 세울 땅이 없으니 그대들 신세가 잘못되면 어떻게 하란 말이냐? 나를 버리고 좋은 주인을 만나도록 해라."

유비의 말에 모두 얼굴을 가리고 눈물을 흘리며 슬퍼했다. 그때 관우가 말했다.

"형님, 그 말씀은 거두십시오. 한 고조께서도 항우와 싸울 때 백전백패했지만 마지막에 구리산에서 크게 승리하여 사백 년을 이어 온 나라를 열었습니다. 승패는 병가지상사입니다."

손건도 거들었다.

"주공! 뜻을 잃지 마십시오. 이기고 지는 것도 다 때가 있습니다. 여기서 형주가 멀지 않으니 일단 그곳에 가서 몸을 의탁하시는 게 어떻겠습니까?"

형주를 지키고 있는 것은 유표였다. 유표는 당시 아홉 개 고을을 장악하고 군사도 강하고 양식도 넉넉했지만 큰 욕심이 없어 안전하게 땅을 지키고만 있었다.

"게다가 유표는 주공과 같은 황실의 종친이 아니겠습니까?"

유비는 고개를 끄덕였다.

"옳은 말이지만 유표가 나를 받아 줄 이유가 없지 않겠소."

손건이 말했다.

"설득을 잘해야 합니다. 제가 가서 유표를 만나 설득하겠습니다. 그리하여 고을 밖까지 나와 주공을 영접하도록 제가 이 세 치 혀를 놀려 보겠습니다."

"오, 그렇게만 해준다면 참으로 가뭄에 단비라고 할 수 있겠소."

손건은 밤새도록 형주를 향해 말을 달려 유표를 찾아갔다. 손건이 예를 갖추자 유표가 맞으며 말했다.

　　"그대는 유비의 가신이 아니던가?"

　　"맞습니다. 유 황숙께서는 천하의 영웅이십니다. 군사도 없고 장수도 적지만 한 번도 한나라를 바로 세우겠다는 생각을 접은 적이 없습니다. 여남에 있는 유벽과 공도가 아무런 관계도 없는데 유 황숙을 위해 목숨을 바친 것도 그 때문입니다."

　　"허허, 그렇지요."

　　"그런데 장군께서는 유 황숙과 함께 황실 종친이 아니십니까? 사실 유 황숙께서는 처지가 곤궁하여 손권에게 가서 의탁하려 하셨지만 제가 말렸습니다. 가까운 친척을 버리고 어찌 알지도 못하는 사람에게 가느냐고요. 형주의 유 장군은 어진 사람과 선비를 잘 대해 주셔서 당대의 유능한 인물들이 모두 형주로 모여들고 있다고 말씀드렸습니다. 같은 황실 종친이시니 유 장군에게 의탁하라고 말씀을 올렸습니다. 그래서 유 황숙께서 저를 먼저 보내시어 이렇게 뜻을 전하게 하신 것입니다."

　　그 말에 유표는 크게 기뻐했다.

　　"오, 반가운 말이오. 유비는 내 아우뻘 되는 사람이오. 오래전부터 그 명성을 듣고 만나고 싶었소. 오늘 먼저 나를 만나고 싶다는 뜻을 전하니 기쁨이 하늘을 찌르오."

　　형국이 이렇게 돌아가자 유표의 책사인 채모[†]가 말했다.

　　"다시 생각하시옵소서. 유비는 간사한 자이옵니다. 여포를 따르다가 조조를 섬겼습니다. 또 최근에는 원소에게 갔다가 배신하고 나왔습니다. 자꾸 주인을 바꾸는 것을 보니 사람됨이 지조가 없다는 것을 알 수 있지 않습니까? 잘못 받아들이면 조조가 쳐들어와 오히려 병란을 치르게 됩니다. 차라리 저 손건이라는 자의 목을 베어 조조에게 바치십시오. 그럼 조조는 상을 줄 것입니다."

그러자 손건이 웃으며 말했다.

"하하하! 나 손건은 죽음을 두려워하는 사람이 아니오. 그러나 유 황숙의 충성심은 조조나 원소, 여포 따위와는 비할 수가 없소이다."

"유비는 과거에 그들을 따라다니며 충성하지 않았소?"

"그들에게 몸을 의탁한 것은 형편이 여의치 않아서 그런 것이오. 어찌 진심이라 할 수 있겠소? 그리고 우리 유 황숙께서 천릿길을 마다하지 않고 같은 황실 종친에게 의탁하려 하는데 어찌 그대는 지난 일을 들먹이며 어진 사람을 헐뜯을 수가 있소? 다른 생각을 품지 않고서야 이럴 수 없다는 것을 나는 알고 있소."

듣고 있던 채모는 얼굴이 붉어졌다. 여기서 다른 생각이란 역모를 꾸민다는 뜻이다. 그러자 유표가 채모를 꾸짖으며 말했다.

채모는 작은누나가 유표의 후처가 되는 바람에 신임을 얻고 그 결과 형주의 병권을 장악한 인물이야. 말재주가 뛰어나지만 사심이 가득하고 간교해. 정사에서는 젊어서 조조와도 친분이 있다고 기록되어 있어.

"그대는 잠자코 있어라! 내 뜻이 정해졌다."

채모는 무안하여 고개를 숙이고 물러났다. 그러나 속으로 앙심을 품었다. 유표는 손건에게 정중하게 당부했다.

"그대는 가서 현덕에게 나의 뜻을 전하시오. 오기만 한다면 내가 직접 나가 맞이하겠소."

손건이 돌아가 이 사실을 알렸다. 유비는 이때 이미 의롭고 어진 자로서 전국적인 명성을 얻고 있었다.

하지만 명성은 뛰어난 영웅이 짊어져야 하는 부담이다. 그 부담을 어떻게 처리하느냐에 따라 유비의 운명이 형주에서 결정될 거였다. 서슴없이 부담을 감당해 내면 뜻을 이룰 것이지만 만일 쓰러지면 역사의 뒤안길로 사라질 운명이었다.

유비가 형주로 오자 유표는 자신이 약속한 대로 성에서 삼십 리 밖까지 나와 유비를 맞았다. 깍듯한 예를 갖추어 대하자 유비는 관우, 장비를 소개하며 서로 예를 갖추었다. 유표는 흡족한 얼굴로 그들을 데리고 성안으로 들어가 살 집을 마련해 주고 머무르게 했다.

5
원소의 멸망

해가 바뀌어 건안 7년(202) 정월이 되었다. 조조는 하던 일을 마무리하지 못하면 가만있지 못하는 성격이었다. 부하 장수들을 모아 놓고 다시 원소를 치려는 결심을 밝혔다.

이때 원소는 큰 싸움에서 패하여 울화증과 함께 피를 토하는 증상이 자주 나타나고 있었다. 요양을 잘하여 체력이 회복되자 불구대천지 원수†인 조조를 치려고 부하들과 상의했다. 원소 휘하에는 훌륭한 장수들과 책사들이 많았다. 책사인 심배가 직언을 했다.

"작년에 관도와 창정의 싸움에서 패한 뒤 우리 군사들의 힘이 많이 위축되었습니다. 사기도 저하되어 있으니 지금은 차라리 성을 돋우고 해자를 깊게 파서 힘을 더 기르는 편이 나을 듯합니다."

원소와 부하들이 이런저런 꾀를 낼 동안 조조 군이 기주로 쳐들어온다는 보고가 들어왔다. 원소는 기다렸다는 듯이 말했다.

"조조의 군사가 닥치기 전에 먼저 군사를 끌고 나가 치는 것이 유리하다."

그러자 원소의 사랑을 가장 많이 받는 셋째 아들인 원상이 만류하고 나섰다.

"아버님, 아직 건강도 회복되지 않으셨습니다. 제가 나가서 적을 막겠습니다. 아버님께서는 저를 믿고 쉬십시오."

원소는 듬직한 아들의 말에 고개를 끄덕였다. 그렇더라도 원상만 내보낼 수는 없어서 청주에 있는 맏아들 원담과 유주에 있는 둘째 아들 원희, 병주에 있는 조카 고간에게도 사자를 보내어 일제히 군사를 일으켜 조조를 협공하라고 명령을 내렸다. 그러나 이 싸움이 원소의 최후를 재촉하는 싸움이 될 줄은 아무도 몰랐다.

먼저 싸우러 나가겠다고 자청하여 아버지에게 인정을 받은 셋째 아들 원상은 자신이 용맹스럽다고 생각하고 있었다. 이전 싸움에서 활을 쏘아 조조의 장수인 사환을 죽인 것을 아주 크나큰 공로로 여기며 사방팔방에 자랑하기 바빴다.

"나야말로 아버님의 대통을 이을 재목이 아닌가."

어린 나이에 공을 세우면 오만해지는 법. 원상은 원군이 오면 힘을 합쳐 싸우라고 명을 받았지만 혼자 수만 명의 군사를 이끌고 조조 앞에 나섰다.

조조는 원소의 아들 삼 형제가 아버지의 후계자 자리를 놓고 경쟁한다는 사실을 잘 알고 있었다. 그들이 힘을 합치기 전에 먼저 쳐야 한다고 생각하던 조조였다. 먼저 장요가 나가 원상과 겨뤘다. 노련한 장수인 장요의 적수가 못 되는 원상은 몇 합 겨루어 보지도 못하고 도망쳤다. 장요가 기회를 놓치지 않고 치고 들어가니 원상의 군사는 뿔뿔이 흩어졌고 원상은 기주로 도망치고 말았다.

"원상이 패하여 돌아왔습니다."

"무엇이? 이 녀석이 힘을 합쳐 싸우라고 했거늘 어찌 조조를 자기 혼자 이기겠다고 나선 게냐!"

원소는 분통을 터뜨리며 자리에서 벌떡 일어나다 그대로 쓰러져 피를 토했다. 병이 다시 도진 것이다.

"정신을 차리십시오!"

유 부인이 정신을 잃은 원소를 급히 내실로 끌고 들어가 눕혔지만 이미 병세가 돌이키기 힘든 지경이었다. 원소는 점점 쇠약해지며 백약이 무효였다.

불구대천지 원수(不俱戴天之怨讐)라는 말은 하늘(天)을 같이(俱) 머리에 이고(戴) 살 수 없을 만큼 원한이 맺혔다(怨讐)라는 의미야. 즉, 이 세상에서 같이 살 수 없으니 '네가 죽든지, 내가 죽든지 결판을 내야 한다.'는 의미로 자주 쓰이지.

"이래서는 살아날 수 없겠구나."

유 부인은 자신과 원상을 지지하는 심배와 봉기를 불러들였다.

"어서 주공께 상에게 모든 권한을 물려준다는 유언을 남기라고 이야기하세요."

유 부인과 심복들이 원소에게 다가가 물었다.

"누구에게 후사를 잇도록 하시겠습니까?"

원소는 힘이 빠져 말을 제대로 하지 못하고 힘겹게 간신히 손만 들어올렸다.

"누구입니까?"

원소는 손가락 세 개를 펴 보였다. 셋째가 후계자라는 뜻이었다. 심배는 원소가 속삭이듯이 하는 말을 받아 적었다. 유언이었다. 유언을 다적기도 전에 원소는 갑자기 발작을 일으키며 고통스러워하다 피를 토하고는 눈을 감았다.

"주공! 주공!"

아무리 흔들고 불러도 숨을 거둔 원소는 다시 눈을 뜨지 않았다. 훗날 사람들은 유서 깊은 귀족 집안 출신으로 공을 세웠고, 또한 군사력을 기르면서 의로운 자들이 모여들었지만 원소 개인의 부족함으로 인해 대업을 이루지 못했음을 안타까워했다.

원소가 죽자 해묵은 문제가 불거졌다. 제일 먼저 유 부인은 권력을 휘둘러 원소가 총애하던 첩들을 모두 죽였다. 죽인 것으로 모자라 질투심이 폭발하여 죽은 사람의 얼굴에 칼집을 내고 머리털을 몽땅 자르는 등 인간으로서 차마 할 수 없는 끔찍한 짓을 했다.

"저년들이 저승에 가서 우리 주공에게 꼬리 치지 못하게 만들어라."

끔찍한 질투심으로 잔인한 행동을 벌인 것이다. 그런데 그 어머니에 그 아들이어서 원상 역시 첩들의 유족이 반발할까 봐 그들의 가족을 모두 잡아다 죽여 버렸다. 모두 힘을 합쳐 외적과 싸워야 할 시기에 개인적인 원한을 갖고 있으니 원소의 후손들의 운명은 불을 보듯 뻔한 것이었다.

심배와 봉기는 곳곳에 부고를 띄웠다. 원담은 청주에서 군사를 이끌고 조조와 싸우려다 아버지 원소가 죽었다는 소식을 들었다. 곧바로 곽도†와 신평†을 불러 어찌하면 좋을지 의논했다.

먼저 곽도가 말했다.

"어서 가셔야 합니다. 분명히 심배와 봉기가 잔꾀를 부릴 것입니다."

신평이 의견을 보탰다.

"맞습니다. 그들은 원상을 주인으로 세우려 할 것입니다. 하지만 지금 이대로 갔다가는 그들의 꾀에 당할 수 있습니다."

"어떻게 하는 게 좋겠는가?"

곽도는 원소의 책사야. 조조를 치라고 적극적으로 주장해서 일을 이 지경으로 만든 장본인이지. 그뿐만 아니라 관도 전투에서 오소의 군량이 불타자 조조의 영채를 습격하기 위해 장합과 고람을 보냈어. 이 꾀가 실패하니까 자신의 실책을 모면하려고 두 사람을 모함하여 조조군에 투항하게 만들었지.

신평은 원래는 기주목인 한복의 밑에 있던 자야. 원소가 기주를 차지하자 그를 섬겨. 의리와 충의가 있는 인물이야.

원담의 물음에 곽도가 대답했다.

"일단 군사들을 성 밖에 세워 놓고 동정을 살피시지요."

원담이 동의하자 곽도가 기주성으로 먼저 들어갔다. 곽도가 원상에게 절을 올리자 원상이 물었다.

"아버님이 돌아가셨는데 큰형님은 어찌 안 오시느냐?"

곽도가 둘러댔다.

"지금 병이 나셨습니다. 너무 큰 슬픔을 가누지 못해 병이 나서 자리에 누우셨습니다."

"그거 안타까운 일이로군. 나는 지금 아버님의 명을 받들어 하북의 주인이 되었소. 형님을 거기장군†으로 봉하려 하오. 거기장군이 되셨으니 병이 낫는 대로 조조 군에 맞서 싸우라고 하시오. 내가 즉시 군사들을 수습해 뒤따르겠소."

한마디로 조조와 싸우다가 죽으라는 뜻이었다. 곽도가 머리를 굴려 대답했다.

"그런데 지금 청주에는 지략이 있는 자가 없습니다. 조조와 같은 꾀돌이와 싸우려면 이쪽에도 지략이 있는 책사가 필요합니다. 심배와 봉기 두 사람이 와서 도와준다면 조조를 능히 물리칠 수 있습니다."

"그들은 나라를 지켜야 하는 책사들이오. 어찌 보낸단 말이오?"

"그럼 한 사람만이라도 보내 주십시오. 그와 의논하여 조조를 치도록 하겠습니다."

원상은 그 부탁까지 거절할 수는 없었다. 두 사람에게 누가 가겠느냐고 물었다. 결국 봉기가 가기로 결정되었다. 봉기는 찜찜한 가운데 거기

장군의 인수를 받아 들고 곽도를 따라 원담에게 갔다. 봉기가 원담을 만나 보니 병이 들어 자리에 누웠다던 원담은 듣던 것과는 달리 전혀 병색이 없었다.

"어서 오시오. 내 벼슬의 인수를 가지고 왔다고요?"

봉기는 순간 자기가 호랑이의 입에 들어왔다는 사실을 깨달았다. 봉기가 두려움에 떨며 거기장군 인수를 바치자 원담은 버럭 화를 내며 그의 목을 치려 했다.

"네 이놈! 너희들의 잔꾀를 내가 모를 줄 알았더냐! 저놈의 목을 당장 쳐라!"

그러자 곽도가 말렸다.

"지금 봉기의 목을 치면 적을 앞두고 형제 간에 싸움이 일어납니다. 봉기를 살려 두어 꾀를 내게 하여 조조를 물리친 뒤 기주를 손에 넣는 것도 나쁘지 않다고 생각합니다."

"좋다. 그러면 당장 여양으로 가서 조조와 싸우겠다."

그러나 원담은 조조의 상대가 되지 않았다. 크게 패한 원담 군은 여양성 안으로 철수했다. 원담은 원상에게 구원병을 청했다. 원상은 패

거기장군은 삼국 시대에 있었던 고급 장군의 명칭이야. 중앙 상비군을 통솔하고 전쟁이 나면 군사들을 이끌고 나가 싸우기도 했어. 서열로 따지면 대장군·표기장군 아래이니 오늘날로 치면 사령관 정도의 지위라 할 수 있지. 삼국 시대에는 제2품(品)이었고 독립적인 부서를 설치할 수 있는 권한이 있었대.

배한 형을 도와줄 생각은 없었다. 그렇다고 안 도와줄 수도 없었다. 그래서 오천의 군사를 보냈다. 수만 명의 군사를 보내 줘도 조조와 싸워 이기기 힘겨운데 겨우 오천 명의 군사를 보낸 것이다.

원담은 크게 분노했다.

"동생이라는 자가 나를 이렇게 능멸하다니."

원담은 봉기를 불러 꾸짖었다. 원담의 분노가 극에 달하자 인질 신세인 봉기는 목숨을 건지려고 말했다.

"장군, 고정하십시오! 제가 기주에 편지를 써서 주공께서 군사들을 이끌고 오도록 설득해 보겠습니다."

원담은 봉기가 쓴 서신을 원상에게 보냈다. 어서 와서 도와 달라는 내용이었다.

기주에서 이 편지를 받아 보고 심배가 원상에게 말했다.

"곽도는 원래 꾀가 많은 자입니다. 기주를 치지 않고 조조 군을 치러 간 것은 조조를 물리친 다음에 우리 기주를 차지하려는 것입니다."

"그 말이 맞는 것 같구나."

"그래서 우리는 구원병을 보낼 게 아니라 조조와 손을 잡고 저자들을 없애는 것이 더 나을 듯합니다."

나라에 망조가 들다 보니 적과 손을 잡고 형제를 치려는 이치에도 맞지 않는 생각이 받아들여졌다. 원상은 군사를 내주지 않고 그대로 사자를 돌려보냈다. 사자를 통해 원상이 계략에 넘어가지 않았다는 사실을 확인한 원담은 봉기를 그 자리에서 죽여 버렸다.

"이렇게 된 이상 못된 동생 놈을 내가 꼭 혼내 주고야 말겠다."

그러면서 그가 낸 꾀라는 것이 조조에게 투항하여 원상을 처단하겠다는 것이었다. 적의 적은 친구라더니 형제 둘이 화합하기는커녕 서로 조조의 손을 잡고 형제를 죽이겠다고 나서니 조조는 어부지리[†]를 얻는 셈이었다.

그러나 이 사실은 금세 염탐꾼에 의해 원상에게도 알려졌다. 원담이 조조와 힘을 합쳐 쳐들어온다면 버티기 힘들다는 것을 원상도 잘 알고 있었다.

"안 되겠다. 형님에게 곧바로 구원병을 보낸다고 하고 내가 직접 가야겠다."

원상은 대군을 이끌고 여양으로 향했다. 구원군이 온다는 소식을 듣자 원담은 크게 기뻐하며 조조에게 투항하기로 한 결정을 없던 일로 뒤집었다.

원담은 여양성 안에 자리를 잡고 원상은 성 밖에 진을 쳤다. 곧이어 유주의 원희와 병주의 고간도 군사를 끌고 와 성 밖에 진을 쳤다. 그렇게 하여 원소의 세 아들과 조카까지 힘을 합하여 조조 군에게 맞섰지만 번번이 패했다. 싸움을 하면 할수록 조조에게 유리해졌고, 원상의 무리는 패배를 거듭하여 세력이 점점 약해

어부지리(漁父之利)는 옛날 고사에서 온 말이야. 조(趙)나라가 연(燕)나라를 치려 하자 소대(蘇代)라는 유세객이 조왕을 찾아가 이런 비유의 말을 했어.

"오늘 오면서 강가를 지나는데 조개가 입을 벌리고 있었습니다. 이걸 본 황새가 쪼아 먹으려 했습니다. 그때 조개가 입을 오므려 황새의 주둥이를 물었습니다. 서로 죽기를 각오하고 버티기에 들어가니 그때 지나던 어부가 손쉽게 둘 다 잡아 버렸습니다. 지금 조나라와 연나라가 싸우면 강한 진(秦)나라가 어부처럼 두 나라를 한꺼번에 취할 것입니다."

이 말을 듣고 혜문왕이 연나라 공격 계획을 중지하여 생긴 고사야.

졌다.

　마침내 조조가 군사를 나누어 각 진영을 일시에 기습하자 원담과 원희, 원상과 고간은 모두 크게 패하여 여양성을 버리고 기주로 도망쳤다. 조조가 그들을 쫓아와 공격했지만 기주는 그들의 근거지여서 쉽게 함락되지 않았다.

　그러자 곽가가 조조에게 말했다.

　"승상! 저자들은 서로 원소의 후계자가 되겠다고 권력 다툼을 벌이고 있습니다. 그래서 금세 힘이 약해질 것 같지만 외부의 적이 몰려오자 힘을 합해 단합하고 있습니다. 지금은 저들을 꺾기가 힘듭니다. 차라리 군사를 거두시고 다른 전략을 짜는 게 좋겠습니다."

　"다른 전략이란 게 무엇이냐?"

　"군사를 거두어서 형주를 쳐서 유표를 정벌하시는 게 어떻겠습니까? 그러다 보면 저들끼리 또 싸우고 분열할 텐데 그때 우리가 기회를 잡을 수 있을 것 같습니다."

　조조는 그 꾀를 받아들였다. 그는 충신 가후에게 여양을 맡긴 뒤 사촌동생인 조홍에게는 관도를 지키게 했다. 그러고는 직접 대군을 이끌고 형주를 향해 진군했다. 그렇지 않아도 유비가 형주의 유표에게 몸을 의탁했다는 사실을 알고 화근을 제거해야겠다고 생각하던 터였다. 이참에 시간도 벌고 세력도 확장하려는 속셈이었다.

　조조의 군사가 물러나자 원담과 원상은 서로 축하해 주었다. 힘을 합하여 적을 물리치니 잠시 형제의 우애를 회복하는 듯했다. 원희와 고간도 군사를 거두어 돌아가자 원담은 곽도와 신평을 불러 의논했다.

"조조가 떠났으니 이제 내가 할 일은 아버지의 자리를 이어받는 것이다. 큰아들인 나를 제쳐 두고 계모 소생인 원상이 후계자 자리를 차지하고 있으니 이런 법이 어디 있단 말이냐? 도저히 참을 수 없다."

곽도가 또다시 계책을 꾸몄다.

"좋은 방법이 있습니다. 군사를 이끌고 일단 성 밖에 주둔하시지요. 그러고는 원상과 심배를 청하여서 주연을 베푸십시오. 제가 도부수들을 숨겨 놓았다가 한꺼번에 둘을 죽여 버리겠습니다. 그럼 깔끔하게 정리될 것입니다."

"그거 좋은 생각이다."

군사를 성 밖에 주둔시킨 원담이 거사를 준비하고 있을 때 청주에서 우직한 신하인 왕수가 찾아왔다. 원담이 이번 일에 대해 이야기하자 왕수는 크게 당황하며 말했다.

"천부당만부당† 합니다. 지금 다른 적들과 싸우는데 두 손으로 싸워도 이길 수가 없는 판에 한 손을 잘라 버린다는 것이 아닙니까? 형제를 배반하고 원수지간이 된다면 누구에게 의지하시겠습니까? 그런 꾀를 낸 무리는 형제 간에 싸우는 통에 자기의 이익을 얻겠다는 자

천부당만부당(千不當萬不當)은 천 번 만 번 부당하다는 뜻이야. 전혀 이치에 맞지 않거나 옳지 않음을 뜻하는 말이지.

들입니다. 귀를 막으십시오. 그런 말은 들은 척도 하지 마십시오."

왕수는 충언을 했지만 자고로 몸에 좋은 약은 입에 쓴 법이다. 원담은 화가 나서 버럭 소리쳤다.

"네 이놈! 그리고도 네가 나를 위하는 충성스러운 신하란 말이냐? 당장 물러가라!"

원담은 충신을 쫓아낸 뒤 계책대로 사람을 보내 원상과 심배를 초청했다. 주연을 베풀 테니 자기 진영으로 와서 함께 마시며 즐기자는 것이었다. 원상은 심배를 불러 상의했다. 심배 역시 꾀가 많은 자였다.

"주공, 이는 곽도의 계략입니다. 저들의 청에 응하신다면 간계에 빠질 것입니다. 간계에 빠지느니 선수를 치시지요."

"그 말이 옳다. 내가 앉아서 죽을 줄 알고?"

갑옷을 입은 원상은 군사 오만 명을 이끌고 성을 나섰다. 단출하게 찾아올 줄 알았던 원상이 군사를 이끌고 오자 원담도 계략이 탄로 났다는 것을 알고 곧바로 갑옷을 입고 맞서 싸우러 나갔다. 둘은 마주 서서 차마 입에 담을 수 없는 욕설을 서로에게 퍼부었다. 그러고는 맞붙어 싸우기 시작했다.

그러나 기주 땅은 원상의 근거지였다. 객지에 와 있는 원담의 군사들이 이기기는 힘들었다. 원담 군은 돌과 화살을 피해 도망쳤다.

"할 수 없다. 일단 후퇴해서 힘을 기르자."

평원 땅으로 물러난 뒤에도 원담은 분을 삭일 수가 없었다. 곽도와 계책을 논의한 뒤 군사들을 기주성으로 보내어 다시 싸움을 걸었다. 원상도 군사들을 직접 이끌고 나와 전투를 지휘했다.

얼마 싸우지도 않았는데 이번에도 원담의 군사들이 또다시 크게 패하여 도망쳤다. 원상이 이번에는 끝장을 보겠다며 끝까지 추격하자 원담의 군사들은 평원성 안으로 들어가 문을 꽁꽁 걸어 잠갔다. 원담은 곽도와 함께 포위망을 뚫고 살아남을 궁리를 해야 하는 처지가 되었다.

"주공, 양식이 부족합니다. 그런데 저들은 너무나도 기세가 강하니 싸울 수가 없습니다."

"그러니 어쩌면 좋겠는가? 대업은커녕 이러다가 동생 손에 죽게 생기지 않았는가!"

"제 생각에는 지금이라도 조조에게 투항하신 뒤 그에게 기주를 치라 하심이 좋을 듯합니다. 그렇게 되면 기주를 지키려고 원상이 돌아갈 것입니다. 이때 주공께서 조조와 함께 원상을 치는 겁니다. 만약 조조가 먼저 원상을 친다면 주공께서 기주 군사들을 거두어 조조에게 대항하시면 됩니다. 원래 조조의 군사들은 군량과 마초를 많이 가지고 다니지 않습니다. 먼 길을 와서 피로한 데다 양식마저 떨어지면 후퇴할 것이니 그때 기주성을 차지하고 들어앉은 다음에 계책을 세우십시오."

"오, 그거 좋은 생각이다. 그렇다면 조조에게 누구를 보내는 게 좋겠는가?"

"신평에게 동생이 하나 있습니다. 이름은 신비라고 합니다. 지금 평원령으로 있는데 말솜씨가 좋기로 소문났으니 그자를 보내시는 게 어떻겠습니까?"

신비가 명을 받고 달려오자 원담은 조조에게 보낼 편지와 군사 삼천 명을 내주었다. 신비는 원담의 서신을 품에 넣은 채 삼천 명의 군사로 포위망을 뚫고 조조에게 달려갔다.

조조는 유표를 치려고 서평에 진을 치고 있었다. 유표는 조조가 쳐들어왔다는 소식을 접하고 유비를 선봉으로 내세워 대치하고 있었다. 이때 원담의 사자인 신비가 조조 군의 영채에 도착한 것이다.

신비가 조조에게 예를 갖춰 인사하자 조조가 물었다.

"너는 누구냐?"

"원담이 보낸 사자입니다. 긴급한 밀서를 가지고 왔습니다."

서신을 받아 본 조조는 문관과 무관을 모두 모아 놓고 대책을 상의했다. 정욱이 나서서 말했다.

"원담이 원상에게 포위되어 위급하다 보니 어쩔 수 없이 항복하려는 것입니다. 본심이 아닙니다. 조심해야 합니다."

다른 신하들도 말했다.

"그것도 그것이지만 승상께서 여기까지 오셨는데 유표를 눈앞에 두고 돌아간다는 것은 좋지 않습니다."

그때 순유가 나섰다.

"저들의 말은 다 옳지 않습니다. 제가 볼 때는 이렇습니다. 지금 유표는 넓은 땅을 차지하고도 장강과 한수 일대만 보존하고 앉아 있습니다. 이자는 야망이 없는 자입니다. 그렇지만 원소의 집안은 어떻습니까? 기주와 청주, 유주, 병주를 점거하고 있을 뿐만 아니라 군사도 수십만입니다. 게다가 아비가 우리에게 패한 원한을 품고 죽었습니다. 이들이 작정을 하고 다시 힘을 합쳐 우리를 치고 들어온다면 천하를 도모하기가 진정 어렵습니다. 지금이 하늘이 주신 기회입니다. 형제끼리 싸우면서 우리에게 투항하려 하고 있습니다. 먼저 가장 힘이 센 원상을 없애고 원담마저 없앤다면 천하를 우리 것으로 가질 수 있습니다. 이 좋은 기회를 놓치면 안 됩니다."

순유의 말이 가장 원대한 계책이었다. 조조의 마음에 들지 않을 리 없었다.

"신비라는 자를 당장 불러라"

신비가 들어오자 조조가 물었다.

"원담이 내게 항복하려는 것이 진심이냐, 아니면 나를 속이려는 것이냐? 그리고 원상의 군사를 친다면 이길 수 있겠느냐?"

신비가 뛰어난 말솜씨를 발휘했다.

"승상께서는 진위 여부가 중요하십니까?"

"그게 무슨 말이냐?"

"진짜인지 가짜인지는 중요하지 않습니다. 대세를 살펴보십시오. 원씨들은 지금 몇 해 동안 전쟁을 치르는 바람에 군사들은 지쳤고 책사들이 수없이 죽었습니다. 게다가 형제들끼리 다투고 이간질을 하고 있어 나라가 두 쪽이 났습니다. 흉년까지 들어 백성들은 살 수 없는 지경입니다. 어리석은 자나 지혜로운 자나 나라가 망하고 있다는 것을 모를 수가 없습니다. 이는 천지신명이 원씨들을 버린 것입니다. 승상께서 군사를 일으켜 업군을 치면 원상은 근거지를 잃지 않으려고 돌아와서 대항할 것입니다. 그럼 원담이 가만있지 않을 것입니다. 뒤를 쫓아가 형제끼리 치고받을 것입니다. 이때 승상이 위엄 있게 나서서 싸움에 지친 자들을 쓸어버린다면 추풍낙엽이 되는 것입니다. 이런 기회를 내버려 두고 한낱 형주를 치시겠다는 것입니까?"

"내가 형주를 치면 얻는 것이 많은데도 그렇단 말인가?"

"형주는 물자가 풍부하고 땅이 비옥한 곳입니다. 나라가 평화롭습니다. 만일 유표를 친다 해도 그들은 승상을 평화를 깨뜨린 자로 여길 것입니다. 쉽게 따를 리가 없지요. 지금은 우환이 온통 하북에 있습니다. 하북을 평정하면 지긋지긋한 전쟁을 멈출 수 있고 패업도 이루실 수 있습니다. 잘 생각하십시오."

신비의 조리 있는 말에 조조는 기뻐했다.

"내가 그대를 이제야 만나다니! 우리는 진작 만났어야 했다."

조조는 곧바로 군사를 정비해 기주로 향했다.

이때 조조와 맞서 싸우려던 유비는 갑자기 조조 군이 철수하자 함정일 수도 있다고 생각하여 뒤쫓지 않고 형주로 돌아갔다. 세상을 살아가다 보면 한 걸음 물러나는 것이 더 낫다고 여기는 경우가 많다. 한 걸음 물러남으로써 몇 걸음 더 나아갈 수 있기 때문이다. 조조와 유비 둘 다 물러남으로써 현상을 유지하는 것이 무엇보다 중요했다.

원상은 조조 군이 군사를 돌려 쳐들어온다는 소식을 접하자 급히 기주로 돌아갔다. 회군하면서 부하들에게 혹시 원담이 쫓아오면 막도록 했다. 예상한 대로 원담이 쫓아오자 원상이 남겨 두었던 여광과 여상의 군사들이 막아섰다. 원담은 그들에게 진솔하게 말했다.

"아버님이 살아 계실 적에 혹시 내가 장군들을 섭섭하게 대한 적이 있었소?"

"아닙니다."

"그런데 어찌 오늘 아우를 따르며 나를 괴롭힌단 말이오? 나와 정말 싸우고자 하는 것이오?"

두 장군은 그 말을 듣자 곧바로 말에서 내려 원담에게 항복했다. 그러자 원담이 말했다.

"나에게 항복할 게 아니라 조 승상에게 항복하시오."

원담은 두 장수와 함께 영채로 돌아갔다. 잠시 후 조조 군이 도착하자 원담은 두 장수를 거느리고 가서 조조에게 항복했다. 조조는 무척 기뻐하며 여광과 여상을 중매인으로 내세워 자기 딸과 원담의 혼사를 추진하게 했다. 장인이 될 조조에게 원담이 청했다.

"어서 기주를 공격하십시오!"

"지금 군량과 마초가 충분하지 않아 쉽게 싸움을 걸 수가 없네. 제하에서 기수(淇水)의 물을 막아 물줄기를 백구로 돌려 수로를 파서 보급로를 만든 다음에 기주로 쳐들어갈까 하네."

조조는 원담을 일단 평원으로 돌려보내고, 여광과 여상은 열후로 봉하여 휘하에 두었다.

곽도가 원담에게 말했다.

"조조가 주공을 사위로 삼겠다는 말은 거짓입니다. 게다가 여광과 여상에게 벼슬을 준 것은 하북의 인심을 얻고자 하는 것입니다. 주공께서는 그들을 시험해 보아야 합니다."

"어떻게 시험해 보란 말인가?"

"장군 인수를 두 개 새겨서 여광과 여상에게 보내서 내통하도록 하십시오."

"그들을 우리 편으로 계속 붙잡아 두자는 것인가?"

"그렇습니다. 그러다가 조조가 원상을 격파하면 기회를 보아 안팎으로 공격하면 됩니다."

원담은 곽도의 말대로 장군 인수 두 개를 조용히 여광과 여상에게 보냈다. 그러나 졸장부인 원담과 원상 사이에서 오가던 여광과 여상은 그릇이 다른 조조의 밑에 있으면서 이미 그의 사람이 되었다. 그들은 원담이 보낸 인수를 받자마자 조조에게 보내어 이 사실을 알렸다.

"하하하하!"

조조가 웃었다.

"원담이 이렇게 장군의 인수를 보낸 것은 너희 두 사람과 내통하여 나를 배신하려 함이 아니더냐? 나도 다 생각이 있다. 모르는 척하고 일단은 받아 두어라."

조조는 사위로 삼으려던 원담 역시 죽여야겠다고 생각했다.

이때 원상은 조조가 기주를 본격적으로 공격하려 한다는 것을 알고 심배와 상의하고 있었다. 심배가 꾀를 내었다.

"원담을 먼저 없앤 다음에 조조를 치는 것이 상책입니다."

원상도 그 말이 옳다고 생각했다. 성에는 심배와 진림을 남겨 놓아 기주를 지키게 하고, 마연과 장의를 선봉으로 삼아 평원을 향해 떠났다.

평원에 있던 원담은 원상의 군대가 다가온다는 말을 듣자 조조에게 급히 구원을 요청했다.

"어서 와서 도와주십시오."

조조는 기뻐하며 주위에 알렸다.

"이제야말로 기주를 손에 넣게 되었구나."

원상이 원담을 치러 평원으로 갔다는 말을 들고 허유가 물었다.

"승상, 여기에 앉아서 무엇을 하고 계십니까? 벼락이 떨어져 원담 형제가 저절로 죽기를 기다리시는 것입니까?"

조조가 대답했다.

"내게 다 생각이 있소."

조조는 조홍을 시켜 업성을 치게 했다. 그리고 자신은 무안으로 원상의 부하 장수인 윤해를 치러 갔다. 윤해가 군사를 이끌고 달려오자 조조가 외쳤다.

"허저, 네가 상대해라!"

조조의 명에 따라 허저가 달려 나가 윤해의 목을 한 칼에 베어 버렸다. 파죽지세[†]로 조조는 계속 적들을 치고 나갔다.

드디어 조조는 대군을 이끌고 기주 땅에 들어섰다. 먼저 도착한 조홍이 성 밑에서 적과 대치하고 있었다.

조조가 명령했다.

파죽지세(破竹之勢)는 대나무를 쪼개는 기세라는 뜻이야. 한 번에 강하게 칼을 대면 전체가 쭉 갈라지는 게 대나무의 속성이거든. 세력이 강해서 적을 거침없이 물리치고 쳐들어가는 기세를 이르는 말이야.

"기주성을 포위하고 토산을 쌓아라! 땅굴을 파서 성을 공격해라!"

기주성 안에서는 심배가 성문을 굳게 지키고 철저하게 조조를 막으려 했다. 동문을 지키는 장수인 풍례가 술에 취해 순시를 게을리하자 모질게 문책했다. 곤장을 맞은 풍례는 원한을 품고 그날로 성을 빠져나가 조조에게 투항했다. 조조가 성을 함락시킬 방법을 묻자 꾀를 알려 주었다.

"동문 안쪽은 흙이 두텁습니다. 땅굴을 파고 들어가기에 적당합니다."

풍례가 땅굴을 파기 좋은 지형을 알려 주자 삼백 명의 군사들이 밤새 땅굴을 팠다. 심배는 순시를 돌며 조조의 군영을 살폈는데 조조의 진영에 불빛 하나 보이지 않는 것을 보고 바로 깨달았다.

"풍례 이놈이 땅굴을 파서 조조 군을 끌고 들어올 모양이구나."

심배는 날랜 군사들에게 바위를 갖다 놓고 기다리다가 땅굴이 성안에 뚫린 순간 바위로 구멍을 쳐서 무너져 내리게 했다. 땅굴을 파서 들어오던 삼백 명의 병사들과 풍례는 그대로 흙더미 속에 생매장되고 말았다.

땅굴 계획이 수포로 돌아가자 조조는 군사들을 뒤로 물리고 원상의 군사들이 돌아오기를 기다리기로 했다. 이때 조조는 염탐꾼을 통해 원상이 어디로 오는지 알고 있었다. 조조는 군사를 나누어 큰길과 샛길에 배치했다. 원상은 기주로 돌아오면서 양평정에 군사를 주둔시켰다. 그리고 기주성에서 군사를 내보낼 때에는 미리 신호를 보내기로 했다.

원상은 심복인 이부를 기주성으로 보냈다. 이부는 조조 군의 도독처럼 차려입고 기주성 아래에서 크게 외쳤다.

"문 열어라!"

심배가 문을 열어 주었다. 이부는 성안으로 들어가 심배에게 계략을 알려 주었다.

"주공이 양평에서 진을 치고 기다리고 계십니다. 성에서 군사를 내보낼 때 미리 신호를 보내 주시오."

심배는 쌓아 놓은 마른풀에 불을 붙여 신호를 보내기로 했다. 이부가 다시 말했다.

"양식이 없어 항복하는 것처럼 먼저 노약자와 아녀자들을 보내시오. 그럼 저들이 의심하지 않고 안심할 테니 그때 우리가 뒤따라 나가 공격합시다."

항복하는 척하며 치겠다는 계략이었다.

다음 날 성 위에 백기가 걸렸다. 백기에는 '기주 백성 투항'이라고 쓰여 있었다. 그러나 조조는 이미 이 간계를 다 알고 있었다.

"약한 백성들을 내보내 투항하는 것처럼 보이게 한 뒤 군사들이 따라 나와 우리를 치려는 수작이다."

장요와 서황은 각각 군사 삼천 명을 이끌고 양편에 매복하고 있었다. 조조는 항복을 받아 주는 척했다. 부하들에게 커다란 일산을 받쳐 들게 하고 조조가 성문 앞에 섰다. 그러자 성문이 열리고 흰 기를 든 백성들이 어린이와 늙은이를 이끌고 나왔다.

백성들의 긴 행렬이 끝나자 마침내 완전무장한 군사들이 지축을 울리며 달려 나왔다. 계략을 몰랐다면 당황스러운 상황이었지만 조조는 양쪽에 매복해 있던 군사들에게 신호를 내렸다. 복병들이 일제히 쏟아져 나오니 기주 군사들은 기습을 하는 게 아니라 기습을 당하여 성안으로 쫓겨 들어갈 수밖에 없었다.

기주를 지키는 군사들의 기세도 만만치 않았다. 기주성에서 화살이 빗발치듯 쏟아졌고, 조조도 화살에 맞아 투구가 벗겨질 정도였다. 조조가 군사들을 이끌고 원상의 진영으로 달려가 공격하며 일대 혈전이 벌어졌다.

원상은 크게 패하여 군사들을 이끌고 서산으로 도망갔다. 그리고 평원으로 사람을 보내어 마연과 장의에게 원병을 청했다. 그러나 이미 마연과 장의는 조조의 편이었다. 조조는 원상에게서 투항해 온 장수들을 먼저 보내어 보급로를 차단하게 한 다음 비로소 서산으로 진군했다.

원상은 버티지 못하여 또다시 도망쳤지만 복병들이 쏟아져 나왔다. 마침내 군사력이 바닥난 원상은 조조의 진영으로 예주 자사인 음기를 보내어 항복을 청했다. 조조는 항복을 받아 주는 척했지만 섬멸시켜야 한다는 것을 알고 있었다. 그날 밤 장요와 서황에게 진지를 급습하게 하여 원상의 무리를 짓밟았다.

몸만 빠져나온 원상이 중산으로 달아나자 더 이상 쫓을 필요가 없다고 생각한 조조는 기주를 공략했다. 이때 허유가 꾀를 냈다.

"승상, 장하의 물을 터서 기주를 물바다로 만드시지요."

허유의 계책이 옳다고 생각한 조조는 기주성 주위 사십 리를 빙 둘러 땅을 파서 물길을 만들었다. 심배는 성 위에 서서 물길을 얕게 파는 것을 보며 비웃었다.

"우리 성을 물바다로 만들려는 모양인데 저렇게 물길이 얕아서야 안될 일이지. 으하하하!"

심배는 아무런 대비도 하지 않고 그냥 넘겼다. 그러나 조조는 바로 그것을 원했다. 밤이 되자 군사를 열 배, 스무 배로 투입하여 순식간에 물길을 깊게 팠다. 날이 밝을 무렵에는 물길이 완성되어 장하의 물이 성 안으로 흘러들기 시작했다. 폭과 깊이가 두 길이 넘는 물길을 통해 사람이 빠져나올 수 없을 정도로 큰물이 쏟아져 들어왔다. 순식간에 기주성 안에 물이 고인 데다 군량미마저 바닥이 나서 군사들은 모두 굶어죽을 판이었다.

이때 조조에게 투항한 신비가 원상이 버리고 간 인수와 옷을 창끝에 꿰어 흔들며 성안의 군사들에게 소리쳤다.

"원상은 패배해서 도망갔소이다. 어서 항복하시오! 항복하면 목숨을 구할 수 있습니다."

이걸 본 심배는 화가 나서 성에 남아 있던 신비의 가족을 모두 죽여 버렸다. 팔십여 명의 가족의 목을 쳐서 머리를 성 밖으로 던지니 이를 본 신비가 통곡했다.

심배의 조카인 심영은 원래 신비와 친한 사이였다. 심영은 심배가 너무나 잔인한 행동을 하는 것을 보자 격분했다.

'이건 사람으로서 할 일이 아니다. 대의명분을 위해 벼슬을 하는 것인데, 어찌 저렇게 사람의 목을 쳐서 원한을 갚는단 말인가.'

심영은 성문을 열어 내통해 주겠다는 밀서를 써서 화살 끝에 매어 성 밖으로 쏘아 보냈다.

신비는 이 밀서를 조조에게 바치며 말했다.

"승상, 저의 원한을 갚아 주시옵소서."

조조는 밀서를 읽고 명을 내렸다.

"우리가 기주성을 함락시키면 원씨 가족은 한 명도 죽이지 말고 투항하는 군사들은 다 받아 주어라."

다음 날 약속한 시간이 되자 심영이 문을 열었다. 서쪽 성문을 통해 조조의 군사들이 밀어닥쳤다. 심배는 동남쪽 성루에 있었다. 조조 군이 서쪽에서 들어오자 죽기를 각오하고 싸웠지만 맥없이 사로잡혔다. 심배는 꽁꽁 묶인 채 조조에게 끌려가는 동안 맞은편에서 달려오던 신비와 마주쳤다. 신비는 채찍으로 심배의 머리통을 후려갈겼다.

"이 원수 놈아, 내 가족을 다 죽이다니! 내가 네놈의 목을 따겠다!"

심배도 지지 않고 소리쳤다.

"역적 놈이 말이 많구나. 네놈이 조조에게 항복하는 바람에 기주성이 망했다. 너를 죽이지 못한 것이 너무나 원통하고 분할 뿐이다."

서황이 심배를 조조에게 끌고 갔다. 조조가 심배에게 물었다.

"누가 성문을 열어 우리 군사를 맞았는지 아느냐?"

"어떤 놈인지 나는 모른다."

"네 조카 심영이 그랬다."

심배는 그 말에 충격을 받았다.

"그 어리석은 놈이 이럴 수가……."

조조는 어조를 바꾸어 달래며 물었다.

"원씨에 대한 충성은 그 정도면 충분하다. 이제 나한테 항복하는 것이 어떻겠느냐?"

심배는 굴하지 않았다.

"쓸데없는 소리 하지 마라! 이 자리에서 당장 죽어도 그렇게 하지는 않을 것이다!"

그때 신비가 들어와 엎드리며 말했다.

"승상, 팔십 명이 넘는 제 가족이 이 무도한 자에 의해 모두 목숨을 잃었습니다. 이놈을 능지처참하시어 저의 한을 풀어 주십시오."

심배는 흔들리지 않고 대답했다.

"나는 살아서도 원씨의 신하이고, 죽어서도 원씨의 신하다. 네놈처럼 이리저리 붙는 간신배와는 전혀 다른 사람이다. 어서 나를 죽여라."

아무리 설득해도 투항하지 않자 조조는 마침내 죽이라는 명령을 내렸다. 형을 집행하는 자리에서 심배가 말했다.

"주인이 북쪽에 계시는데 내가 어찌 남쪽을 보고 죽는단 말이냐."

심배는 돌아앉아 북쪽으로 목을 내밀며 말했다.

"어서 쳐라!"

그리하여 심배는 목이 떨어졌다. 훗날 사람들은 하북 땅에 의리 있는 사람들이 많지만 심배를 최고로 여겼다. 그는 충직하고 숨김이 없으며 청렴한 자라고 오래도록 칭송받았다.

심배가 죽자 조조는 그를 가상히 여겨 기주성 북쪽에서 장사를 치르게 해주었다. 항복한 장수들이 인사를 청하여 조조가 일어나려는데 도부수들이 한 사람을 목을 베기 위해 끌고 왔다. 진림이었다. 진림이 다가오자 조조가 물었다.

"너에게 하나 묻겠다. 원소를 위하여 네가 격문을 쓸 때 나의 죄상만 왜 그리 간악하게 밝혔느냐? 네 덕에 내 두통이 싹 낫긴 했다만."

진림은 태연한 얼굴로 대답했다.

"물고기가 도마에 올라가면 칼 맛을 보는 법이고 화살이 시위에 얹히면 날아갈 수밖에 없습니다."

이 말은 자기가 원소 밑에서 밥을 먹고 있으니 그렇게 쓸 수밖에 없었다는 뜻이다.

"저자를 당장 죽이십시오! 간특한 자입니다."

주변에서 모두 외쳤지만 조조는 고개를 저었다.

"아니다. 진림의 재주가 아깝다. 네 죄를 용서해 줄 테니 내 밑에서 일하겠느냐?"

진림은 고개를 끄덕였다. 결국 진림은 조조의 종사가 되었다. 타고난 천재 글쟁이였지만 그가 절정고수가 되지 못한 이유는 바로 이것이다. 붓끝의 날카로움을 끝내 숨기고 나타내지 않았어야 한다. 마치 진흙이나 바위 위에 쓰듯 했어야 하는데 그러지 못한 결과는 결국 조조에게 굴복하는 것이었다. 그 결과는 처참하다.

6
조조, 동작대를 짓다

피는 못 속인다고 했던가. 조조에게도 영웅의 기상이 뚜렷한 아들들이 여럿 있었다. 큰아들은 조비였다. 조비가 태어날 때 상서로운 징조가 많았다고 하여 사람들이 귀한 아들이라고 예언하곤 했었다. 예언이 틀리지 않았는지 조비는 문무를 겸한 아들이었다. 글도 잘 짓고 책을 많이 읽었으며 말타기와 활쏘기도 뛰어났다. 맏아들이다 보니 당연히 아버지를 보필하여 원소를 무찌르는 군대의 진중에 있었다.

기주성을 무너뜨렸을 때 조비의 나이는 열여덟이었다. 조비는 군사들을 이끌고 원소의 부중으로 달려 들어갔다. 칼을 빼들고 안으로 들어

가는데 장수 하나가 막아섰다.

"승상께서 막으셨습니다. 아무도 들어가지 말라 하셨습니다."

"비켜라! 누가 나를 막는단 말이냐?"

조비는 장수를 꾸짖은 뒤 후당으로 들어갔다. 후당은 여인들이 지내는 곳이다. 안으로 들어가니 얼굴이 시커멓고 지저분한 여자 둘이 끌어 안고 울고 있었다. 칼로 목을 베려는데 문득 여인들의 기품이 남다르다는 생각이 들었다.

"살려 주십시오! 목숨만 살려 주시면 무슨 일이든 하겠습니다."

나이든 여자가 용기를 내어 말했다.

"너희는 누구냐?"

"저는 원 장군의 처인 유씨입니다."

"이 여자는 또 누구냐?"

"둘째 아들 원희의 처인 견씨입니다."

"왜 이곳에 있느냐?"

"원희가 유주로 나가서 지키고 있는데 따라가지 않았다가 이 지경을 당했습니다."

조비가 가까이 다가가 견씨의 얼굴을 살펴보았다. 머리를 헝클어뜨리고 얼굴에 숯검정을 발라 감추려 했지만 백옥 같은 피부에 타고난 미인이라는 것을 알 수 있었다. 조비는 견씨에게 한눈에 반해 버렸다.

조비가 말했다.

"나는 조 승상의 큰아들이다. 너희의 목숨은 내가 지켜 줄 것이니 걱정하지 마라."

이렇게 해서 조비는 여인들을 거두었다.

한편 조조는 개선장군답게 의기양양하게 성문을 들어서고 있었다. 그때 선비 한 사람이 당당하게 말을 타고 달려왔다. 그는 거리낌 없이 조조에게 다가가 말했다.

"아만아, 나다! 허유."

아만은 조조의 어릴 적 이름이었다. 그 이름을 부른다는 것은 같이 어울리며 자란 친구라는 뜻이었다.

"오, 허유! 하하하! 반갑네."

"내가 아니었으면 자네가 어떻게 이 성을 얻었겠나? 으하하하!"

조조 앞에서 허유가 건방을 떨었지만 조조는 신경 쓰지 않았다. 옆에서 따라오던 장수들이 수군댔다.

"저자가 누구야?"

"승상의 어릴 적 친구라는 선비일세. 이름은 허유."

"허유?"

"응. 자기가 꾀를 내서 이 성을 함락시키는 데 도움을 줬다는 거지."

"너무 건방지지 않은가?"

"어쩌겠는가? 승상의 친구라는데."

원소의 집 앞에 다다르자 조조가 물었다.

"원소의 부중에 아무도 들어가지 않았겠지?"

문을 지키던 군사가 사색이 되어 말했다.

"죄, 죄송합니다."

"누구냐? 내 명을 어기고 들어간 자가!"

"아드님입니다."

조비가 조조 앞에 끌려와 혼나려는 순간 원소의 아내인 유씨가 나와 말했다.

"승상! 승상! 저는 원소의 처입니다. 아드님이 아니었다면 저는 죽었을 것입니다. 저의 며느리를 바치겠사오니 아드님의 처로 삼아 주신다면 영광이 무한이로소이다."

조조는 엎드려 절을 하는 견씨를 살펴보았다. 견씨의 아름다운 자태를 한참 바라보더니 말했다.

"내 며느리가 될 만하다."

조비가 견씨를 데려가자 조조는 웃었다.

"허허허! 녀석!"

미색을 탐하는 습성이 바로 자기로부터 나온 것이기 때문이다.

기주가 평정되어 난리가 끝나자 조조는 원소의 무덤을 찾아가 절을 하고 예를 갖췄다.

"가깝게 지내던 우리가 어쩌다 이리되었단 말인가! 으흐흐흐!"

조조는 서럽게 울며 원소의 죽음을 애통해했다. 조조와 원소는 의로운 마음으로 군사를 일으키고 친하게 지낸 사이였는데 결국 이렇게 서로 적이 되어 승자와 패자로 갈렸으니 인생무상을 느끼지 않을 수 없었다.

"으흐흐! 인생이 이렇게 허무하단 말인가!"

조조는 진정 원소에 대한 연민으로 슬피 통곡했다. 어제의 친구가 적이 되어 한 사람은 저승으로 떠나고 한 사람은 이승에 남았으니 조조의 가슴이 아플 수밖에 없었다.[†]

장례를 마친 조조는 부하 장수들에게 전리품을 고르게 나누어 주고 이렇게 선포했다.

"이번 난리로 많은 어려움을 겪었으니 하북의 백성들에게는 당분간 세금을 걷지 않겠다."

백성들은 그 소식을 듣고 감격하여 조조를 칭송했다. 조조는 황제에게 기주를 함락시킨 사실을 보고하고 스스로 기주목이 되어 그곳을 다스렸다.

그러나 다른 곳에서 문제가 발생했다. 조조의 친구이자 원소를 무너뜨리는 데 결정적인 도움을 준 허유가 어느 날 동문을 들어가다가 허저를 만났다. 허유는 지나가는 허저를 불러서 거드름을 피웠다.

"아하하! 허저! 내가 아니었더라면 너희는 이 문을 지나갈 수도 없었을 것이다."

허저는 전부터 건방진 허유를 손봐야겠다고 벼르고 있었다.

"무슨 돼먹지 않은 소리를 하는 게냐? 우리가 목숨을 걸고 죽을힘을 다해 승상을 보좌하여 이 성을 차지했는데 네까짓 선비 놈이 무슨 공을 세웠다는 거냐?"

허유가 발끈해서 외쳤다.

여기서 잠깐!!

원소와 조조의 관계를 알려 주는 재미있는 일화가 있어. 젊은 시절 둘은 친한 사이였대. 어느 날 조조는 원소와 함께 대담한 장난을 쳐. 바로 결혼식이 열린 집에서 신부를 훔쳐 달아나는 거지. 그런데 어둠 속에서 원소가 넘어지면서 다리를 삐어 걷지 못하게 된 거야. 그러자 조조는 큰 소리로 외쳤어.
"여기 도둑놈이 있다!"
그러자 원소는 뛰기 시작했지. 그렇게 빠져나온 뒤 원소가 원망하자 조조는 웃으며 말했대.
"내가 그렇게 외쳐서 자네가 잡히지 않으려고 죽기 살기로 뛴 게 아닌가? 나에게 고맙다고 해야지."
이랬던 그들이 나중엔 원수가 되어 관도대전을 벌인 끝에 원소는 죽고 말았어. 젊은 시절의 이 작은 일화에서도 두 사람의 기질과 성격이 그대로 드러나고 있지.

"무식한 놈이 어찌 감히 나와 말을 섞으려는 게냐. 너는 내 상대가 되지 않으니 어서 꺼져라!"

허유는 교만해서 허저 같은 거친 장수들은 안중에도 없었다.

"네 이놈! 내 칼 맛을 보아라!"

허저는 홧김에 그대로 칼을 휘둘러 허유의 목을 베었다. 그러고는 조조에게 가서 목을 내놓으며 꿇어 엎드렸다.

"허유가 하도 위아래가 없이 굴기에 제가 홧김에 목을 베었습니다. 저를 벌하십시오."

조조는 화를 냈다.

"내 친구를 죽이다니 이럴 수가 있나! 허유가 나와 친구여서 농담한 걸 가지고 사람을 죽인단 말이냐!"

농담을 주고받는 데에도 사람을 가려서 하는 법이다. 누군가를 화나게 하는 농담은 농담이라 할 수 없다. 허유는 허저에게 그런 농담을 하지 말았어야 했다. 허저에게는 모욕도 농담으로 받아들일 식견이나 학문의 도야가 없었다. 선비처럼 농담을 받아들여 불평없이 웃을 수 있는 사람은 더더욱 아니었다. 진정 허유의 말이 농담이었다면 허저를 잘 알지도 못한 채 심하게 말하여 불행을 자초했으니 안타깝다 하지 않을 수 없다.

조조 입장에선 그렇다고 허저까지 죽일 수는 없었다. 조조는 허유의 장례를 후하게 치러 주었다. 사람들은 오만한 허유까지도 받아들이고 격식을 갖춰 장례를 치러 주는 조조의 인품을 높이 샀다. 그로 인해 좋은 인재들이 더 많이 몰려들게 되었다.

하지만 조조는 아직도 도망간 원담이 마음 한구석에 걸렸다.

"염탐꾼들을 풀어 원담이 어찌 지내나 알아보아라."

그 무렵 원담은 군사를 이끌고 감릉, 안평, 발해, 하간 등지를 돌아다니며 노략질을 일삼다가 막냇동생 원상이 조조에게 패해 중산으로 달아났다는 소식을 들었다. 그렇다면 형제끼리 힘을 합치는 것이 마땅했지만 오히려 쳐들어갔다. 원상은 이미 싸울 힘을 잃고 작은형 원희를 찾아가 유주에 몸을 숨기고 있었다. 원담이 원상의 군사들을 항복시켜 기주를 되찾을 준비를 하고 있다는 소식을 듣자 조조는 군사들을 이끌고 평원으로 향했다.

"조조의 대군이 쳐들어오고 있습니다."

원담은 혼자 힘으로 조조와 싸울 수 없다는 것을 알고 주변 사람들과 의견을 모았다.

"이제 조조의 뒤를 칠 수 있는 사람은 형주의 유표뿐입니다. 유표에게 도움을 청하십시오."

원담은 사람을 보내 유표에게 구원을 청했다. 유표는 유비를 불러 이 일을 논의했다.

"지금 이런 상황이니 우리가 어떻게 해야 되겠는가?"

유비는 이럴 때는 눈치가 빠르고 판단이 정확했다.

"지금 조조의 기세가 하늘을 찌릅니다. 군사들도 사기가 왕성하니 이때 맞서 싸우는 것은 이득이 없습니다. 결국 원씨 형제들은 궤멸당할 것이니 우리는 이럴 때일수록 군사를 길러 지키며 함부로 움직이면 안 됩니다."

"어떻게 거절한단 말인가?"

"원씨 형제들에게 각각 편지를 보내십시오. 서로 화해하라고 이야기 하면서 완곡히 거절하심이 옳을 듯합니다."

그리하여 유표는 원소의 아들들에게 사리분별을 가리지 못하고 서로 싸우다가 조조에게 좋은 일을 해주고 말았다며 점잖게 꾸짖는 편지를 보냈다.

원담은 유표의 편지를 받고 유표가 자신을 도우려 하지 않는다는 것을 알았다. 조조를 대적할 수 없어 평원을 버리고 남피라는 곳으로 도망치자 이 기회를 놓칠 리 없는 조조가 끝까지 뒤쫓았다. 그러나 때는 이미 엄동설한. 날이 춥고 물이 모두 얼어 군량 보급선도 오도 가도 못하게 되었다. 조조는 명령을 내렸다.

"백성들을 징발하여 얼음을 깨고 배를 이끌도록 하여라!"

그러나 백성들은 잘못했다가는 목숨을 잃을까 봐 모두 도망쳐 버렸다. 조조는 화가 나서 펄펄 뛰며 도망친 백성들을 모두 잡아와서 목을 베라고 했다. 도망쳤던 백성들은 돌아와서 손이 발이 되도록 빌었다. 조조가 그걸 보고 말했다.

"나는 너희의 목을 베라는 명령을 내렸다. 내가 너희를 죽이지 않으면 군령이 서지 않고 살려 주면 군령을 어긴 것이 된다."

"제발 살려 주십시오! 잘못했습니다!"

"군령도 지키고 너희들도 살리는 방법은 하나뿐이다."

"그것이 무엇입니까?"

"눈에 띄지 않게 멀리 도망가라. 내 군사들에게 잡히지 마라!"

백성들은 조조의 은혜에 감사하며 깊은 산속으로 숨었다. 이렇게 해서 민심은 서서히 조조에게로 돌아서고 있었다.

원담은 이제 더 이상 도망갈 길이 없자 궁지에 몰린 쥐가 고양이를 물듯 남피성 바깥으로 군사를 몰고 나왔다. 양쪽 군사가 진을 치고 마주서자 조조가 말을 타고 앞으로 나와 원담을 꾸짖었다.

"내가 너를 사위로 삼기로 하고 후하게 대접했거늘 어찌하여 나를 배반하는 것이냐?"

원담도 지지 않고 소리쳤다.

"역적 놈아! 허튼소리 하지 마라! 내 성을 빼앗고 우리 아버지를 죽인 주제에 무슨 할 말이 많단 말이냐!"

"네놈이 정녕 죽음을 부르는구나."

조조가 화를 내며 장수를 내보내어 싸우게 하니 원담의 군사들은 상대가 되지 않았다. 크게 패한 원담 군이 성안으로 쫓겨 들어가자 조조군이 포위하여 맹렬하게 공격했다. 원담은 급히 신평을 보내 항복하겠다는 뜻을 밝힌 편지를 전했다. 그러나 조조는 단호했다.

"원담이란 놈은 신의를 지킬 줄 모르는 놈이다. 어찌 믿을 수 있겠는가. 그대의 아우인 신비가 나를 돕고 있으니 그대도 내 곁에 머물도록 하라."

그러나 신평은 고개를 저었다.

"승상! 옳은 말씀이 아닙니다. 주인이 잘못되면 종도 곤욕을 치르는 것이고 주인이 잘되면 종도 부귀영화를 누립니다. 저는 이미 원씨를 섬겼는데 어찌 이제 와서 그를 버릴 수 있단 말입니까? 저를 돌려보내 주십시오."

조조는 늘 충신을 높이 평가했다.

"알았다. 돌아가도록 하여라."

신평이 돌아가 조조에게 항복하겠다는 뜻을 전했지만 받아들이지 않았다고 보고하자 원담은 애꿎은 신평에게 화를 냈다.

"네 동생 놈이 조조를 섬긴다더니 너도 한통속이 된 것이냐?"

죽을 각오를 하고 지조를 지켰는데 이런 의심을 받자 신평은 너무나 억울하고 분하여 혼절하고 말았다. 신평이 끝내 깨어나지 못하고 죽자 원담은 크게 뉘우쳤다.

"내가 충신을 몰라보고 죽였구나. 아, 나의 이 어리석음을 어찌하란 말이냐?"

그때 곽도가 나섰다.

"이제 남은 길은 백성들을 앞장세우고 군사들을 뒤따르게 하여 죽기 살기로 싸우는 수밖에 없습니다."

다음 날 마침내 백성들에게 억지로 창과 칼을 쥐어 준 뒤 밀어내며 원담의 군사들은 조조 군과 일전을 벌였다. 오전 내내 싸웠지만 승부가 나지 않았다. 피비린내 나는 살육전이 계속되며 시체가 쌓여 갔지만 죽기를 각오한 원담의 군사들은 악에 받쳐 싸웠다. 조조가 직접 북을 치며 독려하여 마침내 조조 군은 원담의 군사들을 물리쳤고 불쌍한 백성들만 죽어 나갔다.

이때 조홍은 용맹을 과시하며 원담을 잡겠다고 달려들었다. 조홍이 휘두른 칼날에 원담을 빙 둘러싸고 있던 군사들이 추풍낙엽처럼 쓰러졌다. 원담은 조홍과 맞붙었지만 상대가 되지 않았다. 조홍이 칼을 휘두

르자 원담은 말에서 떨어져 죽고 말았다.†

곽도는 형세가 불리해지자 도망치려 했지만 악진이 쏜 화살을 맞고 해자에 떨어져 죽었다.

마침내 조조는 남피성을 점령하고 원담을 완전히 제거함으로써 평정했다. 조조는 원담의 머리를 북문 밖에 내건 뒤 이를 보고 슬퍼하거나 곡하는 자가 있으면 목을 베라는 명령을 내렸다. 그런데 한 사람이 상복을 입고 와서 원담의 머리 밑에서 엎드려 곡을 했다. 사람들은 그를 조조 앞으로 끌고 갔다.

"승상! 곡을 하는 자를 잡아 왔습니다."

그는 청주에서 별가의 벼슬을 지낸 왕수였다. 원담에게 바른말을 하다가 쫓겨난 자였다. 그런데 원담이 죽자 이렇게 와서 곡을 한 것이다.

조조가 물었다.

"너는 내가 내린 명령을 못 들었느냐?"

"그럴 리가 있소이까?"

"그런데도 죽는 게 두렵지 않단 말이냐? 원담을 위해서 곡을 하다니."

"나는 예전에 그분의 녹을 먹었소. 그런 분이 죽은 마당에 곡조차 하지 않는다면 어찌 사람들이 나를 의로운 사람이라 하겠소? 그분의

원소의 패망 이후 조조는 나머지 잔당을 처단하러 아래와 같이 세 갈래로 군사를 나눠 추격했어. 원소의 아들들은 조조를 물리치기 위해 힘을 합친 게 아니라 지도에서 보는 것과 같이 뿔뿔이 흩어져 제 살길을 찾아 도망쳤지. 원상과 원희는 조조 군을 피해 오환을 찾아갔어.

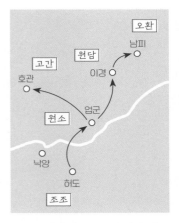

원소의 잔당과 조조 군의 이동 경로

시신을 거두어 장례를 치를 수만 있다면 당장 죽어도 여한이 없소이다."

조조는 왕수의 감동적인 이야기를 듣고 탄식했다.

"아, 하북에는 진정으로 의리 있는 자가 많구나. 원씨들이 이들을 몰라본 것이 패착이다. 이들을 제대로 등용하여 썼더라면 나는 이곳을 넘볼 수 없었을 거야."

조조는 그를 용서해 주고 원담의 장사를 지내게 했다. 그리고 은근히 회유하여 자신의 밑에 있도록 권하여 보았지만 왕수는 눈도 깜짝하지 않았다.

"지금 원상이 원희에게 가 있는데 혹시 그들을 잡을 꾀가 있으면 말해 주시오. 좋은 꾀가 없겠소?"

왕수는 입을 닫았다. 아무 말도 하지 않았다. 조조는 탄복했다.

"진정으로 충신이로구나."

할 수 없이 조조는 곽가에게 꾀를 물었다. 곽가는 기다렸다는 듯이 말했다.

"원씨의 밑에 있다가 투항한 초촉과 장남 같은 장수들을 보내십시오. 그자들은 충성하려고 용맹을 다할 것입니다."

"좋은 생각이다."

조조는 초촉과 장남, 여광, 여상, 마연, 장의에게 군사를 주어 유주를 공격하게 했다. 그리고 다른 군사들은 병주로 가서 고간을 치도록 했다.

원상과 원희는 조조 군이 쳐들어온다는 소식을 접하자 대적할 수 없다고 판단하고 도망칠 궁리를 했다. 그들은 군사를 이끌고 요서 지방의 오환[†]을 찾아갔다.

유주 자사 오환촉은 관원들에게 원씨를 배신하고 조조에게 투항할 것을 제안하며 무리들에게 말했다.

"조 승상은 당대의 영웅이다. 영웅에게 투항하기로 했으니 거역하는 자는 즉시 목을 벨 것이다."

그때 한형이라는 자가 벌떡 일어났다.

"나는 원공 부자에게 은혜를 입은 사람이오. 이제 와서 그들을 배신한다는 것은 사람의 도리가 아니오. 용기를 내어 함께 죽지 못한다면 의리가 아닌데 조조에게 항복을 하다니. 나는 죽으면 죽었지 그렇게는 못하겠소."

결국 오환촉은 그를 보내 주었다.

"그대 뜻이 정 그렇다면 마음대로 하라."

오환촉은 한형을 내쳤다. 그리고 무리들과 함께 밖으로 나가 조조에게 투항했다.

이때 악진과 이전, 그리고 장연이 병주를 공격하고 있었지만 고간이 철통같이 지키고 있어 고전한다는 소식이 들려왔다. 조조는 서둘러 병주로 향했다. 조조가 부하들과 계책을 논의하는 자리에서 순유가 나서서 말했다.

여기서 잠깐!!

오환(烏丸)은 선비족과 마찬가지로 동호(동쪽 오랑캐)의 한 갈래야. 요하 상류의 라무렌강 이북에 정착했어. 오환산 근방에 자리 잡았기 때문에 오환이란 이름으로 불렸어. 한에서는 이들이 흉노와 손잡는 걸 두려워해서 항상 감시했어. 원래 유목민이었던 이들은 훗날 남쪽으로 이주한 뒤 농업에 전념하기 시작했어. 3세기 초 오환은 조조에게 귀순했고, 일만여 명이 그 밑으로 들어가 한족과 섞여 살았어.

"거짓으로 항복하는 척하면 고간을 무찌를 수 있습니다. 고간은 틀림 없이 우리의 속임수에 넘어갈 것입니다."

조조는 순유의 말대로 하기로 하고 투항해 온 여광과 여상 형제를 불렀다. 조조의 지시를 받은 그들은 고간이 지키는 호관으로 달려가 소리 쳤다.

"고간 장군은 들으시오. 우리는 원씨 밑에 있던 장수들이오. 부득이하 게 조조에게 항복했지만 조조가 워낙 속임수를 쓰는 데다가 사람이 간사 하여 도저히 지낼 수가 없었소. 옛 주인을 찾아왔으니 문을 열어 주시오."

그 말을 듣고 고간이 관문 위로 나오자 그들은 승리할 수 있는 전략 을 내놓았다.

"조조 군은 먼 길을 왔습니다. 우리가 오늘 밤에 급습하면 틀림없이 격파할 수 있습니다. 저희가 앞장설 테니 믿어 주십시오."

고간은 그들의 말을 믿고 그날 밤 군사 일만 명을 이끌고 야간 공격을 감행했다. 하지만 조조의 진영에 접근했을 때 사방에서 조조 군의 복병 이 나오자 고간은 계책에 말려들었음을 알았다. 황급히 호관으로 돌아 가려 했지만 이미 악진과 이전이 호관을 점령하고 있었다.

"이런 비겁한 배신자 같으니."

고간은 포위망을 뚫고 말을 달려 흉노의 선우†에게로 도망쳐 갔다.

조조의 추격군이 그의 뒤를 쫓았다. 선우의 경계에서 북번의 자현왕 을 만난 고간은 말에서 내려 절을 했다. 그리고 자신의 처지를 솔직하게 털어 놓았다.

"살려 주십시오. 조조가 내 땅을 다 먹고 왕자의 땅까지 침범하려 하고 있습니다. 함께 땅을 되찾읍시다. 북방을 보존하게 도와주십시오."

그러나 자현왕은 냉정하게 말했다.

"나는 조조와 사이가 나쁠 일이 없는데 그대의 충동질을 받고 나서면 원수가 될 것이 아닌가? 왜 나더러 조조와 싸우라는 것인지 나를 설득해 보게."

고간은 그를 설득할 방법이 없었다. 이제 그가 기댈 수 있는 상대는 형주의 유표뿐이었다. 그러나 유표에게 가던 중 왕염이라는 자에게 붙잡혀 죽고 말았다.

병주까지 손에 넣은 조조는 세력이 점점 강해졌다. 이제 조조는 부하들과 함께 서쪽의 오환을 공격할 계책을 의논했다.

조홍이 말했다.

"위험한 생각입니다. 크게 패한 원희와 원상이 사막으로 도망쳐 버렸는데 우리가 서쪽으로 갔다가 유비와 유표가 빈틈을 타고 허도를 공략하면 낭패입니다. 더 나가지 마시고 회군하는 것이 좋겠습니다."

모두 그 말에 찬성했지만 곽가가 반대했다.

선우(單于)는 흉노 제국의 우두머리를 가리키는 말이야. 중국의 개념으로는 황제이고 몽골족의 개념으로는 칸이지. 이 호칭은 탱리고도선우(撑犂孤塗單于)의 약칭이야. 탱리는 하늘, 고도는 아들, 선우는 왕 중의 왕이니 '위대한 하늘의 아들'이라는 의미야. 삼국 시대 당시 한나라의 북방 초원 지대의 동서에 광활한 제국을 통치하고 있었어.

"아닙니다. 주공의 위력은 지금 그 어느 때보다 높습니다. 사막에 사는 자들은 아무런 방비가 없을 것이니 갑자기 쳐들어가면 쉽게 이길 수 있습니다. 게다가 예전에 오환이 원소에게 많은 은혜를 입은 터에 원희와 원상이 저렇게 살아 있는데, 그냥 내버려 두면 힘을 키워 우리에게 화근이 될 것입니다."

"하지만 유표가 불안한 건 사실이 아닌가?"

"유표라는 자는 앉아서 배부르면 농담이나 즐기는 자입니다. 재주가 유비만 못합니다. 유비에게 중임을 맡겨야 하는데 그렇게 했다간 그의 세력을 견제할 수 없다는 것을 잘 알고 있습니다. 우리가 허도를 비워도 유비가 힘을 얻어서 허도를 치는 것은 불가능합니다. 걱정하지 않으셔도 될 것입니다."

조조가 고개를 끄덕이며 말했다.

"그대의 말이 맞다."

조조는 군사를 일으켜 진군해 갔다. 하지만 끝없이 이어지는 사막에 들어서자 군사들은 모래바람에 시달리며 고생하게 되었다. 물과 토질이 맞지 않아 모두 황토병에 걸렸다.

조조는 병이 나서 수레에 누워 있는 곽가에게 말했다.

"내 욕심이 지나쳤다. 그대가 이렇게 먼 곳까지 와서 고생을 하다 몸져 눕다니."

"아닙니다. 저는 승상의 크나큰 은혜를 입었는데 그 은혜를 다 갚지도 못하고 죽을까 봐 염려될 뿐입니다."

"이곳이 이렇게 험한 줄은 몰랐다. 이제라도 돌아갈까 하는데 어찌 생각하는가?"

"아니 되옵니다. 군사는 빨리 움직여야 합니다. 천리 원정 길에 군수품이 너무 많습니다. 장비를 가볍게 하셔서 속히 이 사막을 빠져나가십시오. 적군은 우리가 사막을 빠져나온 것을 모르고 무방비 상태로 있을 것입니다. 그때 바로 저들을 치면 됩니다."

"망망대해 같은 사막에서 길을 어찌 안단 말인가?"

"길을 잘 아는 자를 구하여 앞장서게 하십시오."

원소의 장수였던 전주가 나서서 말했다.

"이 길은 말이나 수레가 가기에는 힘듭니다. 배를 띄우려 해도 물이 깊지가 않아 불가능합니다. 차라리 길을 바꾸어 허허벌판을 가로지르면 유성에 이르게 됩니다. 그때 곧바로 기습하면 틀림없이 한번 싸움에 적을 잡을 수 있습니다."

조조는 전주에게 길 안내를 맡기고 평소보다 두 배나 빠른 속도로 행군하며 길을 재촉했다. 마침내 장요를 이끌고 백랑산 부근에 도달했을 때 원희와 원상이 오환의 족장인 답돈과 함께 진을 치고 있는 것이 보였다. 높은 곳에 올라가 보니 답돈의 군사는 수는 많지만 질서가 없어 보였다.

조조가 웃으며 말했다.

"저렇게 질서가 없는 것을 보니 단숨에 무찌를 수 있겠다. 어서 공격하라!"

조조 군이 치고 내려가 급습하자 답돈의 군사들은 싸워 보지도 못한 채 혼란에 빠졌다. 장요는 단칼에 답돈의 머리를 베었다. 원희와 원상은 다시 도망쳐서 요동으로 빠져나갔다.

마침내 승리를 거머쥔 조조는 길 안내를 한 전주에게 높은 벼슬을 내리려 했다. 그러자 전주가 눈물을 흘리며 말했다.

"저는 원소의 장수였지만 의리를 버리고 도망쳤습니다. 게다가 승상의 은혜로 죽지 않고 목숨을 보존한 것만도 감사할 따름인데 벼슬까지 주신다면 샛길을 팔아서 벼슬을 산 자라 욕을 먹지 않겠습니까? 죽더라도 벼슬은 받지 않겠습니다."

조조는 그 말을 가상하게 여겨 전주를 의랑으로 삼았다. 그리고 오환의 백성들을 위로한 뒤 말 일만 필을 이끌고 회군했다.

돌아가는 길은 너무 춥고 가문 데다 군량미마저 떨어졌다. 말을 잡아먹고 땅을 파서 간신히 물을 얻을 정도로 큰 고초를 겪었다. 역주로 돌아온 뒤 조조는 요서로 쳐들어가지 말라고 말렸던 장수들에게 상을 주었다. 조조는 이번 원정에서 크게 깨달았던 것이다.

"그대들이 만류하는 것을 듣지 않고 위험을 무릅쓰고 가서 이긴 것은 모두 하늘이 도운 덕이다. 무모하기 짝이 없는 짓이었다. 그대들은 나의 어리석음을 미리 알려 주었는데 내가 따르지 않아서 고생을 했으니 그대들에게 상을 내린다. 앞으로도 주저하지 말고 나에게 간언해 주길 바란다."

하지만 충언을 마다하지 않던 곽가는 이미 죽었다. 죽은 곽가를 위해 조조는 제사를 지내며 큰 소리로 곡을 했다.

"곽가가 죽다니! 하늘이 나를 버리시는구나! 으흐흐흑!"

조조는 곽가가 책사 중에 가장 젊기 때문에 자기가 죽은 뒤에도 뒷일을 맡아 줄 줄 알았던 것이다. 젊은 곽가가 죽어 상실감이 이루 말할 수 없을 때 곽가의 장수들이 유서를 가져왔다.

"곽공이 숨을 거두기 전에 이 유서를 작성하며 승상께서 이대로만 하시면 요동을 평정하신다 했습니다."

조조는 유서를 읽어 보며 몇 번이나 고개를 끄덕였다. 곽가가 어떤 꾀를 내주었는지 아는 사람은 조조 외에는 아무도 없다. 이때 하후돈이 장수들을 데려와서 건의했다.

"요동 태수 공손강은 오래도록 승상에게 복종하지 않고 버티고 있습니다. 게다가 원희와 원상이 요동으로 갔으니 이 틈에 공격을 해야 하지 않겠습니까? 원희와 원상도 제거하고 요동도 얻는 일거양득이 될 것입니다."

조조가 웃으며 말했다.

"그대들까지 나설 필요가 없다. 며칠 안에 공손강이 원씨 형제들의 목을 베어 들고 올 것이다."

"그럴 리가 있겠습니까?"

"두고 보아라."

원희와 원상은 조조 군을 피해 수천 명의 군사들을 이끌고 요동으로 달아났다. 공손강은 그들이 온다는 소식을 듣자 겁에 질려 관리들을 모아 대책을 논의했다.

"원소의 두 아들이 우리에게 오고 있는데 어찌하면 좋겠는가?"

"원소는 생전에 틈만 나면 요동을 차지하려고 했습니다. 그런데 이제 와서 그의 아들들이 형제끼리 싸우다가 갈 곳이 없자 우리에게 오려는 것은 말도 안 되는 일입니다. 이들을 받아들이면 반드시 나중에 배신하고 우리 땅을 차지하려 들 것입니다."

"맞습니다. 차라리 저자들의 목을 베어 조조에게 바치는 것이 조조의 환심을 얻는 길이라 생각됩니다."

신하들의 이야기를 듣고 나서 공손강이 말했다.

"하지만 조조가 군사를 거느리고 요동으로 공격해 온다면 차라리 원씨 형제와 힘을 합치는 것이 낫지 않겠는가?"

"먼저 적의 동태를 살피는 것이 좋겠습니다. 조조가 우리를 쳐들어올 기세이면 원씨를 받아들이고, 그렇지 않으면 저들을 죽여서 조조에게 보내시지요."

공손강†은 조조의 동정을 살피기 위해 정탐꾼을 보냈다. 그때 원희와 원상은 요동에 도착했다. 두 사람은 공손강에게 만나 달라고 청했지만, 공손강은 병이 났다는 핑계로 차일피일 만남을 미뤘다.

그사이에 조조 군의 움직임을 살피러 역주로 갔던 정탐꾼이 돌아와 보고했다.

"조조 군은 역주에서 움직이려 하지 않습니다. 지난번 원정이 굉장히 힘들었다고 하던데, 요동을 치러 올 것 같지는 않습니다."

공손강은 기뻐하며 말했다.

"하하하! 그럴 줄 알았다. 도부수를 숨겨 놓고 원씨 형제들을 들어오라고 하라!"

원씨 형제들은 죽을 곳으로 들어가는지도 모르고 성안으로 들어가 공손강에게 인사를 올렸다. 혹독한 추위가 몰아치는 날이었다. 인사를 나눈 뒤 원씨 형제들이 공손강에게 청했다.

"깔고 앉을 자리를 마련해 주십시오."

그러자 공손강이 버럭 소리쳤다.

"너희 두 놈의 머리가 장차 만 리 길을 갈 것인데 무슨 자리가 필요하단 말이냐?"

그 말을 신호로 도부수들이 달려 나와 두 사람의 목을 베었다. 공손강은 두 사람의 머리를 상자에 담아 조조에게 보냈다.

그때 역주에서 하후돈이 조바심을 내며 조조에게 말했다.

"빨리 허도로 돌아가시지요. 유표가 딴마음을 먹으면 곤란하지 않습니까?"

"기다려 봐라. 원씨 형제들의 목이 오면 그때 가도록 하자"

"우리가 아무것도 하지 않았는데 어찌 원씨 형제들의 목이 우리에게 온단 말씀이십니까?"

부하들이 속으로 코웃음을 치고 있을 때였다. 요동 태수 공손강이 사람을 시켜 물건을 보냈다는 소식이 전해졌다.

조조가 기뻐하며 말했다.

"역시 곽가가 예측한 대로구나!"

곽가는 유서에 이런 모든 일을 예측해 놓은

공손강은 요동의 양평 사람으로 공손도의 아들이야. 204년 공손도가 죽은 뒤 요동 태수를 계승했지. 요동이 한의 조정에서 멀리 떨어져 있다는 점을 이용하여 황제처럼 살았어. 황제 선포만 하지 않았을 뿐이지. 조조가 북으로 오환(烏桓)을 정벌하고 답돈(踏頓)을 죽이니까 조조의 위력에 두려움을 느꼈어. 그러던 차에 원소의 아들 원희와 원상이 도망쳐 오니 그는 조조를 적으로 할 것인지 동지로 할 것인지 판단해야했던 거야.

것이다.

목을 바치자 조조는 사자에게 상을 주고 공손강을 양평후 좌장군으로 삼았다.

"어찌 된 일입니까? 곽가가 예측하다니요?"

조조는 비로소 곽가의 유서를 공개했다.

소문을 듣자 하니 원희와 원상이 요동†으로 달아났다 하옵니다. 승상께서는 절대 군사를 움직이지 마시옵소서. 공손강이란 자는 원소에게 시달리며 항상 원소가 자신의 땅을 쳐들어올까 두려워했습니다. 원소의 아들 둘이 찾아갔다는 것은 범의 새끼 두 마리가 온 것입니다. 의심의 눈으로 볼 것입니다.

그때 만일 승상께서 군사를 일으키면 그 범의 새끼들과 손을 잡고 대항할 것이지만 느긋하게 기다리고 게시면 공손강은 원씨들의 목을 베어 승상의 환심을 사려 할 것입니다. 그렇게 되면 승상께서는 원하시는 것을 얻게 됩니다.

곽가의 놀라운 지모를 보고 사람들은 감탄했다. 조조는 다시 한 번 곽가의 묘에 가서 크게 제사를 지냈다. 이때 곽가의 나이는 서른여덟. 조조를 따라다닌 지 불과 몇 년 만에 많은 공을 세웠다. 사람들은 당시 영웅호걸 중에 하나가 곽가였다고 이야기했다. 병법의 슬기를 가지고 있고 지모와 책략이 당할 자가 없었는데 이른 나이에 죽은 것을 아쉬워한 것이다. 인간의 운명은 어느 시대건 결코 친절하지 않다. 오히려 변덕스럽고 냉혹함을 곽가의 죽음이 다시금 말해 준다.

중국의 역사는 전쟁의 역사였다. 조조가 허도로 돌아오자마자 책사들이 남쪽으로 치고 내려갈 것을 요청했다.

"이제 강남으로 밀고 내려가시지요."

조조는 자신의 생각도 그러하다며 고개를 끄덕였다. 그날 밤 기주에서 묵게 된 조조는 동쪽 누각에 올라 천문을 관찰하며 앞으로의 운세가 어찌될지 살폈다. 옆에는 순유가 서 있었다. 남쪽 하늘을 바라보며 조조가 물었다.

"남쪽 하늘에 기운이 왕성하다. 강남을 도모하기는 쉽지 않을 듯하다."

"승상의 기세가 하늘을 찌르는데 무엇이 앞을 막겠습니까?"

천문을 보며 두 사람이 이야기를 나눌 때 한 가닥 빛이 땅에서 솟아오르는 것이 보였다.

"저쪽에 귀한 물건이 묻혀 있는 듯합니다. 가서 파 보라 하겠습니다."

군사들을 보내 빛이 나오는 곳을 파 보게 했다. 그곳에서는 놀랍게도 구리로 만든 참새 모양의 조각상이 나왔다. 동으로 만든 참새라 하여 동작(銅雀)이라 불리는 것이다.

여기서 잠깐!!

한나라는 무제(武帝) 때 요동 지방으로 진출하기 시작했어. 그곳을 지키고 있던 동북아시아의 패권 국가 위만조선과 충돌해 굴복시키고 통치를 위해 4개의 지방 행정 구역을 만들었어. 이것이 한사군이야. 하지만 이 한사군은 오래지 않아서 영토도 줄어들고 통치 방식도 자치에 의한 것으로 바뀌었어. 조선의 역사는 외부의 침입과 이에 따른 영향으로 움직이는 타율적 역사이니 선진국인 일본의 식민지가 되는 게 당연하다는 논리가 식민사관이었어. 하지만 해방 이후 역사 연구에 따르면 한사군 중 가장 늦게 멸망한 낙랑군도 대동강변의 좁은 지역에서 이름만 유지하고 있었다고 해. 오히려 이 지역은 통치 기구라기보다는 중국 대륙과의 무역이나 통신 업무에 필요한 지역이었음이 밝혀졌어. 한 마디로 한사군은 확대 해석되었고, 우리 역사에 중요한 기점도 아니었지.

"순유, 이게 무슨 뜻인가?"

순유는 해박한 지식으로 설명했다.

"순임금의 어머니가 꿈에서 옥으로 만든 참새가 날아든 것을 보았다 합니다. 그것을 보고 태몽으로 순임금을 낳았다 하니 오늘 구리로 된 참새를 얻으신 것은 큰 길조인 듯합니다."

조조는 크게 기뻐했다.

"참으로 기쁜 일이다. 이 자리에 대를 쌓아서 축하하도록 하여라. 이름은 동작대라고 하도록!"

그때부터 흙을 파고 나무를 베어 기초를 다지며 기와를 굽고 벽돌을 다듬었다. 장하의 물가에 동작대가 건축되는 데 꼬박 일 년이 걸렸다. 이때 셋째 아들 조식이 건의했다.

"대를 세우실 거라면 세 개를 세우십시오. 가장 높은 곳은 동작대이고 왼쪽의 것은 옥룡, 오른쪽의 것은 금봉으로 하여 구름다리로 연결하면 멋질 듯합니다."

"그거 좋은 생각이다. 앞으로 대가 완성되면 이곳에 와서 노후를 보내야겠다."

조조는 조식을 그윽하게 바라보았다. 여러 아들 가운데 가장 똑똑한 아들이었다. 조식은 지혜로울 뿐만 아니라 문장도 뛰어나 조조의 가장 큰 사랑을 받았다.

조조는 조식과 조비를 남겨 두고 자신은 원소의 군사를 거두어 허도로 돌아가니 이미 그 군세가 오륙십만 명에 이르러 강성했다. 돌아와서 논공행상을 통해 벼슬을 다 나눠 주고 나니 이제 남은 일은 남쪽에 있는 유표를 쳐서 천하를 평정하는 것이었다.

이때 강남에는 손권이 있고 형주에는 유표가 있으며 서쪽으로는 유장과 마등, 마초, 장로 정도의 세력이 남아 있을 뿐이었다. 조조가 북동쪽을 다 점령했기 때문이다. 책사들과 함께 계책을 세우려 하자 순욱이 나서서 말렸다.

"승상! 모든 군사들이 오랜 싸움을 마치고 이제 막 돌아왔습니다. 다시 군사를 움직이는 것은 옳은 계책이 아닙니다. 기량을 높이고 군량을 쌓아 놓으면 유표와 손권쯤은 북만 쳐도 무릎을 꿇릴 수 있습니다."

조조는 쉬어 갈 줄 아는 자였다.† 순욱의 말대로 군사들을 나누어서 배치하고 훈련에 힘쓰며 휴식기를 가지기로 했다.

여기서 잠깐!!

조조에 대한 정사의 평가는 대략 다음과 같아.

"군대를 이끄는 삼십 년 동안 늘 책을 가까이했고, 다양한 재능을 가졌다. 낮에는 작전을 짜고 밤에는 경전을 읽으며 사색했다. 전망 좋은 곳에선 시를 읊었고 새 작품은 음악으로 만들었다. 무예도 뛰어나 날아가는 새도 맞혔다."

이런 평가는 조조가 세운 위나라의 역사책인 《위서》에 나오는 것이라 약간의 과장이 있겠지만 조조가 팔방미인이었음을 알 수 있어. 동작대도 직접 구상하고 디자인까지 하여 짓도록 명령한 것이니까.

7
유비가 책사를 만나다

    이때 유비는 형주의 유표에게 몸을 의탁한 뒤 대접을 잘 받으며 편히 지내고 있었다. 이렇게 식객처럼 누군가에게 의탁하고 있으면 주인이 어려운 위기에 처했을 때 공을 세워야 한다. 유표와 유비가 마주 앉아 술잔을 기울이고 있을 때 급보가 날아왔다. 투항한 장수 장무와 진손이 강하 땅에서 백성들을 노략질하며 반란을 일으키려 한다는 것이다.

    유표가 걱정하자 유비가 말했다.

    "형님, 제가 가서 도적들을 무찌르고 오겠습니다."

    유표는 기뻐하며 삼만의 군사를 내주었다. 관우와 장비, 조자룡을 데리고 강하에 도착한 유비는 장무가 탄 말을 보자 감탄했다.

"훌륭한 말을 타고 있구나."

"제가 다녀오겠습니다."

조자룡은 번개처럼 달려가 장무의 배를 찔러 거꾸러뜨린 뒤 말을 빼앗아 왔다. 진손이 추격해 오자 이번엔 장비가 나가 장팔사모로 한방에 찔러 죽였다.

장수가 사라지자 무리는 뿔뿔이 흩어져 버렸다. 유비는 강하 일대를 평정하고 잔당들을 정리한 뒤 백성들을 위로하고 형주로 돌아왔다. 한 마디로 실력을 보여 주어 유표의 신세를 갚은 것이다.

이쯤 되자 유표는 유비에게 마음을 터놓고 자신의 고민을 스스럼없이 이야기했다.

"아우가 이처럼 영웅호걸이니 안심할 수 있소. 우리 형주 땅은 아무 염려가 없지만 남쪽에서 남월†의 도적들이 쳐들어오려 하고 있고 장로와 손권 또한 만만치가 않아서 마음을 놓을 수만은 없구려."

유비가 대답했다.

"형님, 저에게는 관우와 장비, 그리고 조자룡

남월은 남방 지역의 월인(越人) 거주 지역을 말해. 월인은 고대 중국 남방의 한 부족으로, 지금의 광서성·광동성·복건성·절강성 일부 지역에 흩어져 살았지. 이 월의 더 아래쪽 지역이 월남(越南), 즉 오늘날의 베트남이란다.

유표

유표는 키는 8척에 가깝고 위엄이 있는 외모를 가지고 있었대. 환관들에게 저항했고 하진의 도움으로 북군중후(北軍中候)를 지냈어. 형주 자사 왕예가 손견에게 살해당해 그 후임으로 임명되었어. 하지만 장강 이남의 토호들이 서로 세를 과시하는 바람에 남군 지역의 유력 호족인 채모, 괴월, 괴량의 도움으로 평정하고 양양을 주도로 정해 통치하고 반동탁 연합군에 합류하였어.

남으로는 영릉과 계양, 북으로는 한천(漢川)을 아울러서 땅이 넓고 병력도 십여 만에 이르렀어. 난세에 유표는 침착하게 형주를 통치해서 인근 주에서 지식인들이 몰려왔고 그들을 배려하고 보살폈으며 학교를 세우고 유학을 장려했지.

진수는 《삼국지》에서 유표를 넓은 도량과 식견으로 이름이 알려졌는데 겉으로는 너그럽고 속으로는 꺼리며, 모략을 좋아하나 결단이 없고, 재주가 있어도 쓰지 못하고, 좋은 것을 들어도 받아들이지 않고, 적자를 폐하고 서자를 세우는 실수를 저질렀다고 평가해.

이 있습니다. 관우에게 장로를 진압하게 하고, 장비에게 남월을 맡기고, 조자룡에게는 손권을 견제하게 하면 걱정할 일이 없을 것입니다."

"그럼 당장 동생들을 보내 형주 땅의 방비를 튼튼하게 해주오."

"기꺼이 명을 받들겠습니다."

유비는 이렇게 안정적으로 실전 경험을 쌓으며 세력을 키워 갔다.

그러나 이 이야기를 듣고 고까워하는 자가 있었다. 바로 유표의 처남인 채모였다. 채모는 누이인 채 부인에게 말했다.

"누님, 큰일 났습니다."

"무슨 일인가?"

"유비가 동생들은 다 바깥으로 내보내고 자기는 형주에 남아 있습니다. 언제든지 기회가 되면 뒤집어엎으려는 속셈이 아니겠습니까?"

밤이 되자 채 부인은 잠자리에서 유표에게 속삭였다.

"나리, 소문이 안 좋습니다."

"무슨 소문이오?"

"유비가 있는 곳에 사람들이 많이 드나든다고 합니다. 이는 사람들의 인심을 얻고 세력을 기르려는 것이니 유비를 멀리 보내는 게 좋겠습니다."

"걱정하지 마시오. 아우는 그럴 사람이 아니오."

"그렇지 않습니다. 사람의 마음을 어찌 안단 말씀입니까?"

채 부인이 계속 유비를 모함하자 유표는 화를 냈다.

"걱정하지 말라 하지 않았소? 내가 현덕을 잘 안단 말이오."

채 부인도 쏘아붙였다.

"그러다가 나중에 큰일 나면 어쩌시렵니까? 사람 마음은 알 수 없는 것이라고 제가 여러 번 말씀 드리지 않았습니까?"

유표는 더 이상 대꾸하지 않았다.

다음 날 유표는 성 밖에서 말을 탄 유비와 마주쳤다.

"말이 아주 좋아 보이는데 어디서 구한 것이오?"

"조자룡이 지난번 강하 전투에서 장무가 타던 말을 빼앗아 저한테 준 것입니다."

"허허, 얼핏 보기에도 좋은 명마로군."

유비는 재빨리 말에서 내려 말고삐를 건넸다.

"마음에 드신다면 형님께 드리겠습니다."

유표는 기뻐하며 말을 받아 성안으로 돌아왔다. 유표가 못 보던 말을 탄 모습을 보고 책사인 괴월이 물었다.

"주공, 어디서 난 말입니까?"

"유비가 주었다네. 명마 아닌가?"

괴월은 말을 살펴보고 말했다.

"저는 말의 상을 웬만큼 볼 줄 압니다. 이마에 흰 점이 있고 눈 아래가 파여 있어 눈물이 고일 정도인 것을 보니 이 말은 적로마입니다. 적로마는 반드시 주인을 해치는 말이라 들었습니다. 장무도 그래서 죽은 것입니다. 이 말을 타지 마십시오."

불길한 말을 듣자 유표는 찜찜한 마음에 유비에게 말을 돌려주려 했다. 유표는 유비를 불러 술을 마시며 넌지시 말했다.

"말은 고맙게 받긴 했는데 가만히 생각해 보니 아우는 언제든지 싸우러 나가야 될 사람이 아니오? 말은 도로 돌려주는 게 낫겠소. 나처럼 성

안에 있는 사람이 좋은 말을 가지고 있어 봐야 소용이 없지 않겠소?"

"감사합니다, 형님."

"아우는 원래 무예가 출중한 사람인데 이곳에 머물러 있으면 그 무예가 녹슬 듯하오. 양양의 신야현은 물자와 식량이 넉넉하니 군사들을 거느리고 심신을 다스리기에 좋은 곳인데, 그곳에 가 있으면 어떻겠소?"

"형님이 명하신다면 흔쾌히 가겠습니다."

유비는 순수하고 담백한 성격을 갖고 있었다. 유표의 의도를 미루어 짐작하기보다는 그대로 따르기로 했다.

다음 날 유비가 군사들을 이끌고 성문을 나서는데 낯선 사람이 다가와 물었다. 그는 유표의 참모 역할을 하는 이적이었다.

"공이 타고 있는 말은 어디서 난 것입니까?"

유비는 그 말은 사실 유표에게 줬는데 돌려받은 것이라고 자초지종을 말했다. 그러자 이적이 말했다.

"어제 괴월이 그 말은 적로라 주인을 해친다고 하는 말을 들었습니다. 다시는 타지 마시지요."

유비가 대답했다.

"허허, 저에게 그런 말씀을 해주셔서 참으로 감사합니다. 하지만 사람이 죽고 사는 것은 하늘의 뜻입니다. 어찌 한 마리 말이 사람의 삶과 죽음을 좌우하겠습니까?"

"듣던 대로 훌륭한 분이십니다. 저는 이적이라 합니다."

"예사 분이 아니신 듯합니다."

"떠돌이일 뿐입니다."

"혹시 기거할 곳이 없으시면 저와 함께 가시지요."

유비가 간곡히 청하자 그는 기꺼이 받아들였다.

"공을 따르고 싶습니다."

"감사하오. 우리 함께 갑시다."

그리하여 이적은 유비를 따라나섰다. 신야현에 도착하자 백성들은 어진 통치자가 왔다고 기뻐했다. 유비는 이미 좋은 인재들을 거느리고 있으며 의로움을 위해 불의와 타협하지 않았기 때문이다. 백성들은 유비를 신뢰하며 기꺼이 그의 밑에서 자기 일을 열심히 했다. 이것이야말로 유비가 가진 제왕의 풍모였다.

세월이 흘러 건안 12년(207) 봄에 유비는 아들 유선을 얻었다. 상서로운 조짐과 함께 감 부인이 태몽으로 북두칠성을 삼키는 꿈을 꾸고 낳은 아들이었다. 그래서 감 부인은 그의 아명을 아두(阿斗)라고 불렀다.

이때 조조는 군사들을 거느리고 북쪽을 치러 가 허도가 비어 있었다. 유비는 형주로 유표를 찾아가 이번 기회에 조조를 치라고 권했지만 유표는 듣지 않았다.

"나는 지금 아홉 고을을 차지하고 있어 부족한 것이 없을 뿐만 아니라 욕심도 없소."

그러더니 한숨을 쉬며 유비에게 근심거리를 털어놓았다.

"사실 나에겐 다른 걱정이 있소."

"무슨 걱정이십니까?"

그때 채 부인이 불쑥 병풍 뒤에서 나타나자 유표는 더 이상 말을 잇지 못했다.

　그 뒤 조조가 성공적으로 원정을 마치고 허도로 돌아왔다는 말을 듣자 유비는 유표가 자신의 말을 듣지 않은 것을 안타까워했지만 어쩔 수가 없었다. 뒤늦게 유표는 유비를 불러 자신이 잘못 판단하여 좋은 기회를 놓쳤다고 했다.

　"아우의 말을 듣지 않아 기회를 놓쳤소. 정말 후회스럽구려."

　"아닙니다. 하루가 멀다 하고 싸움이 벌어지고 있으니 기회는 또 올 것입니다. 때를 기다려 잘 대처하신다면 후회하실 일만은 아닙니다."

　"그렇소. 아우의 말씀이 맞는 것 같소."

　술잔을 기울이던 유표는 갑자기 눈물을 흘렸다. 유비는 깜짝 놀라 물었다.

　"무슨 일이십니까? 형님, 제가 큰 도움은 되지 않겠지만 말씀해 주시면 열심히 해결책을 찾아보겠습니다."

　"전에도 말하려다 못했지만 요즘 나는 굉장히 괴롭소."

　"무슨 일인지 말씀해 주십시오. 제가 도울 수 있는 일이라면 목숨을 걸고서라도 도와드리겠습니다."

　알고 보니 원소의 경우와 같은 후계 문제였다.

　"내 전처인 진씨가 낳은 맏아들 기는 어질지만 나약한 착한 청년일 뿐이오. 후처인 채씨가 낳은 종은 총명하여 후사로 정할 만한데 장자를 폐하고 작은아들을 후계로 세우면 예법에도 어긋나고 원소의 집안처럼 될까 두렵소. 게다가 채씨가 모든 병권을 장악하고 있으니 이러지도 못하고 저러지도 못하고 있다오"

유비는 그 말을 듣자 정색을 하고 원칙을 이야기했다.

"장자를 폐하고 작은아들을 후계로 세워서 난리를 겪은 일이 한두 번이 아닙니다. 장자를 세우셔야 합니다. 채씨의 권세가 세다면 서서히 눌러서 권력을 빼앗으면 될 일입니다. 정에 끌려서 혹은 어쩔 수 없다고 작은아들을 후사로 정하시면 큰일이 벌어질 뿐만 아니라 옳지 않은 일입니다."

"그 말이 맞긴 하오만……."

이때 유비는 이것이 자신을 함정에 빠뜨리는 일이 될 줄 몰랐다. 유비에 대한 경계심 때문에 유표가 유비를 만날 때면 숨어서 이야기를 엿듣곤 하던 채 부인이 이날도 병풍 뒤에서 유비의 이야기를 들으며 이를 갈고 있었다.

'유비 저자가 우리를 해치려 하는구나. 그냥 둘 수 없다.'

유비는 말을 하고 보니 너무 경솔하게 남의 집안일에 의견을 냈다 싶어 변소에 간다는 핑계로 바깥으로 나왔다. 밖에 나와 문득 자신의 넓적다리를 보니 살이 두둑하게 올라 보기 좋았다. 그 순간 유비는 탄식했다.

"아, 내 넓적다리가 어찌 이리되었단 말이냐!"

유비가 다시 방으로 들어가자 유표가 유비의 얼굴에서 눈물 자국을 발견하곤 물었다.

"아우는 왜 눈물을 흘렸소?"

"형님, 전에는 하루 종일 말에서 내리지 못하고 달리느라 허벅지에 군살이 없었습니다. 그런데 오랫동안 말을 타지 않았더니 살이 쪘습니다. 공을 세우지 못한 채 세월만 흘러 벌써 늙어 가고 있으니 참으로 답답한 노릇입니다."

유표가 웃으며 말했다.

"아우는 전에 조조와 함께 세상의 영웅을 논했다 하지 않았소? 그때 조조가 오직 아우와 자신만이 이 세상의 영웅이라 했는데 어찌 공을 세우지 못할까 걱정하오?"

그 말에 유비는 기분이 좋아졌다. 조조가 자신을 인정해 주었던 기억이 떠올랐기 때문이다.

"맞습니다. 저에게 힘만 있다면 조조와 같은 자들을 무찌르는 것은 일도 아닙니다만 현재 저의 처지가 이렇게 빈한합니다."

그 말을 듣자 유표는 얼굴이 어두워졌다. 유비가 야망을 가지고 기회를 노리고 있다는 것을 스스로 밝혔기 때문이다. 유표의 얼굴이 변하는 걸 본 유비는 자신이 실언했다는 걸 깨닫고 서둘러 처소인 역관으로 돌아갔다. 유표는 드러내지는 않았지만 유비에게도 야심이 있다는 것을 확인하고 언짢아졌다.

유표가 안채로 들어가자 채 부인이 물어뜯을 듯이 유비를 비난했다.

"유비 그자는 천하에 나쁜 놈이 아닙니까? 조만간 우리 형주를 자기가 꿀꺽 삼키겠다는 속셈을 드러냈으니 빨리 제거하지 않으면 후환이 될 것입니다."

"그만하시오."

유표는 더 이상 아무 말도 하지 않고 고개를 저을 뿐이었다. 채 부인은 유표가 자기 말을 들을 것 같지 않자 채모를 불러 이 문제를 상의했다.

"이를 어쩌면 좋으냐? 유비가 야심을 드러내고 있다."

"누님, 제가 가서 유비를 죽이겠습니다. 먼저 죽인 뒤 나중에 주공께 알리면 될 것 아닙니까?"

채모는 바깥으로 나와 군사들을 모아서 점검하기 시작했다. 유비는 역관에서 등불을 밝히고 앉아 이런저런 생각에 잠겼다. 자신이 경솔했다는 것을 반성하고 있는데 갑자기 이적이 문을 두드렸다.

"접니다. 이적!"

"무슨 일이오?"

"채모가 지금 주공을 치려 합니다. 어서 이곳을 떠나셔야 합니다."

유비는 유표에게 인사도 하지 않고 그대로 말에 올라 날도 밝기 전에 신야로 도망쳐 버렸다. 뒤늦게 채모가 군사를 이끌고 왔을 때 유비는 이미 사라진 뒤였다.

"아, 이 간교한 자가 벌써 눈치를 챘구나. 어떻게 하면 이자를 잡을 수 있을까?"

분통을 터뜨리던 채모는 기발한 간계를 생각해 냈다.

"옳지. 시를 한 수 써 놓는 게 좋겠다."

벽에 시를 한 수 쓴 뒤 곧바로 유표에게 가서 이 사실을 알렸다.

"주공, 유비가 모반하려 한 것 같습니다. 역관 벽에 반역을 의미하는 시를 써 놓고 인사도 없이 떠났습니다."

"유비가 갔다고?"

"예, 그렇습니다."

역관에 가 보니 정말 처음 보는 시구가 벽에 크게 적혀 있었다.

속절없이 얼마나 오래 곤궁하게 지냈던가

산천을 바라보니 세월만 무상하다

용이 물속에 갇혀 있으니

우레를 타고 하늘로 오르고 싶구나

바로 자신이 왕이 되고 싶다는 의미로 해석되는 시였다.

"이 의리 없는 놈을 당장 쳐 죽여야겠다!"

유표는 자기도 모르게 칼을 빼들고 중얼거렸다. 그러나 한두 걸음 걷다가 문득 제정신이 돌아왔다. 가만히 생각해 보니 오랫동안 함께 지냈지만 유비가 시를 지어서 낭송하는 것을 본 적이 없었다. 유비는 글은 알지만 시를 짓는 일에는 관심이 없었다. 시를 지을 만큼 공부가 깊지 않은 것이다. 먹고살기 위해 돗자리를 짜고 짚신이나 삼던 그가 아닌가. 유표는 그제야 누군가가 이간질하려 한다는 사실을 깨달았다.

"저 시를 지워야겠다."

벽에 써 놓은 시를 칼로 긁어 지워 버린 뒤 유표는 말에 올랐다.

"당장 유비를 잡으러 신야로 가겠습니다."

채모가 당황하면서도 다시 한 번 뜻을 관철하려 했다.

"그러지 말게. 증거도 없지 않나? 천천히 봐 가면서 하세."

유표가 돌아가자 채모는 다시 채 부인에게 가서 이야기했다.

"누님, 질질 끌어 봐야 좋을 것이 없습니다. 당장 유비를 치는 게 좋겠습니다."

채 부인도 채모의 말에 동의했다.

다음 날 채모는 유표를 찾아가 다시 간청했다.

"풍년이 들어 농사가 잘되었습니다. 관원들을 양양에 모아 놓고 위로하는 잔치를 벌이는 게 어떻겠습니까?"

"그렇게 하게. 그런데 나는 요즘 몸이 좋지 않으니 두 아들을 대신 보내서 손님들을 대접하도록 하게."

"아드님들은 어려서 아직 예의범절을 모르지 않습니까? 누군가 믿음직한 사람이 나서서 잔치를 주재해야 합니다."

"그렇다면 현덕을 청하여서 대신토록 하면 어떻겠나?"

채모가 원하던 대답이었다.

"그렇게 하겠습니다."

채모는 사람을 보내 유비를 양양으로 불렀다.

그 무렵 유비는 유표를 만나 말실수를 한 것 때문에 얼굴이 어두웠다. 그 모습을 보고 손건이 물었다.

"주공께서는 요즘 표정이 좋지 않습니다. 틀림없이 형주에서 안 좋은 일을 겪은 것 같습니다."

그제야 유비는 여러 사람 앞에서 자초지종을 털어놓았다. 관우가 이야기를 듣고 말했다.

"형님께서 실수하셨다지만 유표가 가만있는 것을 보니 문제 삼으려 하지 않는 것 같습니다. 게다가 지금 양양으로 가서 자신을 대신해 공사를 맡아 달라고 하지 않습니까? 양양에 안 가시면 오히려 의심을 살 것입니다."

장비는 반대했다.

"좁쌀만 한 사람들끼리 모여서 좋을 것이 없습니다. 구태여 가실 필요가 없다고 생각합니다."

조자룡이 입을 열었다.

"만일 가신다면 제가 모시겠습니다."

"그래. 자네가 같이 가 준다면 안심할 수 있지."

유비는 조자룡과 함께 삼백 명의 군사들을 이끌고 양양으로 향했다. 채모가 성 밖으로 나와 맞아 주었고 유표의 두 아들도 수많은 관원들을 모두 데리고 나와 영접했다.

다음 날 아홉 개 군 마흔두 개 주의 관원들이 모두 모였다. 채모는 괴월을 불러 의논했다.

"유비는 천하의 영웅호걸이오. 형주에 오래 있으면 우리에게 좋을 것이 없으니 오늘 안으로 없애야겠소."

그러나 괴월은 두려워했다.

"유비는 형주에서 인심을 많이 얻었습니다. 잘못해서 그를 죽이면 민심이 떠날까 두렵습니다."

"주공께서 내게 허락한 일이오."

"아, 그러시다면 알겠습니다."

그리하여 군사 오백 명을 매복시키고 유비를 죽일 준비를 했다. 채모는 소와 말을 잡아 큰 잔치를 열었다. 유비는 타고 간 적로마를 뒷마당에 묶어 놓은 뒤 관원들이 모여 있는 당 안으로 들어갔다. 모두 자리를 잡고 앉자 조자룡이 유비를 호위했다. 그때 유표 수하의 장수인 문빙과 왕위가 들어오더니 조자룡에게 바깥으로 나가자고 청했다.

"나는 가지 않겠소. 주공을 모셔야 하오."

조자룡이 사양하자 유비가 말했다.

"무장들의 잔치 자리가 외청에 따로 있는 모양이니 걱정하지 말고 가 보게."

조자룡은 하는 수 없이 그들을 따라 밖으로 나갔다. 그사이 채모는 유비가 데려온 군사 삼백 명도 모조리 술을 먹여 놓았다. 이때 이적이 술잔을 들고 유비 곁으로 오더니 나지막하게 말했다.

"변소에 가신다고 하세요."

유비는 눈치를 채고 용변을 보러 가는 척하며 바깥으로 나왔다.

"어서 피하십시오. 채모가 군사들을 풀어 사방을 포위하고 있습니다."

"어쩐지 이상하다 했소."

유비는 적로마의 고삐를 잡아챈 뒤 말을 몰아 번개처럼 달려 나갔다. 서문을 향해 달리자 문지기가 막아섰다.

"어딜 가십니까?"

유비는 대꾸하지 않고 그대로 말을 달려 빠져나갔다. 뒤늦게 문지기가 이 사실을 보고하자 채모는 오백 명의 군사를 이끌고 유비를 뒤쫓았다. 유비는 얼마 못 가서 큰 계곡에 이르렀다. 단계라는 계곡이었는데 양강으로 바로 들어가는 하구였다. 물이 깊고 물살이 거세어 누구든 들어가면 떠내려갈 지경이었다. 강물에 막혀 어쩌지 못하고 있는데 채모의 군사들이 먼지를 일으키며 달려오는 것이 보였다.

"아, 내가 여기서 죽는구나!"

유비는 이래 죽으나 저래 죽으나 마찬가지라고 생각했다. 그는 전부터 의를 지키는 자는 도랑이나 골짜기에서 자신의 시체가 비바람을 맞을 것을 잊지 말고, 용감한 자는 목이 떨어질 것을 잊어서는 안 된다고 생각했다. 즉 늘 죽음을 각오하고 있었던 것이다.

있는 힘껏 채찍을 휘둘러 적로마의 볼기짝을 갈겼다.

"적로야, 나를 죽일지 살릴지 네 마음대로 하거라!"

적로마가 물로 뛰어들더니 있는 힘을 다해 물 위로 힘껏 솟구쳐 올랐다. 적로마는 수면 위를 헤엄쳐 순식간에 물을 건너 서쪽 기슭으로 올라섰다. 물보라가 안개처럼 일었다. 마치 구름을 타고 물을 건너온 것 같았다.[†] 유비는 자신이 살아 있다는 것이 믿기지 않았다. 단계를 건너 맞은편 언덕에 올라 고개를 돌려 보니 채모가 군사들을 끌고 쫓아와 소리쳤다.

"어디로 도망가는 것입니까!"

유비가 외쳤다.

"나는 너와 원수진 일이 없다. 그런데 왜 나를 죽이려는 것이냐?"

"그렇지 않습니다. 어서 돌아오십시오. 오해

여기서 잠깐!!

정사에도 나오는 이 사건은 아마도 진실에 가까운 것 같은데 《삼국지연의》에서 놓치지 않고 극적인 효과를 위해 살려 쓴 듯해. 하지만 유표에게 말을 줬다 돌려받은 이야기는 허구야. 좀 더 재미있게 꾸민 것이지. 이 에피소드는 유비의 덕이 워낙 높아서 주인을 해칠 수도 있는 불길한 말까지도 반대로 목숨을 구해 준다는 식으로 활용되었어.

입니다."

채모가 말은 그렇게 하면서도 활을 매겨 쏘려 하자 유비는 황급히 말을 달려 도망쳤다. 채모는 더 이상 쫓아갈 수 없었다.

"유비는 보통 사람이 아니다. 어떻게 이 물을 건넜단 말이냐?"

조자룡과 삼백 명의 군사들이 뒤늦게 알고 쫓아왔다. 조자룡은 술을 마시다가 바깥이 어수선해지자 달려 나와 유비가 사라진 것을 확인했다. 그리고 채모가 쫓아갔다는 말을 듣자 군사들을 이끌고 달려온 것이다.

"우리 주공은 어디 계시오?"

채모와 마주치자 조자룡의 눈에서 불꽃이 떨어지는 것 같았다.

"유공께서 어쩐 일인지 자리를 피해 도망가셨소. 어디로 가셨는지는 모르오. 나도 찾으러 왔소."

조자룡은 의심이 갔지만 신중한 성격이라 일단 좌우를 둘러보았다. 하지만 계곡이 앞을 가로막고 있을 뿐 유비의 흔적은 보이지 않았다.

"그대는 우리 주공을 모셔 놓고 왜 군사를 몰고 쫓아왔소? 우리 주공이 어디로 갔는지 바른대로 대시오!"

"나도 모른다 하지 않았소? 그대의 공이 서문을 나갔다는 말을 듣고 보호하려 나왔는데 어디로 갔는지 모르겠소이다."

채모가 거짓으로 꾸며 대자 조자룡은 속이 터지는 것 같았지만 증거가 없었다. 계곡을 살폈지만 이렇게 물살이 센 곳을 유비가 말을 타고 건넜으리라고는 상상도 할 수 없었다.

"흩어져 찾아보아라."

군사 삼백 명이 사방으로 흩어져 찾아도 유비가 어디로 갔는지 알 수 없었다. 결국 유비는 사라졌고 조자룡은 채모가 성안에 군사들을 매복시켜 놓고 기다릴까 두려워 군사를 이끌고 신야로 돌아갔다.

이때 유비는 홀로 말을 타고 계속 남장 쪽으로 달렸다. 해 질 무렵 맞은편에서 목동이 소 등에 앉아 피리를 불며 오는 것이 보였다. 목동이 먼저 알아보고 인사했다.

"장군께서는 유현덕 공이 아니십니까?"

"어찌 네가 나를 아느냐?"

"저는 아는 것이 없지만 저희 사부님께서 늘 유현덕 공이라는 분에 대해 칭찬하셨습니다."

"뭐라고 하시더냐?"

"키가 7척 5촌이고 팔이 길어서 무릎까지 내려오며 귀가 크다고 했는데 지금 뵈오니 사부님께서 말씀하신 그대로라 여쭤 본 것입니다."

"너의 사부가 누구시냐?"

"수경 선생이십니다."

"사부님은 지금 어디 계시냐?"

목동이 손가락으로 가리키며 말했다.

"저기 숲이 보이시죠? 그곳에 사부님의 초막이 있습니다."

"너의 사부님을 뵙고 싶구나. 안내해 줄 수 있겠느냐?"

"따라오십시오."

한 마장쯤 가자 숲속에 조용한 장원이 나타났다. 말에서 내려 중문으로 들어서니 거문고 소리가 들려왔다. 목동이 손님 오신 걸 알리려 하자 유비가 말렸다.

"곡이 끝난 다음에 알려라."

잠시 거문고 소리에 귀를 기울이는데 갑자기 소리가 멎더니 안에서 맑고 청아한 목소리가 들렸다.

"허허허, 영웅호걸이 듣고 있는 것 같구려. 거문고 소리가 흩어지고 있소이다."

말을 마치고 걸어 나오는 자를 보니 신선과 같은 용모였다. 흰 머리에 흰 수염이 난 그를 보자 유비는 자신도 모르게 예를 갖추었다.

"인사드립니다. 저는 유비라 하옵니다."

"사람들은 저를 수경 선생이라 부릅니다."

유비가 물을 건너느라 옷이 젖어 있는 것을 보고 수경 선생이 말했다.

"얼마나 놀라셨습니까? 화를 면하셨으니 다행입니다."

"아니, 제가 화를 당한 것을 어찌 아십니까?"

"허허허, 안으로 드시지요."

초당 안으로 들어가니 신선이 사는 것 같은 기운이 감돌았다. 책이 가득 쌓여 있고 창밖에는 소나무와 대나무가 울창한 서실에 앉아 유비는 수경 선생과 이야기를 나누었다.

"우연히 이곳을 지나다가 동자를 만나 선생님 말씀을 들었습니다. 뵙게 되어 영광입니다."

"허허허, 공께선 지금 곤경을 피하여 이곳으로 오셨을 것입니다."

유비는 양양에서 겪은 일을 이야기했다.

"기색을 보고 짐작했습니다. 제가 그동안 궁금했던 것은 공은 명성이 자자하고 천하에 영웅이라 하는데 어찌하여 아직도 뜻을 펴지 못하고 계십니까?"

"제가 팔자가 박복해서 그렇습니다. 운이 따라 주지 않는 걸 어찌합니까?"

유비는 자신은 진정 운이 없다고 생각했다. 하지만 수경 선생은 고개를 저었다.

"아닙니다. 좌우에 좋은 인재가 없었기 때문입니다."

그 말을 들은 유비는 자존심이 상했다. 자기 나름대로 최선을 다해 인재를 모으고 큰 꿈을 향해 나아가고 있다고 생각하고 있었기 때문이다.

"무슨 말씀이십니까? 저에게는 미축과 간옹 같은 책사가 있고 무사로는 관우와 장비, 조자룡이 있습니다. 이들은 능히 황제를 모실 만한 재주를 가지고 있습니다."

"잘 알고 있습니다. 관우와 장비, 조자룡은 일만 명을 이길 수 있는 장수는 분명하지만 손건이나 미축†, 간옹 같은 인물들은 백면서생일 뿐입니다. 장수들이 능력을 십분 발휘하게 할 전략가가 필요합니다."

"맞는 말씀입니다. 저도 숨어 있는 인재를

여기서 잠간!!

미축의 누이동생이 유비에게 시집가서 미 부인이 되었어. 유비는 이때 전쟁에서 패하고 영토도 잃은 힘든 상태였지. 이때 미축이 자신의 금은보화와 노비 이천 명을 지참금 형식으로 딸려 보내 유비에게 큰 힘이 되었다고 해.

구하고 싶지만 운이 없어 아직 만나지 못했습니다. 제가 아는 것이 없으니 많은 것을 가르쳐 주십시오."

유비가 겸손하게 가르침을 청했다.

"지금 천하의 인재들이 이 부근으로 모여들고 있습니다. 진흙 속에 숨은 용이 하늘로 날아오른다는 소문이 돌고 있는데 나는 그 용이 바로 공이라고 생각합니다."

"가당치 않은 말씀입니다. 제가 어찌 용이 되겠습니까?"

"그렇지 않습니다. 천하의 인재를 지금부터라도 찾아보시지요."

"그 천하의 인재가 누굽니까? 당장이라도 찾아가고 싶습니다."

"복룡과 봉추 두 사람 가운데 하나만 얻으셔도 천하를 바로잡으실 겁니다."

"복룡과 봉추라니요?"

"허허허!"

수경 선생은 갑자기 딴 이야기를 하기 시작했다. 더 이상 말하기 싫다는 뜻이다. 그리고 스스로 알아내라는 뜻이기도 하다.

"날이 저물었습니다. 하룻밤 쉬시고 내일 다시 이야기를 나눕시다."

주인이 그렇게 말하니 더 물을 수도 없었다. 유비는 저녁밥을 먹은 뒤 후원에 있는 말도 여물을 먹이고 쉬게 했다. 유비는 초당 옆방에 누워 잠을 청하는데 인재를 구하지 못해 뜻을 펴지 못하고 있다는 수경 선생의 말이 귓가에 쟁쟁했다. 생각해 보니 정말 조조와는 달리 자신에게는 좋은 책사가 곁에 없었다. 뛰어난 인재를 구하기만 하면 천하를 호령할 수 있을 거라는 생각에 잠을 이루지 못하고 뒤척거렸다.

그때 누군가가 옆방에서 수경 선생과 두런두런 이야기를 나누는 소리가 들렸다.

"원직이 늦은 밤에 어쩐 일인가?"

"유표가 사람이 좋고 공명정대하다고 해서 찾아가 보았습니다. 그런데 선한 것을 좋아하지만 능히 쓰지를 못하고 악한 것을 미워하지만 능히 물리치지 못하는 소인배였습니다. 그래서 무슨 큰일을 하겠습니까? 하직 인사를 써 놓고 오는 길입니다."

"어허, 원직, 자네는 왕을 보좌할 재주가 있는데 어찌하여 경솔하게 유표 같은 이를 찾아갔나? 영웅호걸이 바로 눈앞에 있거늘 알아보지 못하고."

"그 말씀이 맞습니다."

두 사람의 대화를 듣고 있던 유비는 잠이 다 달아났다. 원직이라고 불린 자가 바로 복룡이나 봉추라는 생각이 들었던 것이다. 마음 같아선 당장 얼굴을 들이밀고 싶었지만 예의가 아니라서 참았다. 뜬눈으로 밤을 새운 뒤 날이 밝자마자 수경 선생을 찾아가 문안을 드렸다.

"간밤에 손님이 찾아오신 것 같던데 누구입니까?"

"내 친구입니다."

"만나 뵙고 싶습니다. 어느 방에 묵고 계십니까?"

"이미 떠났소이다. 밝은 주군을 찾아보겠다고 했소이다."

"그분 이름이라도 알려 주십시오. 봉추나 복룡입니까?"

"허허허, 글쎄요."

"복룡과 봉추는 누구입니까? 제발 알려 주십시오."

수경 선생은 쉽게 이야기해 주지 않았다. 애가 탄 유비는 벌떡 일어나 큰절을 올리고 다시 간청했다.

"수경 선생, 저와 함께 가셔서 이 나라와 황실을 바로잡도록 도와주십시오."

"아니오. 나는 그런 사람이 아닙니다. 나같이 한가하게 세월이나 보내는 사람은 쓸모가 없소이다. 앞으로 나보다 열 배는 뛰어난 사람이 돕게 될 것이니 잘 찾아보시오."

그때 장원 밖이 시끌벅적했다.

"웬 장군이 군사들을 거느리고 왔습니다."

유비가 나가 보니 조자룡이 그를 찾아온 것이었다.

"주공, 무사하셔서 다행입니다. 밤새 주공을 찾아 헤매다가 이 근처에서 소문을 듣고 여기까지 오게 되었습니다. 어서 돌아가시지요. 우리가 신야를 비운 사이에 채모가 급습하면 어찌 되겠습니까?"

"알겠다. 어서 돌아가자."

유비는 수경 선생에게 인사를 마친 뒤 신야를 향해 말을 달렸다. 몇 리쯤 갔을까. 맞은편에서 달려오던 관우와 장비도 다시 합세하게 되었다. 유비가 단계를 건너 목숨을 구해서 돌아온 이야기를 들려주자 모두 감탄했다.

신야로 돌아온 유비는 이 사실을 세세히 쓴 편지를 손건에게 들려 유표에게 보냈다. 편지를 본 유표는 크게 화를 내며 채모를 불러들였다.

"네놈은 왜 나의 아우를 해치려 했느냐?"

채모는 유비가 보낸 손건이 옆에 있는 것을 보고 자신의 계책이 탄로 났음을 알아차리고 고개를 숙였다.

"당장 저놈의 목을 베라!"

유표의 불호령이 떨어지자 채 부인이 달려 나와 울며 매달렸다.

"저를 봐서 동생은 살려 주십시오! 제발 부탁드립니다!"

"듣기 싫소! 부인도 한통속이 아니오? 부인의 목을 치지 않는 것을 다행으로 여기시오!"

그러자 옆에서 손건이 말했다.

"채모의 목을 베신다면 유 황숙께서는 이곳에 편히 계실 수가 없습니다. 유 황숙을 봐서 용서해 주시는 게 좋겠습니다."

유표는 잠깐 생각해 보았다. 유비가 불편하다고 떠나면 그 또한 손실이 아닌가.

"좋다. 저렇게 손공이 간청하니 이번만은 살려 주겠다. 또다시 음모를 꾸미면 목숨을 보전하지 못할 것이다! 유기를 신야로 보내 대신 사과하게 하라!"

유표의 맏아들인 유기는 서둘러 신야로 달려가 심심한 사과를 전했다. 유비는 잔치를 베풀어 그에게 술을 따라 주며 위로했다. 술이 몇 잔 들어가자 유기는 슬픈 표정을 짓다가 그만 눈물을 흘렸다.

"조카는 무슨 일로 눈물을 흘리는가?"

"숙부님, 저를 살려 주십시오!"

"무슨 일이냐?"

"계모 채씨가 저를 죽이려고 합니다. 숙부님께서 좋은 방도를 가르쳐 주십시오."

"조카의 처지를 잘 알지만 조심해서 효도하다 보면 자연히 화가 없어질 것이네."

다음 날 유기는 눈물을 흘리며 하직 인사를 했다. 유비는 성 밖까지 배웅을 나갔다가 쓸쓸한 마음으로 돌아왔다. 유비가 말을 타고 저잣거리를 지나는데 한 사나이가 큰 소리로 노래를 부르며 다가왔다.

"산중에 현자가 있다. 밝은 주인을 찾고자 하나 밝은 주인은 현자를 구하면서 나를 못 알아보는구나."

유비는 노래를 듣고 문득 저 사람이 복룡이나 봉추가 아닐까 생각했다. 그래서 말에서 내려 예를 갖춘 뒤 남자를 성안으로 데리고 왔다.

"선생은 존함이 어찌 되시오?"

"성은 단이고 이름은 복이라 합니다. 유 황숙께서 선비를 구한다는 말을 듣고 의탁하러 왔으나 연줄이 없어 이렇게 노래를 부르면 혹시 유 황숙의 귀에 들어갈까 싶어 헤매고 다녔습니다."

"나를 찾아 주시니 감사할 따름이오."

유비가 예를 갖추자 단복이 말했다.

"아까 타고 오신 말을 보여 주십시오."

유비가 부하를 시켜 말을 끌고 오게 하자 단복은 찬찬히 살펴보고 나서 말했다.

"이 말은 적로마† 로군요. 천리마이지만 주인을 해치는 말입니다. 타지 마시기 바랍니다."

유비는 같은 말을 전에도 들었던지라 미소를 지었다.

"이미 시험해 보았는데 오히려 나를 살려 주는 말이오."

단복은 적로마가 단계를 뛰어넘었다는 이야기를 듣고 다시 말했다.

"주인을 구한 것이니 주인을 죽인 것은 아닙니다. 하지만 결국은 주인을 해칠 것입니다. 좋은 예방법이 있으니 그대로 하시겠습니까?"

"무슨 방법이오?"

"원수처럼 미워하는 사람이 있다면 그 사람에게 이 말을 주십시오. 이 말을 타다가 그가 죽게 되거든 다시 돌려받아 타시면 액땜을 하게 됩니다."

유비는 그 말에 정색을 했다.

"선생은 나에게 바른 길을 알려 주고 천하의 업을 이루게 해줄 줄 알았는데 남을 해치는 법을 이야기하고 있구려. 나는 선생의 말을 따를 수 없소! 당장 물러가시오!"

그러자 단복이 빙긋 웃으며 말했다.

"죄송합니다. 유 황숙의 인덕에 대해 수없이 들었기에 정말 그런지 한번 시험해 보았을 뿐입니다. 너무 꾸짖지 마십시오. 역시 유 황숙은 듣던 대로 어진 분이십니다."

《삼국지연의》에는 여러 종류의 말이 나오지만 가장 대표적인 것이 적토마와 적로마야. 후세의 자료에 의하면 적토마는 여포가 총명산의 중휘촌에서 잡아 길들였다고 해. 천하의 명마이지만 여포는 의리가 없다고 해서 《삼국지연의》의 작가인 나관중은 조조가 관우에게 준 걸로 스토리를 꾸몄어.

적로마는 유비의 말이야. 《삼국지연의》에서는 조자룡이 장무를 죽이고 그 말을 빼앗아 유비한테 준 것으로 나와. 하지만 다른 기록에 의하면 조조가 유비에게 말을 고르라고 했을 때 비쩍 마르고 볼품없는 말을 골랐는데 나중에 전투를 치를 때 따를 말이 없는 준마가 되었다는 이야기가 나와. 아마도 유비가 주인공이므로 말을 보는 안목까지 있다고 만든 설정인 듯해.

유비는 옷매무새를 바로잡고 다시 예를 갖춰 말했다.

"고마운 말이지만 내게 무슨 인덕이 있겠소? 선생의 가르침을 바랄 뿐이오."

"이곳 신야에 와 보니 모든 사람들이 유 황숙을 칭송하고 있었습니다. 이것만으로도 황숙의 인덕이 온 백성들에게 미치고 있음을 잘 알 수 있었습니다."

"나와 함께 큰일을 도모합시다."

"미천한 능력이지만 최선을 다하겠습니다."

"참으로 감사하오."

마침내 유비는 단복을 군사(軍師)로 삼아 군사를 단련시키게 되었다.

8
최초의 승리

　유비가 단복을 군사로 받아들이고 힘을 기르고 있을 때 조조는 형주를 정벌할 계획을 세우고 호시탐탐 양양 땅을 넘보며 쳐들어갈 궁리만 하고 있었다. 유비가 신야에 주둔하며 말을 사들이고 군량과 마초를 비축한다는 소문이 조조의 귀에도 들어왔다.

　조조는 사촌동생인 조인과 이전에게 군사 삼만을 주어 번성을 지키게 했다. 이때 조인 밑에 있던 여광과 여상은 원상 밑에 있던 자들이었다. 그들은 원씨 휘하에서 항복해 온 자들로, 공을 세우고 싶어 안달이 나 있었다. 이들이 조인에게 아뢰었다.

"군사 오천을 내주시면 유비의 머리를 바치겠습니다. 우리 두 사람은 승상에게 투항한 뒤 공을 세우지 못했습니다."

"꼭 그렇게 공을 세우기 바란다."

조인은 기뻐하며 오천 명의 군사를 내주었다.

여광과 여상의 군사들이 쳐들어오자 유비는 단복에게 황급히 계책을 물었다.

"어찌하면 좋겠소? 조조의 군사들이 쳐들어온다 하오."

단복은 전혀 당황하지 않았다. 오히려 그들이 오기를 기다린 것처럼 말했다.

"먼저 관우에게 왼편으로 나아가 중간의 허리를 치게 하십시오. 그때 장비가 오른편에서 적의 후방을 치면 됩니다."

"앞부분의 적은 어찌하오?"

"주공께서 몸소 나가서 조자룡과 함께 치면 쉽게 적을 격파할 수 있습니다."

유비는 단복의 지략에 따라 군사들을 동원했다. 유비가 군사들을 이끌고 성문을 나선 지 얼마 안 되어 여광과 여상의 군사들이 진군해 오는 것이 저만치에서 보였다. 유비는 진을 친 다음에 큰 소리로 외쳤다.

"너희들은 누구이기에 남의 땅을 함부로 쳐들어오는 것이냐?"

"나는 대장 여광이다. 조 승상의 명을 받들어 너를 잡으러 왔다."

유비는 조자룡을 내보내 싸우게 했다. 여광은 조자룡에게 맞서 몇 합 싸우지도 못하고 창에 찔려 거꾸러지고 말았다.

"이때다! 적들을 밀어붙여라!"

유비가 그 기세를 몰아 적진으로 치고 들어가자 여상은 도망치기 시작했다. 황급히 군사를 돌려 달아나는데 갑자기 한 떼의 군사가 나타났으니 바로 관우의 군사들이었다. 여상은 관우와의 격전에서 군사를 절반이나 잃고 다시 도망쳤다.

그러나 이번에는 또 다른 산적 같은 장수가 군사들을 거느리고 나타났다. 장팔사모를 휘두르는 그는 장비였다. 여상은 자신을 향해 곧바로 달려온 장비와 제대로 싸워 보지도 못하고 그대로 창에 찔려 죽었다. 장수를 잃자 군사들은 뿔뿔이 흩어졌다.

유비의 군사들은 패잔병들을 모두 사로잡았다. 유비가 모처럼 거둔 대승이었다. 이 승리 하나로 모든 고난이 풀리는 것 같았고 그간 받은 모욕으로부터 놓여나는 듯했다.

유비는 단복을 극진히 대접하고 전군에게 잔치를 베풀며 크게 상을 내렸다. 유비는 눈물을 흘리며 단복에게 말했다.

"그대 덕에 내 평생 처음으로 승리다운 승리를 거두었소. 이 은혜를 결코 잊지 않겠소이다."

뒤늦게 이 소식을 들은 조인은 깜짝 놀랐다.

"유비가 이겼다고? 이를 어찌하면 좋단 말이냐?"

이전이 옆에서 계책을 내주었다.

"여광과 여상이 성급하게 나서서 일을 그르쳤습니다. 승상께 이 일을 전하고 대군을 일으켜 한 번에 무찔러야 할 것입니다."

"아니오. 작은 고을 하나를 치는 일인데 승상께 알려 봐야 번거롭게

만 할 뿐이오."

그러나 이전은 뜻을 굽히지 않았다.

"아닙니다. 유비는 영웅입니다. 절대 가벼이 여기시면 안 됩니다."

"공은 어찌 그리 겁이 많단 말이오? 유비 같은 자는 한주먹에 해치울 수 있소."

"그렇지 않습니다. 적을 알고 나를 알아야 이긴다고 했는데 싸워서 이기지 못할까 봐 두려운 것입니다."

조인은 버럭 화를 냈다.

"나와 함께 가지 않는다면 공은 딴마음을 품고 있는 것이 분명하오."

결국 조인이 고집을 피워 이전은 군사 이만 오천을 거느리고 신야를 향해 따라나섰다. 분노한 조인은 밤을 새워 강을 건넜다.

단복은 유비에게 이 사실을 알렸다.

"제가 예상한 대로 조인이 보복을 하려고 군사들을 이끌고 온다고 합니다."

"어찌하면 좋겠소?"

"번성이 비었을 것이니 그 틈에 번성을 취하시지요."

기막힌 생각이었다. 하지만 유비로서는 어떤 작전을 펴야 할지 알 수 없었다.

"어떤 꾀를 쓰면 되겠소?"

단복은 조용히 계책을 일러 주었다. 유비는 그 꾀를 듣고 크게 기뻐하며 만반의 준비를 했다.

마침내 조인의 군사가 강을 건너 달려오고 있다는 보고가 올라오자 유비는 곧바로 군사들을 이끌고 출발했다. 조자룡이 진을 벌여 싸움을 청하자 이전이 나와서 받았다. 십여 합을 맞서 싸운 뒤 이전은 조자룡을 견뎌 내지 못해 뒤돌아 도망쳤다. 뒤를 쫓으려 하자 화살이 쏟아지는 바람에 더 이상 접근하지 못하고 조자룡은 돌아왔다.

이전이 영채로 돌아가 조인에게 아뢰었다.

"적의 기세가 강합니다. 번성으로 돌아가시지요."

그 말에 조인은 다시 화를 냈다.

"번성에서 출발하기 전부터 힘을 빼고 군사들의 사기를 어지럽히더니 이제는 돌아가자고 하는 겐가? 그대는 정녕 목이 떨어져 봐야 정신을 차릴 것인가? 모두들 무엇 하느냐? 저자의 목을 베라!"

조인이 명령하자 장수들 여럿이 말렸다.

"안 됩니다. 적들 앞에서 우리 장수의 목을 베는 것은 옳지 않습니다."

"진정하십시오!"

주위에서 말리는 바람에 조인은 간신히 흥분을 가라앉힌 뒤 자신이 직접 전군을 지휘하여 선봉에 서서 쳐들어갔다. 조인은 진을 벌여 세운 뒤 앞으로 나와서 큰 소리로 외쳤다.

"무식한 유비는 이 진이 무슨 진인지 아느냐?"

유비가 단복에게 물었다.

"저자가 진을 치고 우리를 시험하려 하고 있소. 저게 무슨 진이오?"

단복이 높은 곳으로 올라가 두루두루 적진을 살펴보더니 말했다.

"저것은 팔문금쇄진입니다. 보아하니 문 여덟 개를 설치해 진을 벌이긴 했지만 중간 부분이 허술합니다."

"어찌하면 되겠소?"

"동남쪽의 생문으로 들어가서 서쪽의 경문으로 나오면 팔문금쇄진이 무너질 것입니다."

유비는 조자룡을 시켜 단복이 말한 대로 팔문금쇄진을 격파하도록 일렀다. 과연 동남쪽으로 들어갔다가 서쪽으로 나오며 닥치는 대로 적군을 무찌르자 팔문금쇄진이 흩어지기 시작했다. 조인의 군사들은 뒤엉켜 도망가기 바빴다. 또다시 조인의 군사는 크게 패하고 말았다.

단복은 뒤쫓으려는 군사들을 말렸다.

"더 이상 쫓지 마라."

유비의 군사들은 진영으로 돌아왔다. 큰 피해 없이 적들을 유린한 것이다.

싸움에서 크게 패한 조인은 그제야 이전의 말이 옳았음을 깨달았다.

"아, 예전의 유비가 아니로구나! 이전을 불러라!"

조인의 명에 따라 이전이 다시 불려 왔다.

"제가 무엇이라 했습니까? 우리가 적을 알지 못하는 상태에서 너무 무모했습니다."

"그렇소. 유비에게 대단한 병법의 대가가 있는 듯하오. 팔문금쇄진을 이렇게 쉽게 무너뜨리다니."

"지금 진이 문제가 아닙니다. 번성이 비어 있어 걱정입니다."

"오늘 밤에 다시 공격하고 여의치 않거든 그때 돌아갑시다."

"유비는 이미 방책을 세웠을 것입니다. 무모하게 공격하지 마십시오."

하지만 조인은 또다시 이전의 말을 묵살했다. 조조의 사촌동생인지라 자신만의 고집이 강했다.

"그렇게 의심이 많아서 무슨 일을 하겠소? 내가 선봉에 설 테니 후군을 이끌고 따라오시오. 오늘 밤에 유비의 영채를 공격할 것이오."

그때 단복은 이미 조인의 군사가 쳐들어올 것을 알고 계책을 세워 놓았다. 깊은 밤, 조인의 군사가 유비의 영채로 다가가는데 갑자기 영채 안에서 일제히 횃불이 타올랐다. 유비가 준비를 하고 기다리고 있었다는 것을 알고 조인이 말머리를 돌렸다.

"후퇴하라! 후퇴하라!"

그 순간 조자룡의 군사들이 조인의 군대를 덮쳤다. 군사를 제대로 거느리지도 못한 채 허겁지겁 조인은 북쪽을 향해 달렸다. 강가에 이르러 배를 구하려고 우왕좌왕하는데 이번에는 장비가 쫓아왔다. 장비를 맞아 힘겹게 싸우는데 후방을 지키던 이전이 군사를 끌고 온 덕분에 위기를 벗어났다.

배를 타고 강을 건너는데 미처 배에 오르지 못한 군사들은 모두 물에 빠져 죽거나 장비의 군사들 손에 어육이 되고 말았다. 조인은 살아남은 군사들을 이끌고 번성으로 돌아갔다.

"성문을 열어라! 성문을 열어! 내가 돌아왔다."

그러자 북소리가 나더니 성루에 한 사람이 나타났다.

"번성은 내 것인데 누가 감히 문을 열라 마라 하느냐!"

문루에 서 있는 자는 긴 수염을 휘날리는 관우였다. 조인은 깜짝 놀라 말머리를 돌렸지만 청룡도를 휘두르며 관우가 쫓아왔다. 조인은 또다시 많은 군사를 잃고 허도로 도망쳤다.

조인은 뒤늦게 단복이 유비의 군사로 있으면서 모든 계책을 꾸민다는 사실을 알고 크게 후회했다.

"아, 유비에게 빼어난 책사가 있었구나."

유비가 당당하게 번성에 입성하자 현령인 유필이 나와서 맞이했다. 유필은 유비와 마찬가지로 황실의 종친이었다. 그는 유비를 만나 반가워하며 잔치를 열었다.

유필의 옆에 젊은이 하나가 손을 모으고 서 있는데 풍채가 좋았다. 유비가 젊은이를 눈여겨보다가 유필에게 물었다.

"저 젊은이는 누굽니까?"

"조카입니다. 구봉이라고 하는데 양친을 모두 잃어서 내가 거느리고 있습니다."

"참으로 훌륭한 인재인 것 같습니다. 내가 양자로 삼고 싶은데 어떠신지요?"

"그보다 좋은 일이 어디 있겠습니까?"

그날로 구봉은 이름을 유봉으로 바꾸었다. 유비는 유봉을 데려가 장비와 관우에게 인사를 시켰다. 그러나 관우는 탐탁지 않게 여겼다. 유비에게 이미 아들이 있는데 양자를 들이는 건 옳지 않다고 생각한 것이다.

"형님, 양자가 나중에 딴마음이라도 먹으면 어쩌려고 그러시오?"

유비가 고개를 저으며 대답했다.

"내가 친자식처럼 대해 준다면 저도 나를 친아버지처럼 공경할 것이니 걱정할 것 없다."

이때 간신히 목숨을 구한 조인은 조조에게 가서 울면서 그간의 사정을 보고했다.

"저를 죽여 주십시오! 크게 패했습니다."

그러나 조조는 너그럽게 용서했다.

"싸우다 보면 질 수도 있고 이길 수도 있다."

조조의 관심은 단복이라는 자에게 쏠렸다.

"단복이 누구냐?"

정욱이 나서서 단복에 대해 설명해 주었다.

"단복은 가명입니다. 어려서부터 학문을 좋아하고 칼 쓰는 걸 즐기던 자였는데 다른 사람의 원수를 갚아 주려다 사람을 죽이게 되었지요. 그 일로 도망을 다니다가 붙잡혔지만 친구들이 그를 구해 주었습니다. 그 뒤 학문에 뜻을 두고 스승을 찾아다니다 수경 선생인 사마휘와 친해졌습니다. 원래 이름은 서서이고 단복이라는 이름은 도망 다닐 때 쓰던 가명입니다."

"그래? 그렇다면 정욱 그대와 서서의 재주를 비교해 보면 어떠한가?"

"저보다 열 배는 뛰어난 인물입니다."

그 말에 조조는 한숨을 쉬었다.

"아, 큰일이로다. 뛰어난 선비가 유비에게 가서 도움을 주고 있으니 어찌하면 좋단 말이냐?"

"서서가 지금 유비에게 가 있습니다만 승상이 원하신다면 불러올 수 있습니다."

"그게 정말이냐?"

"예. 서서는 효성이 지극합니다. 어려서 아버지를 여의고 어머니 한 분만 계신데 그의 아우가 모시고 있다가 얼마 전에 죽어서 어머니를 모실 사람이 없습니다. 승상께서 어머니를 달래서 이곳에 데려다 놓으시면 서서는 틀림없이 이쪽으로 올 것입니다."

조조는 기뻐하며 사람을 시켜 서서의 어머니를 모셔오게 했다. 조조는 서서의 어머니를 좋은 말로 살살 달래어 편지를 쓰게 할 생각이었다.

"아들이 천하의 인재라 들었습니다. 그런데 지금 역적인 유비를 도와 조정을 치려 하니 참으로 안타까운 일이 아닐 수 없습니다. 편지 한 장을 써 주신다면 허도로 불러와 황제께 잘 말씀드려 큰 상과 벼슬을 내리도록 하겠습니다."

조조가 사람을 시켜 먹과 종이를 가져오게 하자 서서의 어머니가 물었다.

"유비는 어떤 사람입니까?"

조조가 기다렸다는 듯이 말했다.

"유비는 탁군 출신의 미천한 자입니다. 스스로 황숙이라고 칭하고 다니며 약속을 지킨 적이 없고 군자인 척하지만 그 속은 실로 음흉하기 짝이 없습니다."

그 말에 서서의 어머니가 노한 얼굴로 말했다.

"그따위 거짓말로 누굴 속이려는 게냐! 내 일찍이 현덕은 중산정왕의 후손이고 효경황제의 현손이라 들었다. 선비들을 겸손하게 맞이하고 사람들을 공손하게 대하기 때문에 덕망이 높아서 어린아이들까지도 그의 이름을 모두 알 정도로 당대의 영웅인데 내 자식이 그를 섬긴다면 제대로 주인을 얻었으니 기뻐할 일이 아닌가? 너는 비록 한나라의 승상이라지만 역적이나 다름없는 자가 아니더냐? 그런데 오히려 유비를 역적이라 칭하며 우리 아들더러 역적에게 투신하라는 말이냐? 부끄러움을 모르는 너야말로 참으로 한심하구나!"

서서의 어머니는 한바탕 퍼부어 대더니 벼루를 집어 들고 조조에게 던지기까지 했다. 봉변을 당한 조조는 크게 소리쳤다.

"저 늙은이를 당장 쳐 죽여라!"

그때 정욱이 나섰다.

"승상, 진정하십시오. 저 노인네의 꾀에 넘어가시면 안 됩니다."

"노인네의 꾀라니?"

"일부러 승상의 화를 돋우어서 죽으려고 저러는 것입니다. 승상께서 저 노인을 죽이면 의롭지 못하다는 소문이 날 것입니다. 만일 그렇게 되면 서서는 더욱 죽을힘을 다해 유비를 도울 것이 아닙니까?"

그 말에 조조는 흥분을 가라앉혔다.

"이곳에 어미를 붙잡아 놓는 것만으로도 서서는 불안해서 유비를 제대로 돕지 못할 것입

정사에 의하면 서서는 가난하고 지체가 변변치 않은 가문 출신이라고 알려져 있어. 요즘으로 치면 한마디로 집안은 힘이 없지만 개인적 재능은 뛰어난 인물이었던 것 같아. 제갈공명과 함께 공부했던 인연으로 유비에게 그를 추천한 것은 사실이야. 모친이 조조 군에게 사로잡히는 바람에 유비와 헤어지고 조조에게 귀순하지. 그 뒤 벼슬이 우중랑장(右中郎將)·어사중승(御史中丞)에 이른 걸 보면 조조에게도 충성을 다했음을 알 수 있어.

니다."

"그렇다면 그대의 말대로 저 노파를 살려 두겠다."

"다른 계책을 꾸며서 서서를 불러오도록 하겠습니다. 제 말대로만 해 주십시오."

정욱†의 말대로 조조는 서서의 노모를 죽이지 않고 별실에 모셨다. 그때부터 정욱은 서서의 노모를 찾아가 문안을 올리며 일찍이 서서와 형제의 의를 맺은 친한 친구라고 거짓말을 했다. 그뿐만 아니라 틈틈이 값진 물건을 보냈다. 그런데 선물을 보낼 때면 늘 편지를 써서 함께 보냈다. 서서의 노모는 정욱의 편지에 번번이 고맙다는 편지를 써서 답장을 보냈다.

노모의 편지를 받은 정욱은 그 글씨체를 그대로 본떠 노모의 가짜 편지를 써서 신야에 있는 서서에게 보냈다.

서서는 어머니의 편지를 가져온 정욱의 심복에게 물었다.

"어머님이 나에게 편지를 보내시다니 어찌된 일인가?"

"소인은 하인일 뿐이옵니다. 노부인께서 서신을 보내라 해서 왔을 따름입니다."

서서가 급히 서신을 펼쳐 보니 다음과 같은 내용이 구구절절하게 적혀 있었다.

아들아, 네 동생 강이 죽은 뒤 의지할 곳이 없던 차에 조 승상이 나를 허도로 불렀다. 네가 조정을 배반했다며 나를 옥에 가두려 했는데, 정욱이 간하여 목숨은 구했다.

네가 항복해야만 내가 살 수 있을 것 같다. 이 어미의 은공을 생각한다면 당장 와서 나에게 효심을 보여 다오.

우리는 고향으로 돌아가 밭이나 갈면서 지내면 화를 면할 수 있을 것이다.

나는 지금 바람 앞의 등불과 같은 목숨이다. 어서 와서 어미를 구해 주기 바란다.

효성이 지극한 서서는 눈물이 비 오듯 흘렸다. 그는 편지를 들고 유비에게 가서 자초지종을 이야기했다.

"그간 노모 때문에 마음 편할 날이 없었는데 이런 소식을 들었습니다."

눈물로 하소연하는 서서를 보며 유비는 한숨만 내쉬었다.

"참으로 안타까운 일이오."

"주공께 제 목숨을 바쳐 봉사하려 했지만 이제 떠날 수밖에 없습니다. 노모를 저렇게 둔 채 저 혼자 편안하게 살 수는 없습니다."

효성이 지극한 유비도 울음을 터뜨렸다.

"어머니와 아들은 천륜이 아니겠소? 부디 내 걱정은 하지 말고 가서 어머니를 만나 뵈시

정욱은 자주 등장하는 조조의 책사야.《삼국지연의》에 나온 것에 비해 정사에서는 활약이 미미해. 관도대전에서도 정욱은 병사 칠백 명으로 견성을 지켰어.《삼국지연의》에서는 정욱의 활약이 활발하지만 정사에서는 정욱이 조조의 근거지인 연주에 남아 확실하게 지배를 유지했어. 정욱이 이런 일을 할 수 있었던 건 그가 지방 호족 세력의 지지를 받는 유명 인사였기 때문이야. 훗날 조조가 천하를 통일한 뒤 자신의 책사들을 하나씩 제거할 때 정욱은 미리 알고 물러나 조조가 죽은 뒤에도 살아남았단다.

오. 인연이 닿으면 그때 다시 봅시다."

서서는 준비하고 바로 떠나려 했다. 이때 손건이 유비에게 말했다.

"주공, 서서는 천하의 인재가 아닙니까? 우리 사정을 뻔히 아는데 조조에게 가서 그자가 큰일을 하게 된다면 우리가 위태로워집니다. 오히려 서서를 보내지 않으면 조조가 그의 어머니를 죽일 테니 그렇게 되면 서서는 원수를 갚으려고 죽을힘을 다해 우리를 돕지 않겠습니까?"

나름대로 훌륭한 계책이었다.

그러나 유비는 그 계책을 받아들일 수 없었다.

"옳지 않소. 어머니를 죽게 하고 내가 그 자식을 쓴다면 어질지 못한 일이오. 또한 그를 못 가게 하는 것은 천륜을 거스르는 일이기도 하오. 죽으면 죽었지 그런 인륜에 어긋나는 일은 할 수 없소."

유비의 말을 듣고 사람들은 감복했다.

눈물로 밤을 지새운 뒤 서서가 떠날 시간이 되었다. 유비는 그를 배웅하며 말했다.

"내가 복이 없어서 그대와 같은 인물을 보내게 되었소. 부디 새 주인을 잘 섬기시오."

서서가 울며 대답했다.

"주공, 저를 등용하여서 큰일을 하게 하셨습니다. 불행히도 이렇게 떠나게 되어 너무나도 죄송스러운 마음입니다. 어머니 때문에 떠나지만 조조가 아무리 저를 핍박하여도 절대 그를 위하여 꾀를 내지 않겠습니다. 약속드립니다."

유비도 한숨을 쉬었다.

"그대가 가고 나면 나도 세상을 버리고 깊은 산속으로 들어갈까 생각 중이오."

"그 말씀은 거두어 주십시오. 주공께서는 뛰어난 인물을 얻어 천하를 도모하셔야 합니다."

"아무리 뛰어난 인물이라 한들 그대의 오른편에나 설 수 있겠소?"

"과분한 말씀입니다."

서서는 작별한 뒤 모든 장수들에게 이야기했다.

"그대들은 유 황숙을 잘 섬겨서 후세에 이름을 전하고 업적이 청사에 빛나도록 하시오."

모두 눈물을 뿌렸다. 그를 놓아주어야 하는데 그러지 못하여 유비는 자꾸 그를 따라 나섰다. 너무 멀리 나오자 서서가 말했다.

"돌아가십시오. 여기서 하직하겠습니다."

유비가 눈물을 흘리며 다시 말했다.

"이렇게 가면 다시 볼 수 없다니. 언제 우리는 다시 만나겠소이까?"

서서도 울면서 말을 타고 떠났다. 서서의 뒷모습을 바라보며 유비는 통곡했다.

"으흐흐흑! 하늘이 나를 버리는구나! 서서가 떠났으니 나는 이제 어찌한단 말인가?"

서서가 숲에 가려 보이지 않자 유비는 숲을 보며 말했다.

"저 숲의 나무들을 다 베어 버리고 싶다. 저 나무들이 서서를 가리고 있지 않으냐?"

유비가 자리를 떠나지 못하는데 서서가 말을 돌려 달려왔다.

"서서가 돌아옵니다. 마음을 바꾼 모양입니다."

유비도 눈을 동그랗게 뜨며 달려갔다.

"아니, 어찌하여 돌아오시는 거요?"

"주공, 제가 드릴 말씀을 깜빡 잊었습니다. 양양성 이십 리 밖 융중이라는 곳에 선비 한 분이 계십니다. 그분을 찾아가십시오."

"그대가 나를 위해서 그 사람을 불러올 수는 없소이까?"

서서가 정색을 하고 말했다.

"주공! 그 사람은 누가 부른다고 올 사람이 아닙니다. 직접 가셔서 도움을 청하셔야 합니다."

"그 사람은 어떤 인물이요?"

"그를 얻으신다면 주나라가 여망을 얻고 한나라가 장량을 얻은 것과 똑같습니다."

"그렇게 대단한 분이요? 그대와 비교한다면 어떻소?"

"그런 말씀은 하지 마십시오. 어찌 저를 그와 비교하겠습니까? 제가 늙은 말이라면 그분은 기린†이고, 제가 까마귀라면 봉황†입니다. 그분은 항상 자기를 관악†에 비하지만 제가 볼 때는 관중이나 악의도 그를 따르지 못합니다. 천하에 하나밖에 없는 뛰어난 인물입니다."

유비는 눈물을 닦고 기뻐하며 물었다.

"도대체 그분이 누구란 말이요? 말씀해 주시오."

"성은 제갈이고 이름은 량입니다. 흔히 공명이라고도 불리지요. 아우인 제갈균과 함께 남양에서 밭을 갈고 시를 읊으며 살고 있습니다. 그가 사는 곳에 와룡강이라는 언덕이 있어 호를 와룡이라 지었답니다. 이분이야말로 세상에 하나밖에 없는 인재입니다. 빨리 그를 찾아가 만나 보십시오. 이분이 주공을 돕는다면 천하는 주공의 것입니다."

그 말에 유비는 가슴이 설레어 물었다.

"내가 전에 수경 선생께 얼핏 듣기를 복룡이나 봉추를 얻는다면 천하를 내가 쥔다 했소. 혹시 그분이 복룡이나 봉추요?"

"맞습니다. 봉추는 양양의 방통이고 복룡은 바로 낭야의 제갈량입니다."

유비가 뛸 듯이 기뻐하며 말했다.

"아하! 오늘에야 누가 복룡이고 봉추인지 알았소이다. 이렇게 어진 분들이 가까이 있는데 어찌 내가 몰랐단 말이오!"

사람들은 서서가 유비에게 제갈량을 천거한 일을 두고 이렇게 말했다.

"어진 인재가 이별을 통보하다가 마지막에 알려 준 말이 천둥소리와 같아서 남양 땅의 와룡을 불러 일으켰다."

서서는 다시 말에 채찍질을 하여 길을 떠났다. 유비는 한동안 몽롱하다가 제정신이 돌아와 신야로 돌아왔다.

"어서 제갈공명을 찾아갈 준비를 하여라."

기린은 중국 전설 속 상상의 동물이야. 사슴과 소가 교미하여 생겨난 동물로 수컷을 '기(麒)', 암컷을 '린(麟)'이라고 불렀어. 모든 동물 중에서도 으뜸이며 성인(聖人)이 태어날 때 그 전조로 나타난다는 믿음이 있지. 자애심이 가득하고 덕망이 높은 생물이라서 수명은 천 년이고 천릿길도 단숨에 달린대. 심지어는 하늘을 날기도 하지. 재주가 뛰어나고 지혜가 비상한 사람을 일컫는 '기린아(麒麟兒)'라는 말은 여기에서 유래한 거야.

봉황은 중국에서 신성시한 상상의 새야. 수컷을 봉(鳳), 암컷을 황(凰)이라고 하는데 그 생김새는 문헌에 따라 조금씩 다르게 묘사되어 있어. 상서롭고 아름다운 상상의 새로 여겨졌고 동방 군자의 나라에서 나와서 사해(四海)의 밖을 날아 곤륜산(崑崙山)을 거쳐 지주(砥柱)의 물을 마신다고 했어. 그리고 약수(弱水)에 깃을 씻고 풍혈(風穴)에서 잠을 자는데, 이 새를 보게 되면 천하가 크게 안녕하다고 해. 봉황은 성스러운 천자(天子)의 상징으로 인식되어 있어.

유비는 예물을 장만하고 관우, 장비와 함께 남양에 있는 그를 찾아갈 생각에 가슴이 부풀었다.

허도로 가던 서서는 다짜고짜 유비가 제갈공명을 찾아간다면 간곡히 청해도 거절할 것 같아 걱정이 되었다.

'어차피 지나는 길이니 들러서 이 사실을 알려 주어야겠다.'

와룡강†으로 제갈공명을 찾아가자 그가 반가이 맞아 주었다.

"어쩐 일로 여기까지 왕림했는가?"

서서가 자초지종을 이야기했다.

"어머니께서 조조에게 잡혀서 부르신다네."

"저런! 하지만 조조는 자신의 평판을 중시하는 자이니 어머니를 해코지하지는 않을 걸세."

"알고 있네만 할 수 없이 가는 길인데 떠나면서 내가 그대를 유 황숙에게 천거했네. 아마도 유 황숙이 찾아올 것이니 부디 거절하지 말고 재주를 펼쳐서 나라를 평안하게 해주게."

제갈공명은 서서의 말을 듣자 낯빛이 변하며 당황했다.

"그대가 나를 이 진흙탕 같은 세상에 끌어들이겠단 말인가?"

"내 뜻은 그게 아니네. 그대가 재주를 썩히는 것이 보기 안타까워서……."

"쓸데없는 소리 하지 말게!"

공명은 화를 내며 방으로 들어가 버렸다.

"허허, 이거 참!"

서서는 낯을 붉히며 할 수 없이 말을 타고 허도로 떠났다. 이제 그에게는 한시바삐 어머니를 만나는 일만 남았을 뿐이다. 입신 출세하여 도(道)를 행하고 이름을 후세에까지 알려 부모의 이름이 세상에 나게 하는 것이 효도의 끝이라 했으나 그는 그 길의 도중에 하차하고 말았다.

관악은 관중과 악의를 줄여 부르는 말이야. 관(管)이란 관중을 뜻하는데 그는 춘추 시대 제(齊)나라의 현명한 재상이었어. 환공을 보좌해 안으로는 나라를 잘 다스리고 밖으로는 제후들을 규합해 천하의 패자가 되도록 공을 세웠지.

악(樂)이란 악의를 말하는데, 전국 시대 연(燕)나라의 대장이야. 조(趙)·위(魏)·진(秦)·초(楚)·연(燕) 오국 연합군을 이끌고 제(齊)나라를 공격해 칠십여 개의 성을 함락시켜 창국군(昌國君)에 봉해졌어.

관중과 악의 모두 중국 역사상 최고의 충신이며 최고의 지략가를 대표하는 인물이지.

～

와룡강(臥龍岡)은 제갈공명이 실제로 살던 곳이야. 정사에 의하면 제갈공명은 와룡강에서 직접 농사를 지었다고 해. 키는 8척이고 자신을 매번 관중(管仲)과 악의(樂毅)에 비유했지. 《삼국지연의》에 나오는 이 소설 같은 장면은 정사에 있는 그대로야. 심지어 직접 찾아가라는 서서의 말이나 유비가 세 번이나 찾아간 일도 모두 사실이야. 이처럼 때로는 사실이 소설보다 더 극적이란다.

주석으로 쉽게 읽는
고정욱 삼국지 3

초판 1쇄 발행 2022년 1월 7일
초판 12쇄 발행 2025년 1월 17일

엮은이 고정욱
펴낸이 이범상
펴낸곳 (주)비전비엔피 · 애플북스

기획 편집 차재호 김승희 김혜경 한윤지 박성아 신은정
디자인 김혜림 이민선
마케팅 이성호 이병준 문세희 이유빈
전자책 김희정 안상희 김낙기
관리 이다정

주소 우) 04034 서울특별시 마포구 잔다리로7길 12 (서교동)
전화 02) 338-2411 | **팩스** 02) 338-2413
홈페이지 www.visionbp.co.kr
인스타그램 www.instagram.com/visionbnp
포스트 post.naver.com/visioncorea
이메일 visioncorea@naver.com
원고투고 editor@visionbp.co.kr

등록번호 제313-2007-000012호

ISBN 979-11-90147-80-4 04820
       979-11-90147-77-4 04820 [SET]

주석으로 쉽게 읽는
고정욱 삼국지

멀티 워크북

- 차례 -

三國志

-1-

고정욱 삼국지
독후 노트

1. 인상 깊은 장면과 자신이 느낀 점을 써 봅시다.

인상 깊은 장면

느낀 점

2. 본받고 싶은 영웅과 그 이유를 써 봅시다.

영웅 이름: _____

이유:

_____

_____

_____

_____

_____

3. 본문 중에 소개된 사자성어를 찾아 쓰고 그 뜻을 다시 적어봅시다.

_____

_____

_____

1. 인상 깊은 장면과 자신이 느낀 점을 써 봅시다.

인상 깊은 장면

느낀 점

2. 본받고 싶은 영웅과 그 이유를 써 봅시다.

영웅 이름: _____

이유:

_____

_____

_____

_____

_____

3. 본문 중에 소개된 사자성어를 찾아 쓰고 그 뜻을 다시 적어봅시다.

_____

_____

_____

_____

1. 인상 깊은 장면과 자신이 느낀 점을 써 봅시다.

인상 깊은 장면

느낀 점

2. 본받고 싶은 영웅과 그 이유를 써 봅시다.

영웅 이름: _____

이유:

_____

_____

_____

_____

_____

3. 본문 중에 소개된 사자성어를 찾아 쓰고 그 뜻을 다시 적어봅시다.

_____

_____

_____

_____

1. 인상 깊은 장면과 자신이 느낀 점을 써 봅시다.

인상 깊은 장면

_____

_____

_____

_____

_____

_____

느낀 점

_____

_____

_____

_____

_____

_____

2. 본받고 싶은 영웅과 그 이유를 써 봅시다.

영웅 이름: _____

이유:

_____

_____

_____

_____

_____

3. 본문 중에 소개된 사자성어를 찾아 쓰고 그 뜻을 다시 적어봅시다.

_____

_____

_____

1. 인상 깊은 장면과 자신이 느낀 점을 써 봅시다.

인상 깊은 장면

느낀 점

2. 본받고 싶은 영웅과 그 이유를 써 봅시다.

영웅 이름: _____

이유:

_____

_____

_____

_____

_____

3. 본문 중에 소개된 사자성어를 찾아 쓰고 그 뜻을 다시 적어봅시다.

☐ ☐ ☐ ☐

_____

_____

_____

1. 인상 깊은 장면과 자신이 느낀 점을 써 봅시다.

인상 깊은 장면

느낀 점

2. 본받고 싶은 영웅과 그 이유를 써 봅시다.

영웅 이름: _____

이유:

_____

_____

_____

_____

_____

3. 본문 중에 소개된 사자성어를 찾아 쓰고 그 뜻을 다시 적어봅시다.

☐ ☐ ☐ ☐

_____

_____

_____

1. 인상 깊은 장면과 자신이 느낀 점을 써 봅시다.

인상 깊은 장면

느낀 점

2. 본받고 싶은 영웅과 그 이유를 써 봅시다.

영웅 이름 : _____

이유 :

_____

_____

_____

_____

_____

3. 본문 중에 소개된 사자성어를 찾아 쓰고 그 뜻을 다시 적어봅시다.

⬜ ⬜ ⬜ ⬜

_____

_____

_____

1. 인상 깊은 장면과 자신이 느낀 점을 써 봅시다.

인상 깊은 장면

느낀 점

2. 본받고 싶은 영웅과 그 이유를 써 봅시다.

영웅 이름: _____

이유:

_____

_____

_____

_____

_____

3. 본문 중에 소개된 사자성어를 찾아 쓰고 그 뜻을 다시 적어봅시다.

☐ ☐ ☐ ☐

_____

_____

_____

1. 인상 깊은 장면과 자신이 느낀 점을 써 봅시다.

인상 깊은 장면

느낀 점

2. 본받고 싶은 영웅과 그 이유를 써 봅시다.

영웅 이름: _____

이유:

_____

_____

_____

_____

_____

3. 본문 중에 소개된 사자성어를 찾아 쓰고 그 뜻을 다시 적어봅시다.

_____

_____

_____

_____

1. 인상 깊은 장면과 자신이 느낀 점을 써 봅시다.

인상 깊은 장면

느낀 점

2. 본받고 싶은 영웅과 그 이유를 써 봅시다.

영웅 이름: _____

이유:

_____

_____

_____

_____

_____

3. 본문 중에 소개된 사자성어를 찾아 쓰고 그 뜻을 다시 적어봅시다.

_____

_____

_____

1. 인상 깊은 장면과 자신이 느낀 점을 써 봅시다.

인상 깊은 장면

_____

_____

_____

_____

_____

_____

느낀 점

_____

_____

_____

_____

_____

_____

2. 본받고 싶은 영웅과 그 이유를 써 봅시다.

영웅 이름: _____

이유:

_____

_____

_____

_____

3. 본문 중에 소개된 사자성어를 찾아 쓰고 그 뜻을 다시 적어봅시다.

_____

_____

_____

1. 인상 깊은 장면과 자신이 느낀 점을 써 봅시다.

인상 깊은 장면

느낀 점

2. 본받고 싶은 영웅과 그 이유를 써 봅시다.

영웅 이름: _____

이유:
_____

_____

_____

_____

_____

3. 본문 중에 소개된 사자성어를 찾아 쓰고 그 뜻을 다시 적어봅시다.

_____

_____

_____

三國志

- 2 -

고정욱 삼국지
퀴즈

QUIZ! **1. 다음 내용으로 연상되는 사자성어는?**

"저희들 유비, 관우, 장비 세 사람은 비록 성은 다르지만 오늘부터 형제가 되기로 하였습니다. 우리 세 사람은 힘을 합하여 어지러운 세상을 바로잡고 도탄에 빠진 백성을 구하고 정의를 실현하며, 황제의 은혜에 보답하고 백성들을 편안케 하고자 합니다. 사필귀정이라, 모든 것을 바로잡는 데 저희 세 사람의 목숨을 바치겠사오니, 우리는 한날한시에 태어나지 못했어도 같은 날 같은 시에 죽기를 바랍니다. 천지신명은 이 마음을 굽어살펴 의리를 배반하거나 은혜를 저버리는 자가 있으면 죽음으로 응징하여 주소서!"

① 임전무퇴
② 도원결의
③ 각골난망
④ 사필귀정

_____는 원래 과거에 합격하여 입신양명하겠다는 꿈을 가졌던 수재였어. 하지만 부패한 조정 관리들로 인해 꿈이 좌절되고 말아. 이때 대중들에게 널리 퍼진 도교를 받아들인 뒤 한 노인의 도움으로 깨달음을 얻게 되었지. 수년 간의 수련을 거친 그는 책 세 권을 품에 끼고 속세로 내려와 태평도를 만들었어. 부적과 약물을 나눠 주고 기도를 하자 병이 낫는 이가 속출했지. 그 소문을 듣고 사방에서 제자들이 몰려왔고 환자들이 들끓었다고 해.

① 유비
② 조조
③ 동탁
④ 장각

3. 다음 중 삼국지의 영웅들이 사용한 무기를 알맞게 연결하시오.

관우 •   • 방천화극

장비 •   • 쌍고검

여포 •   • 장팔사모

유비 •   • 청룡언월도

4. 다음 빈칸에 알맞은 지명은?

"폐하, 감히 아뢰옵니다. 지금 이곳 낙양은 너무 황폐하여 다시 세우기 어렵습니다. 게다가 양식을 운반하기도, 군사를 불러오기도 힘듭니다. 폐하께서 곤궁하신 모습을 보니 눈물이 앞을 가립니다."

"그러니 어찌하면 좋겠소?"

헌제가 힘없이 물었다.

"_____로 가심이 어떨까 하옵니다. 그곳에는 성곽과 궁실도 있고 양식과 물자가 풍부합니다. 도읍을_____로 옮기실 것을 간절히 청하옵니다."

누구 뜻인데 거절할 것인가? 헌제는 거절할 수가 없었다. 신하들 역시 어느 누구도 조조의 뜻을 거스르려 하지 않았다.

① 양주
② 허도
③ 소패
④ 신야

_____은 조조가 군사를 일으킬 때부터 죽을 때까지 충성을 다한 인물이야. 조조가 서주에서 돌아와 여포를 칠 때 화살에 맞아 왼쪽 눈을 잃었어. 거울을 볼 때마다 자신의 모습에 화를 내며 거울을 땅에 내동댕이쳤다고 해.

매우 충성스러웠고 조조도 크게 신임한 장수로 유명해. 어느 정도냐 하면 조조의 수레에 동승하는 건 물론이고 침실까지도 자유롭게 드나들었지. 다른 장수들이 위나라 관직을 받을 때 혼자만 여전히 한나라 관직을 고수하기도 했어. 이는 조조를 한나라의 충신으로 여기고 싶은 마음이 있었기 때문인 것 같아.

① 하후연
② 조인
③ 하후돈
④ 순욱

QUIZ! 6. 몸에서 다리와 팔같이 가장 신임하는 신하를 이르는 말을 뜻하는 고사
성어는?

유비가 황숙이 된 뒤 조조는 가까운 거리에서 유비를 감시하고 동태를 면밀히 살폈다. 유비가 중앙 정계에 널리 이름을 알리고 사람들의 관심을 끌었기 때문이다. 조조는 마음속에 큰 야망을 품고 있었지만 그 역시도 가끔 몸을 낮추고 조정 대신들의 눈치를 살폈다. 모사인 정욱은 조조에게 어서 빨리 패업을 이루라고 재촉했다. 그러나 조조는 황제에게 충성하겠다는 _____이 여전히 많다는 이유를 들어 신중한 처사를 보였다. 보다 못한 정욱이 한 가지 계책을 냈다.

① 군계일학
② 국사무쌍
③ 고굉지신
④ 주석지신

"조조를 끝장내고 천하를 평정하자."
원소의 군대가 _____로 향했다는 사실은 곧바로 조조에게 알려졌다.

_____는 중국의 중심부나 마찬가지인 지역이었다. 이 지역을 차지하는 자가 패권을 노릴 수밖에 없으니 그대로 두고 볼 수는 없는 노릇이었다. 그러나 조조가 끌어모은 군사는 고작 칠만 명. 원소 군사의 정확히 십분의 일이었다. 누가 봐도 이길 수 없는 싸움이었지만 조 조는 과감히 군사들을 몰고 나아갔다.

① 동오
② 허도
③ 소패
④ 관도

8. 다음 설명에서 조자룡이 하후은에게 빼앗은 무기는?

조조는 원래 두 자루의 보검을 갖고 있었다. 하나는 의천검이고 또 하나는 _____이다. 그중 의천검은 조조 자신이 차고, 하후은이 메고 다닌 것이 _____이다.
조자룡이 하후은의 목을 벤 뒤 그의 등에서 칼을 뽑았다. 바로 천하의 명검으로 알려진 _____이었다.

① 청강검
② 장팔사모
③ 쌍고검
④ 방천화극

9. 유비가 제갈공명을 데려오기 위해 세 번이나 그의 집을 방문한 것에서 유래되는 고사성어는?

두 동생이 불만을 드러냈다.

"형님, 두 번이나 직접 찾아가셨습니다. 와룡이라는 자는 예의가 없는 게 분명합니다. 번번이 피하고 만나지 않으려 하니 배움이 부족 한게지요. 형님은 어쩌다 그런 자에게 혹하셨습니까?"

"아니다. 예전에 제나라 환공은 동곽의 야인 을 만나러 다섯 번이나 찾아가 간신히 만났다. 내가 제갈공명 같은 현자를 만나려 하는데 어 찌 수고로움을 번거롭다 하겠느냐? 만 번이라도 갈 생각이다."

① 삼판양승
② 조삼모사
③ 삼고초려
④ 삼삼오오

10. 제갈공명이 노숙에게 주유의 심중을 설명하는 대화이다. 상대방의 계략을 미리 알아채고 그것을 역이용한다는 의미로 다음 빈칸에 알맞은 고사성어는?

주유에게 말도 못 붙인 노숙이 제갈공명을 찾아가 억울한 심정을 털어놓았다. 하지만 제 갈 공명은 빙그레 웃기만 할 뿐 말이 없었다.

답답한 노숙이 물었다.

"아니, 선생은 왜 웃기만 하십니까? 가짜 첩자들이 우리 진중에 들어왔는데 말입니다."

"허허, 미안하오. 주 도독이 이미 작전을 짜고 가짜 계략을 쓰는 것을 공은 어찌 모른단 말이오? 조조가 염탐꾼을 보냈는데 주 도독이 이를 알면서도 _____하여 역이용하는 것 아닙니까. 주 도독의 계책이 맞으니 그저 지켜봅시다."

① 장계취계
② 어부지리
③ 오비이락
④ 타산지석

11. 형주와 양양 지역을 얻은 유비에게 이적이 인재를 등용하라고 청하는 대화이다. 가장 뛰어난 사람이라는 뜻의 '백미'라는 말이 유래된 빈칸에 알맞은 인물은?

"내가 부족했습니다. 어진 선비를 당연히 모셔야지요. 누굴 모시면 좋겠소이까?"

"형주와 양양에는 마씨 형제들이 있습니다. 오형제인데 모두 다 재주가 뛰어나지요. 막내의 이름은 마속입니다. 가장 현명한 자는 이마에 흰 털이 나 있습니다. 이름은 _____이고 요. 사람들 사이에서는 이마에 흰 털 난 사람이 가장 뛰어나다고 칭찬이 자자합니다. 이런 지혜로운 자들을 불러 가르침을 얻는 것이 주공께 도움이 될 것입니다."

① 마등
② 마대
③ 마초
④ 마량

12. 제갈공명이 장사지역을 공격하기 전에 관우에게 주의하라고 당부하는 장수의 이름은?

"장군, 자룡은 계양을 차지하고 익덕은 무릉을 얻었습니다. 그들은 삼천 명의 군사를 거느리고 갔습니다. 지금 장사 태수인 한현은 졸장 부임에 분명하오."

"그런데 무엇을 걱정하십니까?"

"그자를 걱정하는 것이 아니라 그 밑에 있는 한 장수를 걱정하는 것이오. 유표 밑에서 중랑장으로 있던 자인데 지금은 한현을 섬기고 있소이다."

"_____이라면 늙은 장수 아닙니까?"

"맞소. 그는 혼자 만 명의 장수를 능히 대적할 만큼 용맹한 자라 하오. 그러니 군사를 넉넉히 끌고 가야 할 것이오."

① 감녕
② 마등
③ 황충
④ 위연

QUIZ! **13.** 적의 첩자를 포섭하여 아군으로 이용하거나, 적의 첩자를 모르는 척하며 거짓 정보를 흘려 적을 속이는 계책을 뜻하는 의미로 빈칸에 들어갈 말은?

"그럼 그저 넋 놓고 바라만 보란 말이냐?"

"제 생각에 이럴 때는 차라리 유화책을 쓰는 편이 낫습니다. 사신을 허도로 보내 유비를 형주 목사로 추천하는 것이지요. 그러면 조조는 두 집안이 화목하다 여겨 군사를 일으킬 생각을 못 할 것입니다. 물론 그리되면 유비는 은혜를 입었다 생각해 오늘의 일을 원망하지 않을 터이고, 그렇게 시간을 번 다음에 _____를 쓰는 것이 좋을 듯합니다. 조조와 유비를 싸우게 하면서 우리는 그 틈을 노리는 것입니다."

① 반간계
② 반수계
③ 반도계
④ 반성계

QUIZ! **14. 위의 책사인 동소가 조조에게 아부하는 대화이다. 공이 큰 신하나 황족에게 내리는 특전을 가리키는 말은?**

"승상 같은 신하는 역사 이래로 없었습니다. 승상께서는 삼십 년 동안 역도들을 소탕하고 나라를 평안하게 하여 황실을 반석 위에 올려놓으셨습니다. 다른 신하들과 같은 반열에 서실 수 없기 때문에 위공의 지위를 얻으시고 _____를 받으심이 어떠하겠습니까?"

① 구석의 예우
② 팔석의 여우
③ 칠석의 예우
④ 오석의 예우

QUIZ! 15. 다음에 설명하는 인물은 누구인가?

조조에게 패한 _____는 강족의 땅으로 종적을 감추고 두어 해 동안 힘을 길렀다. 어느 정도 세력을 확보하자 주변 고을들을 하나씩 무찌르니 그의 위용에 항복하지 않는 자가 없었다. 그러나 이내 조조 군의 맹장인 하후연이 _____앞에 나타났다. 조조의 명령으로 마초를 공격하러 온 것이었다. 용맹한 마초도 사방팔방에서 군사들이 몰아치며 달려오자 당할 수가 없었다. 그뿐만 아니라 가족까지 모두 잃었다. _____는 싸움을 포기하고 마대, 방덕과 함께 혈로를 뚫고 도망쳤다.

① 마대
② 장로
③ 허유
④ 마초

장비는 산등성이 아래 사방이 훤히 내려다보이는 곳에 진을 치고 앉아 매일 술을 먹으며 장합을 향해 욕설을 퍼부었다. 하루도 거르지 않고 술타령이었다. 하지만 장합은 거들떠보지도 않았다.

이런 소식이 알려지자 유비가 제갈공명에게 걱정스레 물었다.

"장비가 술타령만 하고 있다 하오. 중차대한 임무를 맡겼는데 어찌하면 좋겠소?"

제갈공명이 웃으며 말했다.

"하하하, 그럴 줄 알았습니다. _____

① 이참에 멀리 귀양을 보내도록 하시지요."

② 이참에 군령으로 엄하게 다스리도록 하시지요."

③ 이참에 좋은 술로 오십 항아리를 골라서 보내 주시지요."

④ 이참에 속히 후퇴하고 돌아오라고 하시지요."

17. 힘으로 사람들을 복종하게 만든 조조와의 차이를 보여주는 유비가 갖춘 자질에 해당하는 빈칸에 알맞은 말은?

유비는 여러 차례 사양했다. 그러나 장수와 신하들이 뜻을 굽히지 않자 어쩔 수 없이 왕에 오르기로 승락했다. 건안 24년(219) 7월이었다.

"그대들의 청이 그러하니 뜻대로 하시오."

유비는 실상 그럴 준비가 되어 있었다. ＿＿을 가진 인물로 오랜 기간 명망을 쌓아 온 그였다. ＿＿으로써 사람을 복종시켰기에 모두 마음 속으로 기꺼이 그를 따랐다. 힘으로 사람을 복종시키는 것은 마음으로 복종하는 것이 아니어서 진정한 복종이 아니다. 이것이 유비와 조조의 차이점이었다.

① 용
② 강
③ 맹
④ 덕

18. 조조의 말에 감동한 방덕의 말로 "있는 힘을 다해 노력하거나 남을 위해 수고를 아끼지 않는다"는 의미의 고사성어는?

방덕의 말에 진정성을 느낀 조조는 그를 부축해 일으키며 위로했다.

"내가 그대의 충성심을 모르는 바 아니다. 다른 사람을 안심시키려고 한 말이니 노력해 공을 세워라. 그대가 나를 버리지 않는다면 나 역시 그대를 버리지 않는다."

"_____ 해서 은혜를 갚겠습니다."

방덕은 감격해 절을 올린 뒤 집으로 돌아와 하인들에게 명령했다.

① 분골쇄신
② 간뇌도지
③ 살신성인
④ 백골난망

19. 손권의 과감한 용인술을 엿볼 수 있는 대목으로 여몽의 추천을 받아 손권이 관우에게 보낸 인물은?

"주공, 저의 후임으로 인망이 두텁거나 능력 있는 이름난 자를 쓰시면 안 됩니다. 그러면 관우가 방비를 게을리하지 않습니다."

"그러면 누가 좋겠소?"

"_____을 보내십시오. _____은 생각이 깊은 인물이지만 아직 이름이 알려지지 않아 관우가 잘 모릅니다. _____을 보낸다면 반드시 성공할 것입니다."

"당장 그대의 말대로 시행하겠소."

① 감녕
② 육손
③ 노숙
④ 방덕

20. 촉한의 제갈공명이 위나라를 정벌하고자 후주 유선에게 올린 글은?

사마의의 실권 소식은 곧 제갈공명에게 알려졌다.

"아, 드디어 기회가 왔도다. 우리의 계교로 사마의가 쫓겨났으니 근심할 것이 없다. 거사를 도모해야겠다."

제갈공명은 신료들이 모인 자리에서 마침내 후주 유선에게 _____를 올렸다.

① 출근표
② 출사표
③ 출석표
④ 출타표

21. 사마의가 조정에서 물러난 뒤 살기 위해 한 행동은?

① 멀리 도망간다.

② 죽었다고 소문을 낸다.

③ 치매에 걸린 것처럼 위장한다.

④ 군사들을 모아 대비한다.

22. 제갈공명이 남만의 맹획을 여러 번 잡았다가 여러 번 풀어준 것에서 유래한 고사성어는?

① 칠전팔기
② 칠종칠금
③ 칠종경기
④ 칠거지악

23. 유비가 죽으면서 제갈공명에게 아들 유선을 부탁한다는 의미로 빈칸에 알맞은 말은?

제갈공명이 크게 웃었다.

"아하하하! 일찍이 선제께서는 내게 _____의 중임을 맡기셨다. 따라서 나는 마음을 기울여 도적을 멸해야 할 의무가 있다. 너희 조씨들은 머지않아 한나라에게 멸망할 것이다. 더군다나 너의 조상은 한나라 신하가 아니었더냐? 한의 국록을 먹었으면서도 은혜를 갚을 생각은 않고 역적을 돕고 있으니, 사람의 탈을 쓰고 태어났으면 부끄러운 줄 알아야 할 것 아니냐?"

사마의가 제갈공명의 말에 얼굴을 붉혔다

① 탁고
② 제고
③ 숨고
④ 영고

QUIZ! **24. 제갈공명이 마지막 북벌에서 위군이 상대해주지 않자 사마의에게 보낸 것은 무엇인가?**

① 두건과 상복
② 비단과 귀금속
③ 창과 방패
④ 돈과 음식

95